文 学 之 都 海 外 译 丛

丛书主编 陈 勇

EIN WESTFALE IN CHINA: BRIEFE UND FOTOGRAFIEN 1895-1900:
DER NACHLASS ROBERT LÖBBECKE, ISERLOHN

# 江南陆师学堂总教习
# 骆博凯家书

［德］骆博凯 著 郑寿康 译

南京出版传媒集团 南京出版社

**图书在版编目（CIP）数据**

江南陆师学堂总教习骆博凯家书 /（德）骆博凯著；郑寿康译 . -- 南京：南京出版社，2022.1

（文学之都海外译丛）

ISBN 978-7-5533-3300-7

Ⅰ . ①江… Ⅱ . ①骆… ②郑… Ⅲ . ①书信集—德国—近代 Ⅳ . ① I516.64

中国版本图书馆 CIP 数据核字（2021）第 095557 号

丛 书 名　文学之都海外译丛
丛书主编　陈　勇
书　　名　江南陆师学堂总教习骆博凯家书
作　　者　［德］骆博凯
译　　者　郑寿康
出版发行　南京出版传媒集团
　　　　　南　京　出　版　社

社址：南京市太平门街53号　　邮编：210016
网址：http://www.njcbs.cn　　电子信箱：njcbs1988@163.com
联系电话：025-83283893、83283864（营销）　025-83112257（编务）

出 版 人　项晓宁
出 品 人　卢海鸣
责任编辑　崔龙龙
装帧设计　王　俊
责任印制　杨福彬

排　　版　南京新华丰制版有限公司
印　　刷　南京工大印务有限公司
开　　本　787毫米×1092毫米　1/16
印　　张　21.25
字　　数　270千
版　　次　2022年1月第1版
印　　次　2022年1月第1次印刷
书　　号　ISBN 978-7-5533-3300-7
定　　价　65.00元

用微信或京东APP扫码购书

用淘宝APP扫码购书

# 总　序

※

作为我国唯一跨越江南和江北的古都，南京拥有 50 万年的人类活动史、近 2500 年的建城史和约 450 年的建都史，是享誉世界的历史文化名城，有着“六朝古都”“十朝都会”的盛誉。这里山川俊美，底蕴深厚，文脉悠长，英才辈出，成果丰硕，不仅是中华文明的重要发祥地之一，也是中华优秀传统文化的高原之一。更为难能可贵的是，南京在中国历史的关键时刻，屡屡扮演救亡图存、传薪播火的角色，成为中华文化的保护者、传承者、复兴者和创造者。这座伟大的城市在中华文化史上占有的特殊地位及其独特的文化魅力，令人迷恋，令人陶醉，自然也深深吸引着外籍人士的目光。

自六朝建都以来，就不断有外籍人士造访南京，并留下关于这座城市的文字记录。早期传世的主要包括六朝时期东亚、东南亚和南亚国家通过海上丝绸之路而来的使节所携国书中的赞美文字，元朝时旅居南京的一些日本僧侣创作的诗作，以及明初朝鲜半岛的高丽、中南半岛的安南的使节撰写的许多反映赴南京朝贡的纪行和唱酬诗文。

自16世纪末开始，伴随着中国与西方国家接触的增加，访问南京的西方传教士和外国使团逐渐增多，他们不吝笔墨，写下了大量赞美南京城市的文字。特别是在1840年鸦片战争至1949年中华人民共和国成立的一百多年间，由于在中国近代史上扮演的重要角色，“南京从未远离关心它的西方人的视野”。不同身份的外籍人士，包括传教士、外交官、旅行家、军人、商人、记者、摄影师、学者、作家等，纷纷踏上了南京的土地，以不同立场，从不同侧面，用不同语言，怀揣不同动机和目的，描绘和书写着南京这座城市的沧桑与传奇。这一过程，甚至一直延续到今天。

无论是早期礼节性的国书和个人有感而发的诗词，还是近五个世纪以来的游记、散文、随笔、日记、书信、报告、论著、回忆录，外籍人士所留下的记录南京的文字，其观察视角、记录范围和表述方式，相对于中国传统的文献，显得更加全面、细致和科学，给后人带来了许多新鲜而有独特价值的信息。遗憾的是，迄今市面上的此类译作，要么是零散的单册，要么是篇幅不长的文章编选，还没有一套比较系统地收录外籍人士记录和描写南京的丛书。

2019年10月31日，南京入选世界“文学之都”，成为中国首个获此殊荣的城市。为了进一步挖掘和整理“文学之都”南京的丰富文化内涵，更好地在世界范围内传播和弘扬南京文化，我们决定推出一套“文学之都海外译丛”，集中收录散见于各类档案文献和图书报刊中的有关南京历史文化的外籍人士作品。经过反复酝酿和论证，确定了“译丛”的收录标准：

一、“译丛”所收录的作品，均为外籍人士记录南京的经典之作，内容大部分与南京相关，文字简略提及南京的作品一律不收。

二、“译丛”所收录的作品，写作时间不设上限，下限一般截至1949年10月中华人民共和国成立，学术专著则不设下限。

三、“译丛”所收录的作品，每册均邀请学有专长的学者进行翻译，并撰写导读性质的文字，在便于读者更好地理解的同时，彰显作品的文化传承价值。

我们希望“文学之都海外译丛”的出版，一方面能够扩大这些作品的流传范围，让更多的读者有机会阅读到外籍人士书写南京的经典之作；另一方面，这些作品为我们传递了“从海外看南京”的视角，建构了南京在外籍人士心目中的形象和地位，无疑为我们认识南京、了解南京打开了另一扇窗。如果结合同时代的中国文献，我们心中南京的样貌和形象会更加多样和丰满。

“译丛”的出版是一项系统性工程，也是具有挑战性的工作，我们诚挚地邀请社会各界的朋友为“译丛”的出版提供建议，也期待大家的批评和意见，以促使我们把这项工作做得更好，将“译丛”打造成“文学之都”南京的又一项标志性文化成果。

# 导 读

※

这是一个德国人，姓骆博凯，名罗伯特，来自德国鲁尔工业区附近的伊塞隆小城。他原本是普鲁士王国的一名上尉工程军官，1895年9月应清政府两江总督张之洞的聘请，不远万里，来到南京。原定任务是视察从南京到扬子江入海口吴淞的江防要塞工事，并对此提出改进建议。后来因张之洞调离南京，去了武昌，刘坤一接任两江总督，改变了前任加强江防工事的计划。此后，骆博凯努力争取，促成了江南陆师学堂的建立，并被任命为陆师学堂总教习，相当于主管培训业务的校长。他在陆师学堂完成了第一期培训任务，至1900年5月回国，在南京工作了4年半时间。

骆博凯从欧洲来到远东地区的中国南京，这里与欧洲各民族相比，思维方式和文化差异巨大，生活习俗不同。对他来说，南京的一切都是陌生的，不易理解的，但也是新奇的。他放眼看中国，努力理解中国民众。他把在南京看到的和亲历的种种风情写信告诉远在伊塞隆的亲人，让自己的母亲、兄弟和姐妹也能认识和了解中国及南京，纠正欧洲人对中国的偏见和错误观点。

骆博凯从1895年9月到1900年5月，一共给家里的亲人们写了近600封信，最终保留的有235封。本书收录了其中直接与南京有关的100多封，其他书信内容均为骆博凯的家务事，故未收录。骆博凯在写给母亲和兄弟姐妹的信中曾多次提到，由于他在南京公务繁忙，没有时间写日记，只能忙里偷闲地给家里写信，报告他在南京的所见所闻和所思，要求母亲和兄弟姐妹们相互传阅后妥为保管，以便他日后利用，为此他对发出的信进行了编号。他在1897年写给母亲的信中说："从1897年新年开始，我对写回家的信重新开始编号，写给你的这封信就是第1号。我去年寄回的1号至60号的信件希望妥为保管，它们对我十分珍贵，也许我以后还有可能要利用它们。"由此可见，汇集在这里的骆博凯家书，我们也可以视之为骆博凯的日记。

骆博凯来华期间，正是清政府在甲午战争中充分暴露出腐败和无能，割地赔款，列强纷纷瓜分中国之时，中国一些有识之士试图用改良的办法，拥护皇帝改革。张之洞聘请德国教官训练军队，加强江防；刘坤一建立陆师学堂和水师学堂，就是这种试图富国强兵的努力。但在以慈禧太后为首的保守派反击下，改良派遭到彻底失败。骆博凯虽人在南京，却也对此有深刻理解，信中对此谈论甚多。他认为皇帝的改良虽然失败了，但深信具有悠久文明的中国终将崛起。他在1897年1月14日写给兄弟费迪南德的信中说，虽然中国"在中日战争中遭到了失败，但对中国具有重大意义。这场战争给明智的中国人以很大的启示——这种人现在越来越多……只要给中国以时间，消除它的混乱状况，实行新的政府体制，开发国内的巨大资源，它的4亿多人口具有接受教育的巨大能力，毫无疑问，就能成为令全世界肃然起敬的国家"。

19世纪末的南京风情是骆博凯家书中的主要内容。他对在南京亲历和亲见的事实，娓娓写来，真实生动，语言朴实风趣，读来令人兴趣盎然。

骆博凯对中国的悠久历史和古老文化极为推崇和赞美。他在1900年11月29日德国伊塞隆文学协会基金会上作的报告中说："除去中国人以外，地球上有哪个民族可以为自己的古老文化感到自豪呢？中国有多少发明是走在我们前面的？有瓷器、丝绸、造纸、印刷和使用指南针，还有众多对自然现象的观察。意大利的旅行家马可·波罗于13世纪从中国的皇宫返回他的出生城市威尼斯后，人们才获悉中国的伟大文化成就远远超过了意大利！"

骆博凯称赞南京是中国最古老的城市之一。他走遍了南京的城市和乡村，游遍了南京的名胜古迹，饱览了美丽的自然风光，玄武湖、明孝陵等是他常去的地方。他极为推崇中国人尊敬长辈和商人讲究诚信的习俗，对美味佳肴更是赞不绝口。诚然，他也看到了中国许多落后的东西，例如官场的奢侈腐败，贫穷落后的农村，民众吸鸦片和不文明不礼貌不卫生的粗俗行为，对犯人的砍头行刑，女人裹小脚等等，在信中都有详细描述。他厌恶宴请不是分食制，对用同一个杯子饮酒和别人用自己的筷子给他夹菜特别反感。此外，他还饱尝了南京炎热天气的痛苦和老鼠蚊虫的折磨。19世纪末的中国极为封闭，南京民众甚少见到外国人，为此十分好奇。骆博凯所到之处，不仅受到围观，连他的仆人也乐于窥探他的一举一动。他在1896年5月12日给大姐卡萝莉娜的信中说："走在街上我们就是世界奇迹。我只要在路上站停片刻，一群好奇的民众立刻就会蜂拥而来，把我团团围在中间。只要我不生气，他们什么都想摸一摸：帽子，手杖，衣服，靴子等等。""中国人的好奇心简直难以形容，我的仆人中有几个尤其特别。他们先用蘸湿的手指在我的纸糊窗上轻轻戳洞，透过手指般大的洞孔窥探我在室内的一切活动。"

骆博凯在信中还谈到了他的婚恋问题，十分有趣。他来华时已43岁，未婚。在南京有了稳定的职位和高薪收入后，多次谈到结束单身生活的问题，但并不打算迁就了事。他希望自己的另一半是欧洲女人，门当户对，最终却还是花大钱买了一个中国姑娘为妾。

到1889年末，骆博凯的第一个为期3年的聘用合同，以及继而延长的2年合同届满，他的去留问题成了他家书中的一个内容。由于他在陆师学堂工作成绩突出，德方和中方都希望他延长合同，继续留下工作。骆博凯出于个人原因，提出了两个条件：（1）按惯例准许他回国休假半年；（2）建造一处供他个人居住的欧式别墅。总督府出于经济原因，只同意第一个条件。谈判终于未能达成协议，骆博凯遂于1900年5月12日从上海乘海轮起程回国，19世纪末的南京风情以及他的经历也就永远地定格在他的数百封家书中了。

郑寿康

# 目　录

※

埃玛写给哥哥骆博凯的信（1895年9月20日）………… 001

骆博凯写给母亲的信（1895年9月24日）……………… 002

骆博凯写给母亲的信（1895年10月20日）…………… 003

骆博凯写给大哥赫尔曼的信（1895年10月26日）…… 005

骆博凯写给母亲的信（1895年11月10日）…………… 008

骆博凯写给二姐安娜的信（1895年11月17日）……… 010

骆博凯写给大哥赫尔曼的信（1895年11月24日）…… 012

骆博凯写给母亲的信（1895年12月1日）……………… 016

骆博凯写给兄弟费迪南德的信（1895年12月14日）… 019

骆博凯写给大姐卡萝莉娜的信（1895年12月20日）… 021

骆博凯写给母亲的信（1895年12月26日）…………… 027

费迪南德写给骆博凯的信（1895 年 12 月 29 日） ……… 031
埃米莉写给儿子骆博凯的信（1896 年 1 月 3 日） ……… 033
骆博凯写给二姐安娜的信（1896 年 1 月 3 日） ………… 034
骆博凯写给大哥赫尔曼的信（1896 年 1 月 5 日） ……… 038
骆博凯写给三哥卡尔的信（1896 年 1 月 30 日）………… 040
骆博凯写给母亲的信（1896 年 2 月 7 日） ………………… 043
骆博凯写给大姐卡萝莉娜的信（1896 年 2 月 14 日） … 049
骆博凯写给妹妹埃玛的信（1896 年 2 月 25 日）………… 051
骆博凯写给二姐安娜的信（1896 年 3 月 2 日） ………… 052
骆博凯写给大哥赫尔曼的信（1896 年 3 月 8 日） ……… 056
骆博凯写给母亲的信（1896 年 3 月 16 日） ……………… 058
骆博凯写给三哥卡尔的信（1896 年 3 月 17 日）………… 062
骆博凯写给二姐安娜的信（1896 年 3 月 23 日）………… 065
骆博凯写给三哥卡尔的信（1896 年 4 月 6 日） ………… 067
骆博凯写给二姐安娜的信（1896 年 4 月 20 日）………… 069
骆博凯写给母亲的信（1896 年 4 月 27 日） ……………… 072
骆博凯写给大哥赫尔曼的信（1896 年 5 月 2 日） ……… 074
骆博凯写给大姐卡萝莉娜的信（1896 年 5 月 12 日） … 075
骆博凯写给二姐安娜的信（1896 年 5 月 17 日）………… 077
骆博凯写给母亲的信（1896 年 5 月 24 日） ……………… 080
骆博凯写给大哥赫尔曼的信（1896 年 5 月 28 日）……… 082

骆博凯写给三哥卡尔的信（1896年6月2日）………… 086
骆博凯写给大姐卡萝莉娜的信（1896年6月7日）…… 088
费迪南德写给骆博凯的信（1896年6月9日）………… 090
骆博凯写给母亲的信（1896年6月16日）……………… 091
骆博凯写给兄弟费迪南德的信（1896年6月21日）… 096
骆博凯写给三哥卡尔的信（1896年6月23日）………… 098
骆博凯写给母亲的信（1896年6月30日）……………… 100
骆博凯写给大姐卡萝莉娜的信（1896年8月13日）… 102
骆博凯写给二姐安娜的信（1896年8月25日）………… 105
骆博凯写给大姐卡萝莉娜的信（1896年9月9日）…… 107
骆博凯写给大哥赫尔曼的信（1896年9月15日）……… 109
骆博凯写给兄弟费迪南德的信（1896年9月22日）… 110
骆博凯写给三哥卡尔的信（1896年9月26日）………… 113
骆博凯写给母亲的信（1896年10月2日）……………… 114
骆博凯写给大哥赫尔曼的信（1896年10月）………… 116
骆博凯写给二姐安娜的信（1896年10月8日）………… 119
骆博凯写给二姐安娜的信（1893年10月16日）……… 122
骆博凯写给大哥赫尔曼的信（1896年10月23日）…… 125
骆博凯写给大姐卡萝莉娜的信（1896年10月28日）… 128
骆博凯写给三哥卡尔的信（1896年11月4日）………… 130
骆博凯写给三哥卡尔的信（1896年11月6日）………… 131

骆博凯写给母亲的信（1896 年 11 月 11 日） …………… 133

骆博凯写给大哥赫尔曼的信（1896 年 11 月 19 日）…… 135

骆博凯写给三哥卡尔的信（1896 年 11 月 24 日） ……… 137

骆博凯写给二姐安娜的信（1896 年 11 月 27 日） ……… 140

骆博凯写给大姐卡萝莉娜的信（1896 年 12 月 1 日） … 142

骆博凯写给三哥卡尔的信（1896 年 12 月 6 日）………… 144

骆博凯写给母亲的信（1896 年 12 月 13 日） …………… 146

骆博凯写给二姐安娜的信（1896 年 12 月 22 日） ……… 149

骆博凯写给大姐卡萝莉娜的信（1896 年 12 月 30 日）… 151

骆博凯写给母亲的信（1897 年 1 月 4 日） ……………… 153

骆博凯写给大哥赫尔曼的信（1897 年 1 月 12 日）……… 154

骆博凯写给兄弟费迪南德的信（1897 年 1 月 14 日） … 157

骆博凯写给三哥卡尔的信（1897 年 1 月 22 日）………… 160

骆博凯写给大姐卡萝莉娜的信（1897 年 1 月 26 日） … 162

骆博凯写给大姐卡萝莉娜的信（1897 年 1 月 30 日） … 165

骆博凯写给母亲的信（1897 年 2 月 2 日） ……………… 166

骆博凯写给大哥赫尔曼的信（1897 年 2 月 8 日） ……… 170

骆博凯写给二姐安娜的信（1897 年 2 月 13 日）………… 173

骆博凯写给母亲的信（1897 年 2 月 21 日）……………… 176

骆博凯写给三哥卡尔的信（1897 年 3 月 2 日） ………… 178

骆博凯写给兄弟费迪南德的信（1897 年 3 月 5 日）…… 180

骆博凯写给三哥卡尔的信（1897年3月7日） ………… 182
骆博凯写给二姐安娜的信（1897年3月11日）………… 183
骆博凯写给三哥卡尔的信（1897年3月14日）………… 185
骆博凯写给大姐卡萝莉娜的信（1897年3月21日） … 186
骆博凯写给母亲的信（1897年3月28日） ……………… 188
骆博凯写给二姐安娜的信（1897年4月7日） ………… 190
骆博凯写给大哥赫尔曼的信（1897年4月25日）……… 193
骆博凯写给母亲的信（1897年5月11日） ……………… 195
骆博凯写给大哥赫尔曼的信（1897年5月30日）……… 196
骆博凯写给母亲的信（1897年6月4日） ……………… 198
骆博凯写给母亲的信（1897年6月14日） ……………… 201
骆博凯写给二姐安娜的信（1897年6月18日）………… 203
骆博凯写给大姐卡萝莉娜的信（1897年7月8日） …… 205
骆博凯写给二姐安娜的信（1897年7月12日）………… 207
骆博凯写给二姐安娜的信（1897年9月24日）………… 208
骆博凯写给母亲的信（1897年10月1日） ……………… 211
骆博凯写给兄弟费迪南德的信（1897年10月5日） … 212
骆博凯写给二姐安娜的信（1897年10月14日） ……… 213
骆博凯写给大哥赫尔曼的信（1897年10月26日） …… 215
骆博凯写给二姐安娜的信（1897年12月3日）………… 216
骆博凯写给大哥赫尔曼的信（1897年12月4日）……… 218

骆博凯写给三哥卡尔的信（1897 年 12 月 9 日）………… 222
骆博凯写给母亲的信（1897 年 12 月 18 日） …………… 224
骆博凯写给母亲的信（1898 年 1 月 8 日） ……………… 227
骆博凯写给二姐安娜的信（1898 年 1 月 21 日）………… 231
骆博凯写给母亲的信（1898 年 2 月 9 日） ……………… 232
骆博凯写给三哥卡尔的信（1898 年 2 月 13 日）………… 234
骆博凯写给二姐安娜的信（1898 年 4 月 18 日）………… 236
骆博凯写给母亲的信（1898 年 5 月 22 日）……………… 237
骆博凯写给二姐安娜的信（1898 年 6 月 10 日）………… 240
骆博凯写给二姐安娜的信（1898 年 6 月 23 日）………… 242
骆博凯写给母亲的信（1898 年 7 月 8 日） ……………… 244
骆博凯写给母亲的信（1898 年 7 月 17 日）……………… 246
骆博凯写给二姐安娜的信（1898 年 9 月 9 日） ………… 249
骆博凯写给二姐安娜的信（1898 年 10 月 2 日）………… 250
骆博凯写给兄弟费迪南德的信（1898 年 10 月 9 日） … 253
骆博凯写给母亲的信（1898 年 10 月 27 日） …………… 255
骆博凯写给二姐安娜的信（1898 年 11 月 9 日）………… 256
骆博凯写给二姐安娜的信（1899 年 3 月 31 日）………… 258
骆博凯写给二姐安娜的信（1899 年 4 月 18 日）………… 260
骆博凯写给二姐安娜的信（1899 年 6 月 13 日）………… 261
骆博凯写给二姐安娜的信（1899 年 6 月 25 日）………… 262

骆博凯写给二姐安娜的信（1899 年 7 月 4 日） ………… 265
骆博凯写给兄弟费迪南德的信（1899 年 7 月 12 日） … 267
骆博凯写给二姐安娜的信（1899 年 8 月 23 日）………… 268
骆博凯写给二姐安娜的信（1899 年 11 月 16 日） ……… 269
骆博凯写给二姐安娜的信（1899 年 12 月 20 日） ……… 271
骆博凯写给二姐安娜的信（1900 年 1 月 11 日）………… 273
骆博凯写给大哥赫尔曼的信（1900 年 1 月 13 日）……… 274
骆博凯写给二姐安娜的信（1900 年 2 月 13 日）………… 277
骆博凯写给大哥赫尔曼的信（1900 年 2 月 23 日）……… 279
骆博凯写给大哥赫尔曼的信（1900 年 3 月 14 日）……… 281
骆博凯写给二姐安娜的信（1900 年 4 月 4 日） ………… 283
骆博凯写给二姐安娜的信（1900 年 4 月 18 日）………… 285
附录一　罗伯特 · 骆博凯简介 ……………………………… 287
附录二　骆博凯的家庭成员 ………………………………… 291
附录三　两江总督刘坤一给骆博凯的表彰命令
（1900 年 5 月 30 日）……………………………………… 293
附录四　江南陆师学堂给骆博凯的公函
（1900 年 6 月 21 日）……………………………………… 294
附录五　骆博凯的报告：《中国和中国人》
（1900 年 11 月 29 日） …………………………………… 297

# 埃玛写给哥哥骆博凯的信

1895 年 9 月 20 日于普勒滕贝格

亲爱的罗伯特：

虽然不能肯定你是否会收到这封信，但我还想对你再说一声：衷心祝你一路平安！愿你一切都好，万事如意。我整天都在想你，关注着你的旅途。我们的小弟弟肯定到科隆去探望了你。星期三晚上的《莱茵—威斯特法伦报》刊出了大字标题：“从上尉晋升为将军！”报道称：“根据柏林总参谋部的建议，退役工程兵上尉罗伯特·骆博凯从中国政府获得一项光荣任务，到中国去帮助改革那里的要塞防御工事，为期暂定三年，同时由中国皇帝任命骆博凯先生为中国将军。骆博凯先生答应了这件事情，将于本周起程去中国。”

谁知道，将来回国时你会获得多少荣誉，我们将为你感到十分自豪。

这期间，我们这里每天晚上都是晴空万里，星光灿烂。触景生情，威廉和我就会想到你，但愿你出色地完成任务，健康而幸福地回到我们的身边！

我和孩子们衷心地祝你一切顺利，你的妹夫威廉也祝你身体健康！

你的妹妹　埃玛

# 骆博凯写给母亲的信

## 1895年9月24日于“海因里希王子”号海轮上

我亲爱的妈妈：

我们的海轮已到达了我们行程中的最后一个欧洲海港——那不勒斯。我必须利用这个时间给你——我亲爱的妈妈，送去衷心的生日祝福。

最近几天旅途中丰富多彩的印象使我得到了很好的放松，因此在轮船上的第一夜睡得非常好。这艘海轮尊贵的名字“海因里希王子”号使大家感到很荣幸，航行非常平稳，大海也很平静。轮船上给旅客提供的饮食十分出色，但舱房显得太小，穿了夏天的衣服仍然感到闷热。今天清晨，我洗了个冷水澡，恢复了精神，第一次美美地吃了一顿早餐。

我的旅伴雷内少校滔滔不绝地给我介绍船上生活的一切秘密，直到现在我还是忍受着，保持内心的安静。我希望雷内先生会逐渐理解我的沉默，减少他一直以来的不安分的唠叨。

我在热那亚收到了卡尔的友好来信，他提出给我一个仆人，非常感谢他的好意。我们海轮上有一个乐队，傍晚用正餐时给我们演奏，令我感到愉快，时间也不嫌长了。

亲爱的妈妈，我再次衷心地祝你生日快乐，并向兄弟姐妹们问好。

永远感激你的儿子　罗伯特

# 骆博凯写给母亲的信

## 1895年10月20日于“海因里希王子”号轮船上

我亲爱的妈妈：

中国如此遥远，对一个在几个星期的远洋航行中没有什么消遣的人来说，中国太遥远了！我早就知道，像我这样年龄的人，加上还有些病痛，如此远途的旅行实在是一件苦差事。旅途上的有趣经历和名胜古迹抵消不了如此的劳累，具体地说，一位年长的男子要承受热带地区不同寻常的炎热。幸好我目前的身体状况很好，并不感到难受，只是睡眠和饮食不怎么好，如果总是不正常那就不好了。

在新加坡，我们的轮船停靠在接近码头的地方，只要搁上一块跳板就可以上岸了。我前面提到的女友威斯帕内小姐在这里离船登陆，被她的丈夫接走了，令我深感遗憾。我上岸后，立即雇了一辆人力车进城到“欧罗巴”宾馆去。这次拉车的是中国人，跑得很快。到了宾馆，我立即受到了三个德国朋友的欢迎。他们都是海军军官，在这里等待调防离去。我很快又认识了几位种植园主，都是德国人，有着著名的贵族姓氏，我觉得有必要与他们保持一定距离。

这家宾馆的设施非常好，接待大厅十分宽大。二楼约有100个套间，每个套间都有前室，生活设施一应俱全。

在陆上住宿可以很好地消除疲劳，我为此十分高兴。将近午夜12时，我走进房间，立刻在一张大床上躺了下去。我刚躺下去，突然听到有一位先生来敲我的房门，我当然没有理睬他。半个小时后，那位先生带着宾馆服务员又回来了，他俩敲门要进房间来。我从蚊帐里伸出头来，用德语骂他们，他们也用英语骂我。原来是我走错了房间，是我错了。在我们通过英语交谈弄清情况后，我搬进了旁边的一个房间，他俩还帮我搬东西，这时我身上只穿着一件衬衫。清晨 5 时，一个中国男仆送来了咖啡。我立刻起身，利用早晨时间到植物园去散步。8 点钟我回来时，炽热的太阳直射到脑袋上，我不得不戴着宾馆的防护帽去用早餐。

我们的轮船将在 11 时再次起航，因此，我又坐着人力车赶回了港口。“海因里希王子”号前面聚集着大批围观的人群。在舱房的旅客全部上船和卸完了货物后，统舱里上来了 350 个在新加坡的中国人，他们要返回家乡去。这些人只购买便宜的船票，自备食物，睡觉像鲱鱼似的挤在一起。这些人吵吵嚷嚷的，喧闹声不断，我从未遇到过这种情况。

轮船起航后，中国人才安静下来。不久突然下起了暴雨，喧闹声再次响起，原来是中国人没有遮雨的设备，四处乱窜找避雨的地方。昨天我在中国海看到约有 1000 条鱼，足有一米半长，它们似乎想攻击轮船，从海水里飞出来，成一个弧形再落到海里去。

衷心地问候你，亲爱的妈妈。也代向兄弟姐妹们问好。

永远感激你的儿子　罗伯特

# 骆博凯写给大哥赫尔曼的信

## 1895年10月26日于“海因里希王子”号上

亲爱的赫尔曼：

按照我的计算，今天我必须祝你生日快乐，我特别要祝贺你的儿子终于知道了生活的艰辛。

我在到达香港前给妈妈写过一封信，现在我得报告在香港停留的情况了。我下榻于香港酒家，发现这里的住宿和膳食情况非常好，但很贵。香港酒家的用餐时间和在轮船上一样，一日三餐：早餐、午餐和晚上的正餐。每个客人的身后站着1—2个中国服务员，送餐准时又迅速，用完餐后就及时将餐盘和餐具撤走。

我们坐人力车去参观市容，我的旅伴也是轮船上的旅客。拉车的是一个中国人。我想先去看看公园。这个车夫立刻飞奔起来，根本无法制止他。哪知道这家伙把我们接连带到了3处公墓！这不是我们想要看的地方，但我们又无能为力，因为无法用语言沟通，他听不懂我们的话。我们只得先后看了3处墓地。我们不得不说些话来打趣这个快跑的家伙，仿佛我们对公墓很感兴趣似的。这家伙误会了我们的意思，竟然还想将我们带到一处儿童墓地去。我们再也忍耐不下去了，立刻剥夺了他的领路权。我用伞轻轻敲他的后背，指挥他奔跑的方向。我们终于到了一处酒吧，在那里我才打听到了城市的情况。

奥古斯丁山是香港最了不起的地方，那里建有宾馆和许多别墅，比德国七子山小铁路还要长的缆车将我们从热带送到了温带地方。可以想象，在忍受了很长时间的炎热之苦后，清凉的空气使我们多么高兴！到达山顶后，我们改坐了轿子，座位很舒适，由 2 个或 4 个中国人抬轿，带着我们绕着山头转。可惜这时山头上云雾缭绕，天气也不太好，但我们还是欣赏了远处繁忙的海港、大海和农村的美丽景色。

香港是一流的大城市，“海因里希王子”号在不莱梅找不到足够大的船坞，在这里使用了一家大船厂的干船坞。街道上和欧洲人居住区的绝大多数房子用上了电灯照明。宾馆采用液压电梯将客人送到楼上去。令我感到奇怪的是这里很少有牲口拉货，而是由 30—50 个中国人拉货。漫步走过狭小的人口密集的中国人居住区令人甚感有趣。拱廊下面的街道两边都是一家挨一家的商店。在街道上，在拱廊下，在房子里，看到的全是同一个景象：匆忙拥挤，熙熙攘攘，喧哗吵闹，大声叫喊……总之，完全是中国式的，甚至对那些不太挑剔的欧洲人来说也有点受不了。

有一天晚上，为了体验一下这里的文化生活，我们去看了中国戏剧。戏院里的观众头挨头地坐着，确切地说，或蹲坐或躺着，倾听演员的唱戏，不时热烈鼓掌，气氛更为轻松。我和 2 个旅伴走进戏院的包厢时，全体观众的眼睛突然全都转向我们 3 个欧洲人。在这种情况下，我们不得不装出认真看戏的样子，以免他们认为我们根本看不懂演出。多么刺耳的音乐啊！我们 3 人全都认为乐队是在轮流地踩 7 只猫的尾巴。尽管如此，我们仍然保持正襟危坐和全神贯注的样子，因为在这些人中间我们有不安全的感觉。半个小时后，我们就离开了这家戏院。

在到达目的地之前，不断传来有关我在南京前途的坏消息。今天获悉英国人和美国人对德国人在南京的使命散布凭空捏造的坏消息，是他们出于嫉妒而加以歪曲。我要勇敢地面对这些别有用心的谣言，上帝是信任我的。我真高兴，明天就要到上海了，终于可以摆脱在海上颠簸摇晃的日子了。今天我已经换下了在热带穿的衣服。

衷心地向你、向亲爱的妈妈以及你的孩子们问好。

你忠诚的兄弟　罗伯特

# 骆博凯写给母亲的信

## 1895 年 11 月 10 日于上海

我亲爱的妈妈：

今天是星期日，勤劳的中国人全年只有一个星期日，那就是春节这一天。今天，在我打开的浴室窗户外面，他们在做着木工活和瓦工活，还有骂人和大声叫喊声，灌进我们不习惯的欧洲人耳朵里，真有些隐隐作痛。不过，我不愿让别人夺走我周末的愉快心情，要和你做书信交谈。

昨天我收到了你、安娜和卡尔的一批来信，还有赫尔曼和莉娜的附言，那都还是 10 月 1 日或 2 日的消息，特别是有庆祝您生日的消息。妈妈，我十分感谢你们从家乡的来信。这些信在路上走了 5 周或 6 周时间，真是太久了！这就不可避免地会出现这样的情况：最先寄出的消息待到发出第二封信时，早已陈旧了。在通信如此困难的情况下，一切都必须提前 6 周。就是说，此刻写的信必须着眼于 6 周以后的情况。今天是 11 月 10 日，我的目光就要看到那即将到来的时间，就是圣诞节和新年。为此我要在这里预祝你们圣诞节快乐！看起来我这样做似乎是一箭双雕。哈哈！

我抵达上海，到今天已 14 天了。克虏伯公司已在本月 2 日将中国代办签过字的合同寄给了我。合同从这里寄到了南京去，直到本月 7 日才从南京寄回来。两江总督张之洞管理的省人口最多，公务似乎就更繁忙，我的报告至今还没有收到答复，因此对我的工作还无可奉告。我将再等 8 天，然后去信催问。我在这里并不感到无聊，上午认真学习，下午参观上海的美丽市容。迈耶林克已在东亚生活了 23 年，他给我介绍了东亚的情况，十分宝贵。

这里的天气很怪。前 3 天特别冷，还下了小雪。只要太阳一出来，就是春天的温暖天气。不过，前几天我患了重感冒，咳得很厉害，现在又痊愈了。据说南京既没有火炉，也没有窗玻璃；这几天男士们都要穿皮衣，他们的木板房都糊上了纸。因为真正的冬天就要来了，但愿不久就会召我去南京，我要带上炉子和床垫，还要在这里找好一个仆人同去。

但愿这封信能平安到达妈妈手里，代向兄弟姐妹们问好。

永远感激你的儿子　罗伯特

# 骆博凯写给二姐安娜的信

## 1895 年 11 月 17 日于上海

亲爱的安娜：

你 10 月 2 日从施伦登霍夫寄来的信令我无比兴奋，我特别为你的土豆丰收感到高兴。

在我房间的桌子上也摆满着许多秋天的果实：香蕉、橙子、葡萄、梨和苹果。不过，我每天几乎只吃甜橙。

我在这里住的是法国宾馆，几乎全是法国的和英国的客人，只讲法语和英语。午餐的菜单是英文的，晚上正餐的菜单是法文的。你一定可以想象得出，我在这里停留的 3 周时间里，作为一名食客对两种文字的菜单已是滚瓜烂熟。真是学语言的好地方！只是我对发音含糊的汉语还是一窍不通。以前我对外国人的方言或是某些典型表达还能模仿几句，对汉语却连一个音也发不出来，更谈不到记住了。

我真想也能够带着你在这里逛上一整天。在这里，无论你走到哪里，总有成百上千的人目不转睛地看着你，会有一种不自在的感觉，不过渐渐地也就适应了。于是我们大胆地出去欣赏中国的名胜古迹。我们首先要在身上洒很多科隆香水，因为每当走近中国人的房子时——具体地说，就是那些必不可少的露天饮食摊，那种气味非常特别，很难表达清楚。是汗水味，还是油的哈喇味，或是烂鱼味，我到今天也弄不明白。我们走过了那条又长又窄的美食街后，心里就感到非常高兴。

中国的公园也很特别，先是一二尺宽的道路，蜿蜒曲折地，接着会有一座小桥，还有迷宫似的岩石洞穴，再是一些小房子。到处都有龙和史前动物的图像，部分是石头雕刻，部分是由灌木人工形成的。上海周围筑有一条大马路，边上是供骑马的沙路，它是市郊唯一的林荫大道。按照我们欧洲人的概念，中国根本就没有道路，都是狭小的步行路，总是迂回曲折，拐弯不断。

诚然，我在3周时间里，只看到无比巨大的中国的一点儿东西，无法对它作出任何判断。例如，我们的悼念活动用黑色，中国人却是白色。许多方面和我们是完全不同的。我戴了一副很大的墨镜，中国人对此是反感的，但它在炽烈的阳光下保护了我的眼睛，还可以遮挡飞扬的尘土。

希尔德布兰特从南京给我的非正式消息至今没有得到官方的证实。这期间我已为去南京置办了一些东西：床垫、炉子、家用药箱，等等。中国人的拖沓作风，使我到今天已在这里耽误了3周时间。我尽可能地利用这个时间做些有益的事情，但我渴望尽快结束这无名的等待。因为到达中国后就开始领取高薪了，我应该工作是理所当然的事，为此我只能学习，学习，再学习。

向你、向妈妈和兄弟姐妹们衷心问好。

你忠诚的兄弟　罗伯特

# 骆博凯写给大哥赫尔曼的信

## 1895年11月24日于南京

亲爱的赫尔曼：

在繁重的工作负担下，我想赶快给你报告我这几天来的经历。我在写给卡尔和安娜的信中，报告了我乘坐“鄱阳”号轮船到这里时一切顺利。据船长说，我们次日早晨6时就到南京了。我让人于4时30分唤醒我。5点钟我在卫生间时，就叫我们离船上岸了。下船的情况不很好，但很逗人。在中国人的吵吵嚷嚷声中，我的众多行李被送上了岸，高兴的是我在购买的炉子和捆扎好的床垫之间找到了一个位子，“鄱阳”号继续向上游驶去时，我已在岸上。这时四周漆黑如墨。

不久来了6个中国人，提着灯笼，围住了我。我想这可能是要钱，就装作不懂，用手指指我的仆人，但他不知哪里去了。他们把我带到了一个臭烘烘的小屋子里，仍然向我要钱，我还是坚持没有给他们钱。这时仆人回来了，通过做手势将我安排到了另一个比较好的房子里，他让人把行李搬了过来，一件也不少，我叫他付了钱。接着我就想到外面去活动一下，他不让我出去，按照中国人的迷信说法，黑夜里会有恶鬼作祟。他的手指指星空，不许我出去。后来我又要求仆人让我出去，还是没有同意，我看出来这是不可能了，只得像一个被推翻的国王垂头丧气地坐在行李上打瞌睡，直到天明。6点半钟以后，我再次重复我的请求。事有凑巧，这时来了一辆车，是德国军官冯·瑙恩杜夫男爵派他的副官来接我的。8 时 15 分，我们到达了南京，享用了一顿丰富的早餐，消除了疲劳，感到神清气爽，身子也暖和了。

不久，我又结识了少校冯·赖岑斯坦因男爵以及其他德国军官，他们在晚上 7 时 30 分用正餐时向我表示欢迎。陪我来的中国人这时却不见了。走运的是，我找到了一个会讲英语的中国人，名叫程堂罗，和他能够进行很好的沟通。

我的住房尚未建成，我让人领我去看了一下，发现那里正在紧张施工，建造一批房屋，以后才能住进去。现在只能分派我住在一所中国平房里，那里有浴室、卧室、书房、餐厅、候客室、接待室、大办公室、厨房、马厩以及翻译和仆人的住房。房间是非常充裕的。我暂时住在程堂罗先生那里，他

总督府西辕门（摄于 1889 年）

在南京军队的办公处给我腾出了一个房间，我带着日常用品住了进去。

现在我要开始工作了，就是说去拜见道台和总督。我先是让人给我制作了很大的名片。我坚持要在星期六（我是星期四到这里的）去拜见总督。总督阁下至今尚未接见过德国军官，所以，这次命令我和赖岑斯坦因少校一同去拜见。我穿了大礼服，胸前别着勋章，骑着中国马和冯·赖岑斯坦因少校带着一批随从人员到总督衙门去。在候客室等了一些时间后，传呼让我们进去。这时有一大套中国的礼节，做过奇特的欢迎词后，才带我们去见总督。总督大人先是问了许多无关紧要的事情，他讲的是汉语，由一名译员翻译成英语，我也用英语对答如流地做了回话。我讲了教员和学员的关系，并报告说我做过教师，曾经是炮兵学院和步兵学校的教员。我这个无意的口误似乎给他留下了深刻的印象，使我无法再更正过来。

简短地说，我被委派和冯·赖岑斯坦因同去巡视扬子江的江防要塞工事，然后提出相应的改进和补充建议。总督大人给扬子江所有的要塞司令发出了相应的命令，并派给我们一艘中国军舰使用。

明天，11月26日，也就是星期一，我们就要上船了。我们随身携带了厨具、床和一切生活用品。对我来说，首先必须解决一项内容广泛的艰巨任务，也就是今天要为巡视做好必要的准备工作。我们计划必须在圣诞节前完成南京到上海这一段江防的巡视工作。在这4个星期内，及时给家里写信的事可能会有些困难。

这个国家和民众以及奇特的风俗习惯，在开头几天就给了我深刻而难忘的印象，也给我们的公务活动增加了很大的困难，何况我已退役两年半了。但愿我以自己的精力加勇气，在最近一段时间认真工作的基础上，能够圆满完成对我提出的要求。

我正在忙着明天出发的准备工作，请原谅我的信写得很潦草。此外，请

明孝陵石像路（象）

明孝陵石像路（狮）

明孝陵石神道（门柱与石像）

添置了两匹马后，我在这里的设施就全了，只是与我的那些仆人们交流和沟通是一大负担，因为要用手势和形象表达才能使他们理解我的意思。我付钱给我的仆人们时，管家仆人、看门人、两个苦力、马夫和厨子最使我伤脑筋。虽然他们都没有骗我，但我习惯于对一切都加以留心。不过，我的薪水这么高，根本不用担心这些。

但愿你，我亲爱的妈妈以及兄弟姐妹们身体永远健康，衷心地向你们问好。

永远感激你的儿子　罗伯特

# 骆博凯写给大姐卡萝莉娜的信

## 1896年2月14日于南京

亲爱的莉娜：

我在本月8日收到了你1895年12月30日的来信，十分感谢！

在我目前的情况下，也有人向我抛出过诱人的许诺，但我不想受他人的支配。

昨天我们这里是中国的新年，我很早就做好了夜里会有喧闹的准备。除夕之夜，与我为邻的传教士们通宵燃放爆竹，爆炸声震耳欲聋，真能将地狱也闹翻天。那些人或者是那些胆小的邻居们是想以此将那个红毛鬼——我是指我自己——带来的一切不祥影响驱赶掉。他们还不断地在我的房子周围敲竹筒、放爆竹。我对夜间的这种喧哗已经适应了，但这天夜里我根本无法入眠。奇怪的是这天夜里老鼠们也比往日吵闹得更厉害，我用木棒使劲敲打墙壁也没能把它们吓跑。

今天是新年的第二天，我想出去拜年。一个外国人从来也不会完全理解中国拜年礼仪有等级的规定，后来我获悉：新年第一天是给总督拜年，第二天是给高官拜年，第三天是给平级官员拜年，第四天才是下级官员拜年。我的拜年队伍是这样的：我的仆人骑马走在前面，全身是崭新的丝绸衣服，走路时沙沙作响。接着就是我自己，身穿黑色西装，燕尾服换成了黑色礼服，佩戴勋章，外加皮衣和皮帽子。马夫和一名苦力骑马跟在我身后。我的仆人高举我的名帖包——中国的名帖有一只公文包那么大，走在最前面。我的拜年队伍就像一个小小的骑马队列。我们的马匹以庄严的步速，缓缓地经过狭窄的街道。街道不仅又湿又滑，有些地段还是大石板路，骑马走在上面很不舒服，何况我们还必须经常避让无数同样是去拜年的轿子。可是，由于工程师将军骆博凯阁下的外国人身份，不但总督阁下还有其他大官们都将我的拜年帖接受了下去。我骑马走了 3 个半小时，直到下午 1 时半才回家，送出中文拜年帖和德文拜年帖各 7 份。我的那匹良种马似乎体力消耗不多，今天晚上把马厩的墙踢蹬成了两截，它现在几乎露宿在外。不过，必须要向它道歉的是，马厩的墙是由小块砖头垒起来的。

新年第一天，我的仆人们穿了节日的衣服，由会说几句英语的厨子带领来向我祝贺新年。我和他们每个人都握了手，握手时塞给他们各 1 美元作为还礼。新年期间所有商店都不营业，连航行扬子江的上海班轮也停航五天。

我打算待轮船开航后，就到上海去一周时间。我要和那里的雷内少校有事商谈，还有我的胡须和头发也急于找一位理发师修理一次。在这里，如果有人到上海去，其他人就会给你送来一份代为购物的清单，要采购许多这里无法买到的东西。我希望也能结识一下罗德先生，我还特别想买一只会逮老鼠的欧洲狗，因为老鼠对我骚扰得太厉害了。只可惜中国人吃老鼠肉只是一个虚构的故事，否则它们早就被吃光了。

我已准备下周请一位友好的欧洲女士帮忙，给妈妈买一件上等的中国重磅丝绸黑色连衣裙。我打算给你和埃玛挑选一件同样的小礼物，如果你们能告诉我喜欢什么颜色，我就放心了。我相信安娜喜欢深色，你说对吗？

我在这里向你，亲爱的莉娜，向妈妈和兄弟姐妹们衷心地问好。

你忠诚的兄弟　罗伯特

# 骆博凯写给妹妹埃玛的信

## 1896年2月25日于上海

亲爱的埃玛妹妹：

终于又再次呼吸到大城市的空气了，我有多么高兴啊！谁想要理解我这时的心情，必须像我那样经历过在南京那种匮乏和清苦的生活。由此可见，我在这里稍稍放纵一下自己，尽情地享受上海的方便和舒适的生活，也就是可以理解的了。远东的巴黎——上海，可以生活得很舒适，何况这里还可以结识很多朋友。每天上午和下午都有几位先生到旅馆里来看我，香槟使我们一直情绪很高。他们都对我说，我的面色特别好，显得比我刚到达时更好和更健康。真是如此那就好！我在这里除了和雷内少校办理繁重的公务外，还必须为南京的先生们和女士们办理托我采购的一大堆物品，我不断地到处奔走，在各家商店里跑进跑出。我自己也要采购许多东西，所以要到27日星期四才能返回南京去。

我在用过午餐后，给你匆匆写下了这几行字，是为了能争取在邮局下班前寄出。向你的丈夫和孩子们问好。

你忠诚的哥哥　罗伯特

# 骆博凯写给二姐安娜的信

## 1896 年 3 月 2 日于南京

亲爱的安娜：

你 1895 年 12 月 27 日的来信已经收到，非常感谢。我想你一定早在等我的回信，今天可以满足你的愿望了。

我是 2 月 27 日（星期四）离开上海返回南京的。我在上海到罗德先生的办公室去拜访了他。他显然很高兴认识我，给我讲了关于伊塞隆和施伦登霍夫的许多事情。他由于夫人生病没有到“德国俱乐部”去，我每天都在那里找他，最后在我离开上海前不久去拜访了他本人。

我在上海与雷内少校商讨了公务的事，还给南京的先生们代为采购了许多东西，愉快的时光也就飞快地过去了。在 28—29 日的夜里又回到了南京港，在凌晨坐车进城，于 6 时 30 分回到了我的住所。我立刻唤醒了全体仆人，获悉我不在时有一名苦力预支了到 3 月中旬的工资跑回家去了。我决定按规章办事，使其他人看到他不会不受到惩罚处理，随即通过警方要求那个跑掉的苦力立刻归还支取的钱。

我刚回到南京，就接到了总督的命令，他要在离开南京去武昌赴任时在南京港接见全体德国军官。在这迎新送旧之际，南京的活动显得十分忙碌。我想通过我的译员向租车行租一辆马车，但车行老板忙得不可开交，没有到我这里来。我立刻派我的译员去催促，以骆博凯将军的身份命令他来见我。

这家伙到来时，低声下气地请求我原谅，一再声称无法为我安排一辆马车。我只得吩咐马夫给我的“马克斯”备好鞍具。我用过厨子很快送来的午餐，带着马夫骑马赶到下关去，大约有 9 公里的路程。在总督大人不久前命令建成的马路上——南京唯一的一条供汽车和马匹通行的大道已经建起了宏伟的“凯旋门”——整个南京的卫戍部队在此排列成了夹道欢送的队伍。总督已在 3 小时前经过了这条路。我还遇到了成千上万赶来瞧热闹的好奇的中国人。然后是返回的中国军队，原先飘扬的无数旗帜已是零乱无比。我要穿过骑马的卫兵队列继续前进非常困难，约有 800 名骑马的卫队士兵排成宽阔的队列，占据着整条马路和人行道，长长的队伍拖拖沓沓地走来。当人群稍有松散时，我赶紧策马快步前进，在将近两点半时到了下关港。我给自己点燃一支雪茄烟，扣好外套，挥舞马鞭，直接冲进中国人的人群，赶到已经坐在官船上的总督面前。

通向总督官船的栈桥两边插满了最耀目的彩旗，在拥挤的人群中我无法看到装饰布置。经过手脚并用，左冲右撞，加上马鞭的助威，我终于挤到了冯・赖岑斯坦因和其他德国军官的旁边。还要等两个半小时才轮到我们晋见。看到省里的全体高官和将军及指挥官们身穿华丽的丝绸官服，头上顶戴花翎，显得甚是有趣。他们也像我们一样在等待晋见。我向巡视要塞工事时认识的几位将军和指挥官作了问候。看上去他们比我们更习惯于耐心等待，让他们的仆人送来不可缺少的长长烟斗，心不在焉地一口接一口吞云吐雾起来。

我们终于被传呼晋见了。总督大人对每个人都说了几句友好的话。今天除冯・赖岑斯坦因少校及我以外，他是第一次接见德国军官们。他对我讲话的时间最长，我必须紧张而全神贯注地听英语译员的翻译。傍晚时分才筋疲力尽地骑马返回。

到了家里我收到消息，次日上午9时我要去拜见新任总督刘坤一。次日早晨，我洗了一个澡，套上燕尾服，佩上勋章，穿上庄重的礼服，系上白色领带，戴上白色手套，骑上我的良种马前去。其他德国军官一部分骑马，一部分坐安乐椅（滑竿）由人抬着去，看上去酷似一个长长的旅行团，南京狭窄的马路使得我们只能缓缓走着。在总督衙门前，恰如一幅昨天那样的场景。随着时间的推移，我们逐渐对东方中国人特有的吵吵嚷嚷现象也不怎么反感了，学会了用马鞭给自己开道，穿过人群，用燃着的粗大雪茄烟驱散人群中难闻的气味。我们一直挤到最前面的一间接待室，总督的一位擅长法语和英语的译员在那里接待了我们。人永远也不可骄傲。无论如何，一个人想在24小时内晋见两位有权势的总督是太过分了。译员要我们先回去，他说，总督阁下

下关惠民桥

的公务太忙了，改日再派人传呼你们来。

我利用星期日上午的时间。邀请两位先生到我这里共进鱼子酱早餐。一位是费迪南德的朋友希尔德布兰特。我从上海带回来了美味的鱼子酱。我目前的健康状况不用说非常好，我的胃口很长时间没有像现在这样好。

衷心地向你，亲爱的安娜，向妈妈和兄弟姐妹们问好。

你忠诚的兄弟　罗伯特

# 骆博凯写给大哥赫尔曼的信

## 1896 年 3 月 8 日于南京

亲爱的赫尔曼：

此刻是星期日晚上 8 时，我刚让人收拾好了用餐的桌子，将我的办公桌搬到小火炉旁边，以便我这个吃得既饱又温暖舒适的欧洲人给你写信。你 1 月 7 日的来信是 2 月 22 日收到的，就在这天我给你发出了编号 2 的信。

妈妈因为这里出现了天花很是担心，我告诉她接种了牛痘疫苗情况很好，全都发出来了。在中国和在南京，一些人的境况比动物还恶劣，他们住在可怜的土窑洞里或是茅草房里，沿城墙一带和城内的许多地方随处可见的霍乱、天花等疾病从未停止过，但主要是在那些贫苦的民众中传播。令人忧虑的腺鼠疫在香港几乎每年都发生，但在这里并不特别重视。不过，也许要规定往返上海和欧洲的轮船未经检疫不得进入香港口岸，才可以使香港避免这种疫病。

欧洲人，还有经济富裕的中国人，避免与那些人接触，保持清洁卫生，由此防止了任何传染的可能性。幸好我不怕任何传染性疾病，但在这里路上见到的那些情况常常超过了我所能承受的程度！

我在上周写给安娜的信中盛赞了我的健康状况，过了几天竟患上上疟疾，不断地发高烧，直到星期二，折磨了我 6 天，使我无法离开房间。家庭药箱里的奎宁丸帮了我大忙，但也由此损害了我的胃口，头痛得很厉害。现在我走路还有点虚弱，为此在星期六骑马去作了长时间的散步以保持状态。

今天下午，我去晋见了南京的新任总督刘坤一，他是上次对日作战的中国军队总司令。全体德国军官都被邀请了。我们和秘书波特魏因及谢里受到了亲切的接待，进行了相应的谈话。这位年迈的大人和蔼可亲地向我们问候，对陆军改革工作表示积极支持。

如同英国和法国那样，更换首相后会有很大的人事变动，这里的总督衙门以及所有的办事机关和处局都换成了新人。我常去的那个办公室也换了新的长官，但愿他会更加关心我的事。

你认为根据我建造科隆炮台和弗利德里希斯奥特海岸炮台的经验，定能胜任我在这里的任务。对此我不想否认。在军事方面中国人还像是孩子，我们任何一个二等兵都远远超过他们，甚至胜过一位将军！关于我的工作任务，在写给家里的信中我是有意只字不提，只是告知了关于巡视中国扬子江军事要塞工事的任务。我的工作任务是不准向民众透露的。我现在猜测，我至今承担的任务可能完全被推迟了。

我决定要为中国人支付给我的高薪作出相应的回报。因为这里拖辫子的“天子”对军事一窍不通，我在任何方面都可以提出“有益的”建议。即使是在发生战争时扮演一个顾问的角色，我也可以用一句名言来安慰自己：“先驱者是这样的人，他知道得多，但做得甚少。”今天就写这些了，衷心地问候你，向妈妈及兄弟姐妹们问好。

你忠诚的兄弟　罗伯特

# 骆博凯写给母亲的信

## 1896 年 3 月 16 日于南京

我亲爱的妈妈：

我经常在想，你们会喜欢我信中的哪些内容？我估计，你也许最喜欢了解类似有关古老明孝陵的内容，对吗？

我刚到南京就忙于巡视江防军事工程的任务，到处奔波，不断变换的场景给我以双倍的印象。已经过去 3 个月了，我可以静下来加深和消化在中国获得的印象了。不过我可以这么说，我能适应一切，就是不能适应这里的老鼠！中国人夜里的叫喊吵闹声，永不停息的狗吠声，烟火的爆炸声，爆竹的砰砰声，更夫的敲锣声，这一切我都可以装作没有听见，但就是无法忍受老鼠在天花板和我附近不断扑腾的声音。挂在床上的蚊帐，承担了保护我的床和我本人不受老鼠袭击的功能，因为那些嗡嗡叫的蚊子目前还不是太扰人。

此刻的春天天气太好了，阳光普照，春风吹拂。我利用这个时机，经常骑马出去活动。每天我都和马夫轮流换马骑。令人感到惊讶的是，这里的矮种马极有耐力，能够胜任很长的行程和难走的道路，欧洲的饲养方式使它们长得膘肥力壮。下一步我打算绕着长长的南京城墙走完全程。南京城墙隐隐约约的轮廓高高地从毗连的屋顶上方延伸开去，它最早的目的只是为了阻止农村人口涌进城里来。追溯到它起源的时代，那时亚洲人的武器只有弓箭、石弩和棍棒等，城墙足可抵御凶恶的敌人，保卫他们的城市。现在每天还认真地把粗重的横木推上去关闭巨大的城门，次日早上再拔出横木开门，只有单调的城墙巍峨不动。

我通过我的译员与一个守卫城门的卫兵军官进行了交谈。这个可怜的家伙告诉我，他就是在这个城门旁的房子里出生的，他父亲和祖父都做过守卫城门的军官。他希望自己一生能从这个悠闲的高处观察和研究南京人的生活！典型的中国人！

昨天，即星期日下午，我和冯·赖岑斯坦因少校出去散步了很长时间。我们是在朝阳门外登上了一座位于扬子江上游海拔750英尺的山，从那里可以看到呈现在面前的一部分城市的美丽景象——可惜被雾遮蔽了一些，不可能将全城一览无遗。漫长的道路和陡峭的山坡使我得到很好的休息。我们在山顶上发现了一座庙，在这里它同时又是酒馆，还可以在道士那里喝到大倒胃口的茶水。下山时天黑了。尽管如此，我们在陡峭的山坡上仍能找到下山的方向和道路，在城门关闭之前及时赶回进了城。这次长时间的散步使人疲惫不堪，但对我有很大的好处，夜里的老鼠没有能干扰我的睡眠。

今天，我给新任总督提交了一份很长的报告，要求中国当局对我的工作在经济方面给予更多的支持，尽管这个报告被收下了，我估计不会很快给予答复，可能又会以让人等待的空话敷衍了事。对于我的工作问题，目前我仍然会抓紧对中国人进行催促，不让他们那么轻易地把我晾在一边，无所事事。

所有的人都告诉我，这里的夏天异常炎热，但到今天我还是冻得要命，盼望温暖的天气赶快到来。如果天气确实很糟糕，我相信通过小心对付定能承受得了炎热的气候。因为我现在又感到身体很舒服——真是不可救药！

衷心地向你亲爱的妈妈，向兄弟姐妹们问好。

永远感激你的儿子　罗伯特

南京城墙朝阳门

南京北极阁（摄于 1888 年）

雨花台（摄于 1888 年）

# 骆博凯写给三哥卡尔的信

## 1896年3月17日于南京

亲爱的卡尔：

昨天我给妈妈写了一封信，正在等待发出去。现在我又想给你讲讲我初期在中国的一些冒险经历。

现在，正在市区边缘但仍是城墙以内的地方，给由德国军官训练的新兵建造营房，给德国教官建西式洋房以及教练场。今天早上，冯·赖岑斯坦因少校请我和他一同骑马到那里去看看建造房子的情况。

我们9时骑马出发，以适度小跑速度将近10时到达那里，有数百名中国人正在紧张劳动。我们一行5人——我，冯·赖岑斯坦因少校和他的译员，我们两人的马夫，在铺了石板的人行道上骑马缓缓而行。冯·赖岑斯坦因少校骑着他胆怯的马走在前面，与我约有50英尺的距离。

我们还没到达第一个营房的建筑工地，站在我们对面的数百名中国人突然举起长竹竿朝我们打来，还朝我们扔石头。冯·赖岑斯坦因少校的马在勒住缰绳时被打中。他们不断地朝我们挥舞长、短竹竿和扔石头，还试图将我们从马上拉下来。我面对这种情况，立刻用靴刺踢我的马，两腿一夹，冲出了人群。由于我和冯·赖岑斯坦因少校之间的距离很大，众多激动的人群围住了冯·赖岑斯坦因少校，我看不见他人在哪里。这时蜂拥的人群又朝我奔来，我毫无抵抗办法，不得不纵马一跳，越过堆放在那里的建筑木料，到外面去呼救。

愤怒群众的呼喊声实在可怕，我的马也身子发抖，在铺有石板的道路上坡上坡下地飞奔起来，很快就将朝我扔石头的追赶者抛在了后面。译员和两个马夫也紧随着我飞快地奔跑。我十分担心落在后面的少校会有生命危险，赶忙骑马来到军队管理部门找中方主任，经过短暂的交涉，他立刻紧急集合营房的部队，赶往冲突的现场去。

然后我告知了其他几个德国军官。我们决定要求全体德国人做好武装准备，对中国人保持高度警惕。我骑马来到德国士官们的住地，向德国的教官们告知了发生的事件。这时已到中午 12 时，我们准备在下午 1 时集合赶到那里去。我利用这 1 个小时的时间，给我的马喂饲料，自己也吃些东西。当我们全体德国人全副武装准时集合时，冯·赖岑斯坦因少校回来了。他的额头上被石头砸了一个大洞，医生给他缝了好多针。幸而那些人没有能够将他拉下马去，他虽然挨了石头和长竹竿的击打，还是躲过了追赶，飞奔着摆脱了激动的民众。

在新营房的其他地方，同一时间还有 3 名德国军官受到了袭击，受了类似的伤。特别是有一个马夫被拉下了马打成重伤躺在地上。

我听说，发生这次骚动事件是因为农村民众不愿意将他们的田地交出用于军事目的。他们对这事憋着一肚子的气，十分恼火。总督大人立刻派人询问受伤者的身体状况，答应一定对肇事者予以严惩。我相信，现在没有哪个国家像中国还存在十分残酷的惩罚。不过，对此以后再谈。

许多德国人早就认为，在严厉的张之洞离开后，这里的老百姓会变得十分无礼和放肆，这点可以从经常呼喊“洋鬼子”的声音中感觉得出来。不管怎么说，我们中间没有人愿意被拖辫子的乱民打死，等着看新任总督采取怎样严厉的对付措施。

此外，离此不远的地方也发生了上述类似事件。人们为此认为，周围地区的农村民众变得更加执拗和顽固了，也许是由于中国人受了欺骗没有拿到补偿款所致。谁能知道呢？

我的其他情况都很好。向你致以衷心的问候！

你忠诚的兄弟　罗伯特

# 骆博凯写给二姐安娜的信

## 1896 年 3 月 23 日于南京

亲爱的安娜：

非常感谢给我寄来了 3 个品种的种子，只是由于信封的破损混在了一起。不过我很快把它们拣成了三种：南瓜子、洋花萝卜子、色拉菜子。但愿在你收到这封信时，我已经收获了一些洋花萝卜。

其实，我的花园完全是马匹的天地。根据这里的习俗，只在夜里、雨天和喂饲料时才将它们牵回马厩。不过我将和邻居的一个中国园丁取得联系，征询他的意见。

为了让你了解我在这里的生活，完全不缺少任何东西，我在下面简要地描述一些我每天的生活情况，特别是在饮食方面。

早上 7 时，我的仆人永富走来唤我起床，用英文对我说："主人，已经 7 点了。"我穿衣时，仆人已准备好早餐，走来对我说："主人，早餐已经准备好。"我在铺着漂亮桌布的早餐桌旁坐下喝茶，同时用早餐：（1）1 片中国馒头加果酱；（2）2 只鸡蛋，或是水煮嫩鸡蛋，或是荷包蛋，或是火腿炒鸡蛋；（3）半只鸭子，或烤鸡；（4）7 只糖渍李子；（5）1 只橙子（这里叫甜橙，全年都有，味道极佳）。

通常我在 8 时开始工作，到 11 时小休，喝一杯味美思酒，一只加糖的鸡蛋，起泡蛋白，白兰地。下午 1 时，仆人报告说："午餐准备好了。"我先吃一盘牛肉汤，通常是连同蔬菜和面条一起吃；接着是鲜美的鱼，外加蘑菇（蘑菇鲜美无比，甜味，有核桃味，吃到嘴里妙极了）；然后是肉，蔬菜，土豆；随后是家禽（鸡或鸭），蜜饯水果，或其他甜食（布丁或糕点或小饼干）；最后是7只糖李子和1只橙子。这时仆人一直都站在我的椅子后面，询问我还需要什么。只要我的杯子一空，他立刻就给我斟入上等葡萄酒，红葡萄酒或白葡萄酒。可以看得出，他既乐意又准时。

午餐完毕后，我在铺有上等毛皮的长躺椅上小憩一会儿。2时起来骑马出去散步，大多是将近5时回来。然后我喝一杯中国茶，重新开始工作。

7时响起了呼喊声："主人，晚餐准备好了。"晚餐的饮食大体上与午餐相似。晚餐后，我通常在提灯的苦力陪同下到其他德国人那里去打牌，同样地他们也偶尔到我这里来玩牌；我或者写信，练习英语，直到晚上11时。我大多是在11时半上床睡觉。

如上描述，生活过得还是相当惬意的！

虽然我对厨子永昌的烹调很满意，但他和我共同烧烤的土豆煎饼却很不成功。

发生营房的袭击事件后，许多德国军官认为前途灰暗，只有我不是。不过可惜我的绝对安全感觉也有些消失了。

中国有很多瞎子。是不是由于接触疾病时不注意清洁卫生造成的？瞎子们大多手拿一根长棍子，摸索着走在他们还熟悉的道路上，每走3步就摇1次铃，发出尖厉的声音。经常有孩子们带领他们，这时就由孩子们摇铃。我看到过5个瞎子共同抓住1根竹竿，相互挨次跟着走路，缓缓而行。

衷心地向你亲爱的安娜，向妈妈和兄弟姐妹们问好。

你忠诚的兄弟　罗伯特

# 骆博凯写给三哥卡尔的信

## 1896 年 4 月 6 日于南京

亲爱的卡尔：

非常感谢你 2 月 19 日的来信。

我原打算不写日记，而是给家里写信时详细叙述在这里的经历和我个人的感受，也许可以将写下的随笔整理成一本关于我在中国经历的书。如果考虑到我们求知欲旺的读者群，也许需要作些改变，应该给他们报告一些新鲜的事？

不过，由于中国人的观点与我们完全不同，我的叙述有可能会令人无法理解，再经过他人转述，有导致更多歪曲和误解的危险。

我今天要给你讲的情况气氛有些严重，因此除了家庭成员外不要对外人传播。

### "和平的战争"

这里的绝大多数德国人对前景看得很暗淡，中国人对我们的态度变得很不友好，甚至有些敌对，使我们担心会有一次新的大袭击，并考虑是否要迁到上海去。3 月 17 日发生在营房的袭击事件，由于德国军舰的到来，促使新任总督不得不向他的民众发表一个声明。这个声明毫无力度，给民众的印象是袭击"可恶的红毛鬼"不会受到严厉惩罚，甚至还隐含着高官们试图摆脱我们的意图。尽管有我们的军舰在这里，骂人的话和扔砖头的事件从那时以来几乎每天都在发生。为此我们给驻北京的代办发去了一份关于南京情况的报告，迫切要求德国的军舰长期留在这里保护我们。

为了能应付紧急情况，我们让分散在各处的德国人集中到城里来，以便必要时发出警报，集合起来，一同骑马赶往下关港去。我们也与德国军舰约定了暗号，根据暗号向我们派出登陆部队，带着大炮来支援我们。

由于在紧急情况下，每个人随身只能带自己的武器，或许还有重要文件，因此，家庭妇女们忙着给自己的财物列清单。假设一旦逃离住房，留下的东西会被暴民们抢光，这样事后就可以提出相应的赔偿要求。

中国民众对德国人态度的巨大转变很难理解。我们猜测可能是新任总督及其追随者们试图给德国的军队改组者增加困难。

我个人从 3 月 17 日至今天——谢天谢地！一切都很好，没有什么可以抱怨的。因此请你们把情况别看得太严重，最好目前什么也不要告诉妈妈，免得她担心。我个人仍希望能在这里圆满地完成 3 年的合同时间。

衷心地向你问候！

你忠诚的兄弟　罗伯特

# 骆博凯写给二姐安娜的信

## 1896年4月20日于南京

亲爱的安娜：

请允许我衷心祝贺你52岁生日，祝你身体永远健康，精神愉快！

复活节这天，这里下了很大的雷阵雨。接下来气候很暖和，植物立刻疯长起来，这是我从未见到过的。我院子里很少去走动的那条石子路，一夜之间好似铺上了一层绿色地毯。杂草长得特别快，还开了花。这时气候也变得相当炎热了，4月9日在阴凉处是30列氏度。我把温度计放到太阳下，指数立刻上升，超过了40列氏度。为此我很快取出热带穿的衣服。骑马时由于刮风无法戴宽大的热带遮阳帽，只能戴没有帽檐的便帽，为此我找人给我缝了一块白色面纱保护颈脖和耳朵不受太阳的曝晒。我用了在上海购买的那副很大的深灰色眼镜保护自己的眼睛。

这里的太阳可不是好玩的。直接晒到的皮肤上会留下晒斑。在如此炎热的情况下，我也必须改变生活方式：5时就起床，6时骑马出去散步，将近9时回到家。午睡时间也适当延长，傍晚6时又可以外出。我向霍夫曼少尉的太太借了一把锋利的剪刀，让仆人永富将我脑后的头发剪得很短，前面也违心地作了修剪，使我成为卡尔和费迪南德之后的第三位。我要这个中国人将我的胡须也剪短一些，他取来一把很宽的剃须刀，但我改变了主意，没有让他剃。我还不愿意牺牲这把络腮胡子，这个外貌会在中国人那里产生一种对祖父般的信任感。

中国人在炎热天气时穿衣是多种多样的。我见到骑着驴子的上等人家的男子和女士们撑一把伞，手拿漂亮的扇子给自己扇凉风。穿的衣服简直难以形容，那种由炫目的丝绸做成的彩色衣服在欧洲人眼里并不适合。走在他们身边的苦力只在腰间围一块布。在马路上嬉闹奔跑的孩子们，男孩子和女孩子根本就不穿衣服，光着身子。晚上，我也在少数街道旁注意到有光着身子的男人和女人毫无拘束地忙着干自己手里的活计，但这属于极个别现象。

过度的炎热不会持续很久。9 日晚上气候骤变，夜里气温为 4 列氏度，10 日白天只有 10 列氏度。我也立刻变换衣服，住房里生起了火炉，床上也加了被子。过不了几天，气候又逐渐变暖起来。

这里猛禽的活动也很奇特。秃鹫和鹞鹰在城市上空自由自在地盘旋，中国人并不射杀它们，因为它们能帮助清除到处游逛的猪和狗留在路上的垃圾。喜鹊就表现得特别大胆，经常看见它们成群结队地在我的小院子里嬉戏。因此我们可以看到光秃秃的树上有鸟窝。在这种情况下，鸣禽就很少见。厚颜无耻的麻雀是唯一几乎无法赶走的小鸟。我骑马穿过竹林有时也听见夜莺歌唱。夜莺是这里最奇妙的和最受欢迎的一种鸟，不过如同我们国内一样甚为稀少。

在暖和的日子里，一天晚上我吃了一顿美味的晚餐——吃的什么我已记不起来，突然听到马厩里传来很大的嘶叫声，我赶忙穿过厨房奔向那里。我发现我的厨子在马厩里，赤身裸体，只在腰间围了一块布。我使劲挥动马鞭，禁止他再在马厩里做出这种大倒胃口的行为。然后赶快去喝了一大口白兰地，使先前吃进去的食物不会呕出来。白兰地很起作用。这时刚才相互踢蹬的马匹也平静了下来。

我们德国的“阿科纳”号军舰明天就要离开下关，暂时去一个稍远的地方等待一些时候。这时驶来一艘美国军舰停靠在这里，一旦发生情况将给我们以支持。我们和“阿科纳”号军舰的人有过友好的交往，我个人也在舰上受到热情的接待。指挥员萨尔诺夫视我为老朋友。

再次祝你生日快乐，衷心地向你，向妈妈和兄弟姐妹们问好。

你忠诚的兄弟　罗伯特

# 骆博凯写给母亲的信

## 1896 年 4 月 27 日于南京

我亲爱的妈妈：

到今天，我来中国已半年，占我合同期的 1/6。回顾这里的工作，虽说并不突出，也不如我预期的理想，但享受高薪待遇，生活很好。仅就我孤身一人生活在完全陌生的社会里这点而言，对我个人很有好处，对我的生活见解具有重要意义。

我在写给安娜的信中谈了本月初短暂的炎热天气，目前这里正在下大雨。现在下雨非常重要，因为水稻需要水，干旱就会造成歉收，导致饥荒。看到中国人使用水车——一种翻斗式的提升装置，十分有趣，从无数的水塘里和小河里汲水灌溉他们的田地。昨天星期日，精明的和尚和道士由于最近雨水稀少，安排了一场盛大的向上天求雨仪式。仪式甚是豪华壮观，既放炮，又奏乐（有笛子、箫和锣鼓等），热闹异常，长长的求雨队伍在街上走了半个小时。昨天我回避了这个活动场面，因为发生了营房袭击事件后，我对这类群众聚集的场合不大信任。不过，老天真肯帮他们这些精明的和尚、道士的忙，因为今天真的下起了倾盆大雨！

然而，我也堪称是一个很好的天气预言家，因为我的右膝患有风湿性关节炎，只要膝盖那里隐隐作痛，肯定天气要变化，刮风下雨，肯定错不了。

应该重视古代传下来的民间习俗，决不可作为过时的老东西而抛弃。

中国人很怕被雨水打湿，可以从他们的雨伞很大看出来，哪怕是雨滴不大，他们也会带着这种伞。还有在鞋底钉有很大钉子的水靴，地上潮湿时就穿这种水靴。南京这里几百年来都是人口最多的地方，整个土地必然浸透了尸毒和其他瘴毒。现在干枯的土地贪婪地吸入雨水，土层就会松动，禁锢的瘴毒就会释放出来。有人还说，即使在没有风的情况下，雨水也有令人恶心的气味，容易使人吸入病菌。因此，我们一旦淋了雨，首先要做的一件事：洗一个热水澡！

雨下了一些时间后，我们就赶忙用一切容器收集继续落下来的雨水。为了不总是依赖收集可以用的水，我在上海买了一只很大的过滤器（花了 40 马克），我用过滤后的水烧饭、洗澡和饮用。饮用的水我先要做化验，直到完全满意为止。平时用餐我只喝矿泉水。

亲爱的妈妈，我在这封信里谈了许多有关水的事，但愿你不要认为情况很不好。我的房间里有 3 处漏水，我的仆人在那里放着盆盛水。我为能听到附近不时有掉下水滴的噼啪声感到很高兴。我的头顶上方就是屋顶，由此我就不会有天花板要塌下来的担心。

关于我的情况，我感到非常好，很健康。我每个月都给中国当局递呈一份报告，让他们记得还有我在这里。其余时间我就努力学习专业知识。

祝你身体健康，并向兄弟姐妹们问好。

永远感激你的儿子　罗伯特

# 骆博凯写给大哥赫尔曼的信

## 1896年5月2日于南京

亲爱的赫尔曼：

关于这里的政治情况，在目前年迈又意志薄弱的总督治理下，中国人的拖沓作风有增无减。我强烈地怀疑刘坤一总督大人是否会弄到用于改造江防要塞需要的资金。现在我正关注着另一个项目，即建立陆师学堂。那些礼貌有加但十分虚伪的人似乎很重视我的建议，何况建造一所很大的军事学校，会持续很长时间。因此，如果我制订一个教学计划，觉得就有可能成为中国这所陆师学堂的领导人。我很了解这些傲慢自大的高官，自以为什么都空洞无物。如果说服他们相信自己的计划行不通，他们就会说：那你明天给我们送一份新的计划来。我必须及时作好准备。也许我的计划6个月时间就会实现。

衷心向你，向妈妈和兄弟姐妹们问好。

你忠诚的兄弟　罗伯特

# 骆博凯写给大姐卡萝莉娜的信

## 1896 年 5 月 12 日于南京

亲爱的莉娜：

我在此衷心祝你生日快乐！年岁虽在以十位数增加，但愿你永葆青春，身体健康。我向你推荐一个行之有效的基本原则：保持清新的头脑，就能心想事成！

目前，我每月都给中国当局呈送一份关于要塞工事的篇幅较长的报告。这件事似乎使他们感到不太愉快，因为他们现在将我的译员也辞退了，使我的一点儿汉语也搁了浅。虽然他们许诺不久将派一名译员给我，但我已逐渐认识到这件事的实际含义何在。有关我的中国仆人服务问题，我几乎对他们每个人都有意见。只要有可能，他们就会以中国人的方式骗我，表现出对服侍主人甚少兴趣。他们总在背后说对我不满的话，但我不愿换人，因为有句名言说得好：换汤不换药。换人也只是换一张脸。最近两周我几乎每天都和厨子发生争执。我赞扬他时，他就会咧开嘴笑；我批评他不要这么做时，他就一句英语也不懂了。我坐在那里，打开烹调书和英语词典，等着他说误解了或天气等把问题岔开的话。这时我就会随口说德语的骂人话——他肯定是听不懂的，厨子竟然很快就会顺着我的意思做了。因此我最近挺不愉快，胃口也不好。再说，我一个人用餐也非常无聊！现在，我的温度计在阴凉里为 25 列氏度，夜里 12 列氏度，当前的气候我感到很舒适。平时我工作尽可能安排在阴凉的地方，既安静又听不到街上的嘈杂声，连院子里马匹用脚刨地上泥土的声音也隐去了。家里只有一件事使我烦心不已：我的仆人们在房里不停地打牌，他们坐在那里从早到晚都在玩牌，别的什么事也不干。我突发奇想，命他们给我在房子里寻找东西，把他们吵散。

中国人的好奇心简直难以形容，我的仆人中有几个尤其特别。他们首先用蘸湿的手指在我的纸糊墙上轻轻戳洞，透过手指般大的洞窥探我在室内的一切活动。先是他们想知道一个外国人是怎样使用刀、叉和汤匙的，为什么不和他们一样使用筷子。然后瞧我怎样更换西装和打领带的，甚至偷看夜里如何脱去外衣换上睡衣的。还看我是怎样使用抽水马桶的。总之，凡是一切与他们的习惯不同的生活方式都想了解。在一段时间内，我装作对此不知道，让他们窥探，等到估计已经满足了他们的好奇心后，就禁止他们不准再有这种行为。很有成效。幸好我的德文信件可以打开放在桌上，不用担心有被他们偷看的危险。

走在街上我们仍然是世界奇迹。我只要在路上站停片刻，一群好奇的民众立刻就会蜂拥而来，把我团团围在中间。只要我不生气，他们什么都想摸一摸：帽子，手杖，衣服，靴子等等。这点要取决于周围的环境，如果环境不那么令人倒胃口，就没有理由把他们驱赶走。

最后再次衷心祝你生日快乐，我将在6月30日为妈妈的健康、为你这个寿星喝上一杯香槟！

你忠诚的兄弟　罗伯特

# 骆博凯写给二姐安娜的信

## 1896 年 5 月 17 日于南京

亲爱的安娜：

现在是星期日晚上 9 时，我正坐在灯下给你写信。但我又不得不停下笔来，因为我的灯光引来了无数飞虫，飞来绕去，迫得我写不下去。可惜我不是一名昆虫学家，无法将这些闪耀着各种颜色的奇特昆虫进行分类。

18 日上午 10 时继续写这封信。早上好！我早上骑马出去作了 4 个小时的散步，吃了丰盛的早餐后，精神又好了，我要将此信写完。

今天早上我去了最喜欢的地方，那里是一个岛，有条浓荫遮蔽的大道通到那里，路名就叫“垂柳林荫大道”。

在一条并不很宽的长堤上，左右两边是年老的倒挂杨柳，小路蜿蜒曲折地穿过湖去，湖面那里就是白鹭嬉戏的地方，我看见有个地方站着 9 只白鹭。在相应的季节里，那里还是天鹅和野鸭的天地。这条路上有 4 座桥，由于年久失修，行将倒塌，必须下来牵着马走过桥。我已经有 1 周时间没有到那里去了，发现这期间长堤岸边的柳树已是枝繁叶茂，站在路上看不到湖的对岸，骑在高高的马上才能看到远处的景色。岛上种的蚕豆已收割完，桑树的叶子被采摘去用作蚕的饲料，只留下光秃秃的枝条。这些外表光秃秃的树干失去了往日的茂盛，桃树却变得欣欣向荣，果实累累，红扑扑的面颊表明即将成熟。我至今所见到的中国色拉菜，看上去就像我国的苜蓿，口味好似大葱，我不

玄武湖

爱吃。不过我可以吃到鲜嫩的洋花萝卜和黄瓜，只是色拉油不合我的口味。现在我自己搞到了精制油。你寄来的色拉菜籽可惜水土不服，出芽后不久就寿终正寝了。

这里从上午 9 时起就热得透不过气来。此时我就会待在房子里阴凉的房间。我的马夫戴一只大草帽，骑马每走一步帽檐就拍打到肩上，看上去就像是在给他扇凉。

在这个季节里，我们德国用握手表示问候的古老习俗也必须退避三舍。每个不习惯这里气候的欧洲人在太阳下不仅双手湿漉漉，而且每个健康的外国人额头也是汗如雨下。我体会到，如果没有这样经历的人，根本无法想象热带的炎热程度。

下午 4 时半继续写此信。午餐时厨子给我端来了烧蚕豆，但我无法认出那是蚕豆，因为每粒豆子都剥去了皮！除去外观无法辨认外，连口味也很差，就像在水里煮了一遍。我立刻命他端了回去。后来发现端来的肉烧得过老，咬不动。我狠狠地责骂了他一顿！你知道这家伙怎样了？他泪水涟涟地对我说，他身体有病，还让我看了红肿得很严重的后背。我坦率地对他说，重犯这样的错误我就要扣他的工钱——我希望这样说会有效果。然后我知道他去了医院看病。

今天就写这些，衷心地向你问好！

你忠诚的兄弟　罗伯特

# 骆博凯写给母亲的信

## 1896 年 5 月 24 日于南京

我亲爱的妈妈：

这里好热啊！夜里我的温度计还指示着 20 列氏度。

我早晨 5 时起身，将近 6 时骑马出去散步，中午午餐后睡上 1—2 个小时。白天我喝冷茶，午餐时我喝很多红葡萄酒或白葡萄酒。

气候太炎热了，我的木结构“皇宫”里现在热得很，整天都发出吱吱嘎嘎的声音，每隔半小时就有一次很响的咔嚓声，夜里常使我吓一大跳。原因是建筑房子的木料水分含量大，天气干燥时木料要收缩，从上到下都会发出咔嚓声，仿佛房子要分裂似的。

我的热带衣服在这里正用得上，在屋子里时我就锁上门，穿上更舒服的衣服。

我的厨子终于给我端来了原汁原味的青蚕豆，我中餐和晚餐都吃它，连续吃了三天，后来就吃厌了。

终于给我派来了一个新的英语译员，这个人身材高大，几乎比我高出一个头，脸上是密密麻麻的麻点，人称“麻子脸”，在这里很普遍，经常会遇见，我不久就习惯了。当需要将一篇科技性的报告译成英文时，我就像是一个笨学生，坐在那里对每句话都用英文解释一遍。在我失去耐心时，我就用方言骂人，这个中国人就对我笑笑，我立刻恢复正常状态。我告诫自己：将军大人，要冷静，重新开始！

今天是圣灵降临节，我的院子里十分繁忙。10个中国人在那里敲敲打打，时而闲聊，时而吵架，他们在为我建造一个新马厩，再将旧马厩改建成厨房。原有厨房就在我的房间附近，天气热加上厨房热，真令我受不了。

霍夫曼少尉的家离我只有20分钟的路，有时晚餐后我到他家去玩，坐在他房子后面的小花园里，在星光皎洁的月夜里，从晚上8时坐到10时半才回家。

我曾建议节日期间作一次小小的郊游，但很快发现这个建议行不通。因为这时只有凌晨和傍晚才能骑马外出，炎热的中午怎么办呢？躺在草地上肯定是惬意的，到中国人肮脏的房子里去连两条腿也不会同意。

霍夫曼家邀请我在节日的第二天共进午餐，餐后和他全家到附近的夫子庙去玩。

我的一只纯种中国狗除了脾气不好外，有很多优点：首先，警惕性很高；其次，晚上会把起居室和寝室里的老鼠赶走。这里的老鼠依然很烦人，我又不能下毒，否则我必须将毒死的老鼠找出来弄走。用捕鼠器只能逮到一两只老鼠，对太多的老鼠就无能为力了。

衷心祝愿你身体健康，代向兄弟姐妹们问好。

永远感激你的儿子　罗伯特

# 骆博凯写给大哥赫尔曼的信

## 1896 年 5 月 28 日于南京

亲爱的赫尔曼：

感谢你 4 月 20 日的来信。请转告妈妈，南京这里每年收获 4 次土豆，我很爱吃这里的新鲜土豆。这里没有燕麦糊，改吃大米稀饭。我每天吃两次稀饭，虽不是用牛奶煮的，但味道极佳，十分感谢妈妈对我生活的关心。

现在谈谈我的生活情况。

我在 3 月 9 日的信中谈到了中国人对外国人不友好的态度。我对这种情况的担心与日俱增，但目前似乎又平静了些，只是对未来的前景仍不太乐观。因为一个尚处思想觉悟较低状态的民族，对事情的判断就像是孩子，随时可能受别有用心的人误导或挑唆而对外国人使用暴力。每天都有类似这种情况的报道，在一个幅员如此辽阔的国家这是无法估量的。

中国的生活与我们欧洲的生活是完全不同的。如果没有在中国生活过，根本不可能对它有正确的印象。可是，我们最早一批德国的或欧洲的报纸，在它们报道中国的文章中漏洞百出，不是歪曲实情就是带有不真实的消息。我非常感谢你这次寄来的《证券报》有关报道总督张之洞调任的消息。这个消息也是错误的。如果你认为张之洞的调任是对他的一种惩罚，那就是大大地冤枉他了。现任总督刘坤一以前就是南京的两江总督，在 1894—1895 年的中日战争期间他被任命为钦差大臣，北上指挥对日作战。战争结束后，年迈

张之洞接见美国客人

的刘坤一想告老还乡过清静生活，但没有恩准，把他派回到了原来的岗位，并将张之洞调回到湖北去。

报纸的错误报道可能是出于中国各派别嫉妒的原因，或是绝大部分中国人闭关自守不愿与外国人交流所致。开放少数港口对幅员辽阔的中国来说只起着极小的作用，修筑铁路对解决交通阻塞的情况同样如此。中国必须对西方文化敞开大门，可是这方面的进步也被有关权力方因意见不一致而拖延不办。这时的俄国人将会根据它在东亚的军事实力乘虚而入，控制中国。

中国的皇帝多年以来致力建造一个木结构的夏宫，为这项建筑今年又耗资 1400 万两银子，要总督刘坤一在这个富裕的江苏省贡献出 700 万两银子。这使我们这位年迈的总督十分恼火，但又不得不照办。据估计，这项建筑工程进展甚慢，因为谁也不知道如此巨大的建筑款额到哪里去了！中国人哪！

中国有 4 亿 5000 万人口，我在南京只认识极少的部分，我用一条粗线把他们分类，线的下面是普通老百姓，线的上面是官员和文人，再就是按我们的概念普通老百姓中有小骗子，官员中有大骗子。

与普通老百姓共同生活是不会愉快的。我们可以看到，虽然手工业者和农民们众所公认十分勤奋，但他们的生活没有丝毫富裕的痕迹，仍穿着肮脏的油腻腻的衣服，破衣烂衫，就像我们国内到处流浪的吉卜赛人，从事十分繁重的劳动。

我很难忍受眼睁睁地看着自己遭人欺骗，却又束手无策。我的管家仆人不仅从我的其他仆人处抽取分成，也从我的每一笔支出中骗钱，他还和看门人相勾结，如果手工工人、洗衣人或小贩们不给他好处，就不让他们到我这里来。我却要完全依赖他，要通过他的中转与其他仆人打交道并管理他们。即使购买东西因为语言不通也很困难，实际也行不通，因为商人们对外国人的欺骗比仆人的欺骗更加厉害。

昨天早晨出去骑马散步时，我要我的马夫带路。我让管家仆人告诉马夫，我打算骑马散步 2—3 个小时，最好是去看看阴凉的竹林。我骑上马时，那家伙还像狡猾的兔子咧嘴朝我笑笑。马夫一边走一边大声喊着“向左”，指挥我前进，我逐渐听懂了他指挥的话。结果怎样呢？他带领我走了两个小时，经过完全陌生的市区，经过狭窄的气味难闻的巷子，那些破损的石子路上还有坑坑洼洼的水潭，马蹄也不断滑向路边。我气得骂他，马夫只是大笑。我还是要跟他走，因为城市的大街小巷就像一个迷宫似的，我根本分辨不出东西南北。真是令人十分尴尬的局面。后来终于来到了一个我熟悉的地区，指挥权重又回到了我的手里。回来后，我气愤地责备管家仆人，这家伙竟笑了起来，还说那是因为我自己想要好好看看南京。

可惜，有时我自己也会由于误解导致尴尬的后果，常使仆人们大笑不已。

霍夫曼少尉的太太抱怨老鼠太可恶，我给了她一只捕鼠器。过了一段时间，她高兴地告诉我逮到了一只大老鼠。不幸的是她这时对中国厨子说的话不准确，误导他立刻在房间里把老鼠放跑了！

通过我前面的简单描述，你可以看到我在这里的生活和活动情况。但请注意，这些情况只可家里人知道，切不可对外人道及。

衷心地向你问好！

你忠诚的兄弟　罗伯特

# 骆博凯写给三哥卡尔的信

## 1896 年 6 月 2 日于南京

亲爱的卡尔：

这里又出现了十分令人激动的情况。昨天发生了第二起流血事件，就如我们德国人中那些悲观主义者所预料的那样。

一位德国教官遭到由另一个中国军官们率领的连队当着他自己连队的面

德国教官遭袭击（兵变）

严重殴打，被刺刀刺伤，并被投掷的砖块击中，生命垂危。当时普通百姓也参与了，此事与他们无关，令人对他们的出现很生疑。具体地说，这里有两种不同的部队，德国教官们训练的是刘坤一的部队，即自强军。另一个部队羡慕自强军不仅服装好，而且武器也比较好。在自强军操练前——当时还没有带武器，徒手操练，另一个操练场上的连队突然挑衅地来到自强军面前，手里拿着长戟、狼牙棍和上了刺刀的老式步枪。此时第一位德国教官骑马过来出操，这伙武装的士兵立刻朝他冲过去。虽然刘总督严格禁止，我们大家还是随身带有手枪。于是这位旧普鲁士军队的士官拔出了手枪，但他还没有来得及开枪，很快就被蜂拥而上的中国人打伤了。没有武器的学员们竭力解救他们的教官，由此发生了一场名副其实的小型混战。

其他连队的人赶忙奔向正骑马走来的连长，向他发出警告。他听到这起事件，立即和其他一些人以及教官们抽出军刀快马奔到出事地点，终于将遭到严重袭击的士官解救了出来。民众们叫喊着投掷砖头积极参与，情绪变得越来越激动。在邻近的一条马路上——一条唯一宽阔的马路，站着密集的民众也朝德国人大声吼叫。幸而这时骑马的人从各方赶来了，使劲挥舞马鞭，赶走了大声喊叫的人群；有的则高举军刀追赶几个坏家伙，直到他们逃进茶馆。

德国驻上海总领事为了调解这起事件，发电报来了解情况。德国的巡洋舰“威廉公主”号碰巧也于次日到达南京的下关港。

这起事件发生时，我正坐在中国居民区自己的“皇宫”里，所以今天早上我才获悉详细情况。

明天是6月3日，我要到上海去几天，但与发生的这起事件无关。因为我要与雷内少校处理一些业务上的事情，他将于下周末经过日本和美国返回德国。

今天就此搁笔，衷心地向你，向妈妈和兄弟姐妹们问好。

你忠诚的兄弟　罗伯特

# 骆博凯写给大姐卡萝莉娜的信

## 1896年6月7日于上海

亲爱的莉娜：

我写信告诉过卡尔，我到上海来是和雷内少校告别。我在途中很不舒服，无法入眠，不能进食，呕吐得厉害。行程中，扬子江十分安静，水平如镜，不可能是晕船。

到达这里后，我先去理了发，在南京都是由我的管家仆人剪的。然后我去看了迈耶林克。他给我做了检查，诊了脉，随即送到医生那里去，因为怀疑我患疟疾发高烧。大夫确诊是这个疾病，用奎宁丸治疗了几天，有了很大好转。关在旅馆房间里的日子真不好受，因为整天都下雨。现在，我的身体又一切正常了。

雷内少校打算6月底结束周游世界，答应我一定到埃森去探望费迪南德，也可能会到伊塞隆去小住几天。

上次我在信中对卡尔讲述的事件有一个错误，说受到袭击的德国士官是被德国人解救出来的。事后我了解到，他是被中国人拖进了他们的营房，从那里逃了出来，然后才被德国人带到安全的地方。目前有两艘德国军舰在南京：“威廉公主”号和“伊尔梯斯”号。不过目前似乎一切又平静下来了。

从南京来到上海，看到这里宽阔干净的道路、电灯、欧式的房屋和教堂，感到非常高兴。我想说，除去面积不同外，上海完全可与巴黎相媲美。

明天是星期一，夜里12时我乘船返回南京去。我在这里买了鞍具、衣服、生活资料和粮食等。我估计，36小时行程会比到来时好受一些。

但愿你们今年有一个美丽的夏天，衷心祝愿你亲爱的莉娜，祝愿妈妈和兄弟姐妹们身体健康。

你忠诚的兄弟　罗伯特

# 费迪南德写给骆博凯的信

1896 年 6 月 9 日于埃森

亲爱的罗伯特：

我们先从《自由思想报》上的英国电讯稿获悉 6 月 3 日的南京事件，称德籍教官克劳泽在中国最高层官员的策动下被杀害了，其他德国军官都离开了南京，两艘德国军舰被派驶去南京，强烈要求中国政府按照合同期支付德国军官全额薪水。《科隆日报》《北德总汇报》对此先保持沉默，后者随后报道了派遣德国军舰和德国军官被杀害的消息，称外交部对此毫不知情。其他报刊则认为这消息完全是不受欢迎的英国人捏造的谎言。《哈诺威日报》报道称，克劳泽没有被杀害，而是受了重伤。人们猜测是一起政治阴谋，试图将中国军队置于俄国的领导和监督之下。

我的想法倾向于认为这是一起偶然事件。德国军舰的目的则在于促使中国政府保证你们的生命安全，不受民众的骚扰。估计中国人会变得理智起来，尊重你们的努力，消除改革军队道路上的障碍。

我一直很想了解南京的道路设施、供水、社会生活和工业等情况，你肯定也会对此甚感兴趣。假如中国人在许多方面低于我们的水平，你们定能为此提供更多的帮助。

最后，亲爱的兄弟，鼓足勇气干吧，让我们再喝一杯！衷心地向你问好。

你忠诚的兄弟　费迪南德

# 骆博凯写给母亲的信

## 1896年6月16日于南京

我亲爱的妈妈：

北德劳埃德轮船公司的“海因里希王子”号将于18日起航，从上海返回欧洲，我想让它把这封信带走。

莉娜告知了我烤土豆煎饼的方法。要想取得较好的成绩，我必须亲自动手。但这不适合我，我担心面对乱糟糟的厨房，会使我1周都没有胃口。我每天都对我的厨子说，我最爱吃新鲜水果。我的桌上由此总有5种水果：菱角，杏子，香蕉，桃子和中国的枇杷。令人不可理解的是，这里摘下的桃子颜色是青的，表明尚没有成熟，为此我只能享受观看桃子的乐趣。

费迪南德将我们南京的总督刘坤一和中国特命全权大使李鸿章搞混了。李鸿章是个著名的也是臭名昭著的人，他参加了沙皇的加冕典礼，现在还要到几个欧洲国家去。李鸿章受到各个国家特别是克虏伯公司的欢迎，我能够理解。这个狡猾的中国政治家无疑是北京总理衙门最有影响的大人物，与坐在龙椅上的最高权力者最为接近。

李鸿章最近对采访他的一位德国记者说，他感到自己和我们的俾斯麦具有相同的智慧，只是俾斯麦对其政策实施手段的选择比他有利。他特别偏爱称自己是“中国的俾斯麦”。李鸿章在中日战争期间曾一度失去皇帝的恩宠，受到了剥去黄马甲的惩罚等。

我从上海写给莉娜的信中提到过我患疟疾发高烧的事，服了奎宁丸后我已彻底摆脱了这个讨厌的家伙，但它也耽误了我在上海的活动计划，为此还付给大夫 4 次出诊费 20 银圆，相当于 60 多马克。

在南京我发现对形势不稳定的判断仍然占上风，因为发生那次袭击教官事件后，有家室的军官都将妻子和孩子送到上海安全的地方去了。两艘德国军舰“伊尔梯斯”号和“威廉公主”号竭力给我们提供较好的保护，“威廉公主”号为此还在南京停留了一些时间。在此期间，我并未遇到过敌对的行为或不友好的举动，没有什么可抱怨的。

昨天下午，我的译员送来一份正式的书面请柬，邀请我和他及几位朋友一起坐游船庆祝端午节。端午节是中国一年中三个最大的节日之一。我虽然不明白这个奇怪的中国式友好举动的含义，但还是应邀去了。我还请同去的人喝了几瓶香槟，抽了雪茄烟。

为了到游船码头去，我在下午 1 时半骑上“马克斯”，译员的马跟在我的后面，吩咐马夫带着我散步用的手杖和他从不离手的扇子走在前面为我们开路。我们离秦淮河越近，通行越是困难，因为大量的民众都在从大街小巷拥向游船码头。尽管有小小的碰撞，但我们有时不得不跟紧挤在人群中的马夫。为了不被挤到墙上去，我不得不时而右脚离开马镫，时而左脚离开马镫，保护好鞍具。虽然中午的天气十分炎热，但点燃的雪茄烟帮了我大忙，驱散了围绕在我周围的刺鼻气味。

我们在一家茶馆前面下了马，然后跨过一堵矮墙，走进游船里去。因为其他几个游船码头都挤满了人。译员在游船里给我介绍了他的朋友，其中几个显然是有教养的和友好的中国青年。如同往常一样，交谈相当困难，因为我们，中国人和我，都说同一种外语，却相互只能理解对方的片言只语。中国人说的是上海洋泾浜英语，我说的是磕磕巴巴的英语，正确不正确都是一回事，只管

夫子庙天下文枢牌坊（摄于 1888 年）

大胆地说下去。

最近我问过一个英语讲得很流利的中国人，他在我拜见总督时曾做过我的译员，我问他是否听得懂我说的每句话。他回答说："不，你说 20 个词，我大概听懂 8 个词。"我高兴地回答他说："太好了，已经足够理解我说话的含义了。"

现在回过来再说端午节的事。我先是询问端午节的起源，中国人十分自豪地说："那是在 1000 多年以前……"这是一个经常可以听到的开场白。据说是一位著名的皇帝为了在一条小河里寻找他的一个政治家的尸体，并且找到了。为了纪念这次天子坐在一艘龙船上带领大家成功地寻找到尸体的活动，因而成了全中国一个最大的节日。尽管我觉得这个理由很勉强，但对中国人来说足可高高兴兴地坐在隆重装饰的游船里大大地庆祝一番了。

从下午2时半起，我们和无数游船一同在河里时而并驾齐驱，时而各奔东西，划来划去，川流不息，站在两岸的无数群众瞪大眼睛呆呆地看着。如同平日那样，游船里的“洋鬼子”总会激起人们的极大兴趣，使我们这艘游船由于我的存在受到最多民众的欢呼。

在我们之间有3艘龙舟，船头上装饰着一个纸做的色彩鲜艳的巨大龙头。这些船上的划船人穿了漂亮的红衣服，头上戴着一顶红色的大礼帽，绷着小牛皮的大鼓擂得两岸一片喧哗，欢呼声不断。

尽管我明显地跟不上这种高涨的节日欢庆情绪，但我已下定决心今后要尽可能多参加这种民间节庆活动。在火热的太阳照射下，游船上薄薄的帐篷布对炎热的程度稍有减弱。我饶有兴趣地观察人们挥动几把大扇子给我扇凉，不时地递来滚烫的热毛巾，用来擦去脸上、颈脖处和两只手上珍珠似的汗水。这些

大钟亭（摄于1890年）

热毛巾的效果确实好极了。

接着摆上了一张桌子，送上我的香槟——已被太阳晒热了，还有水果和糕点。我发现这都是我的厨子安排的，不久认出杯子、盘子等物也是我用餐的餐具。这时我才明白为什么厨子今天一大早就向我要支伙食款了。现在我也理解我的译员为何要邀请我了。我只得无可奈何地接受中国人将我用餐的餐具“共产”了。

对文明国家的欧洲人来说，与中国人一同用餐甚少乐趣。因为，这些人还没有改掉用餐的粗野习俗。我不喜欢他们从我的杯子里喝酒，不喜欢从他们的杯子里给我斟酒，不喜欢吃别人咬过的水果，而这却是中国人用餐时友好亲切的表示。然后，我们的游船刚在小河岸边停下，就立刻被许多其他游船包围在中间。这时轮到歌女们上场了，我们为此在那里待了1小时45分钟。接着是中国丰盛的晚宴。我们在那里愉快地度过了足足6个小时。

如同以前每次和中国人用晚餐那样，我先给自己点燃哈瓦那的雪茄烟，巧妙地避开油腻的菜肴和温热的米酒。我的厨子给我送来一只圆形蛋糕，它能帮助我应对一切场合。幸好那些歌女并不一同用餐，只是不太雅观地把夹给她们的食物放在代替盘子的瓷匙上。用筷子给客人夹菜，当然是这里的习惯，我的汤匙和放调料的碟子全都满满的，因为每个人都会用筷子给我夹些菜。继而我将两只碟子里的东西随意地倒进了游船外面的河里。这个游戏会重复好多次。我感到坐在中国低矮的瓷凳上很不舒服，硬邦邦的，没有靠背。我不时站起来，在游船里走动走动。我这个举动竟丝毫没有影响中国人的用餐情绪。

午夜1时我被释放了。我想为我的用餐付账的意图被拒绝了，但我又不得不站在一旁看着他们在价格上讨价还价的丑陋场面，然后才上岸。我在入睡前作好了打算：“只此一次，下不为例！”

衷心地向你，向亲爱的妈妈和兄弟姐妹们问好！

永远感激你的儿子　罗伯特

# 骆博凯写给兄弟费迪南德的信

## 1896 年 6 月 21 日于南京

亲爱的费迪南德：

你 5 月 3 日的来信我是 6 月 15 日收到的，非常高兴。我在写给妈妈的信中讲了你将中国的特使李鸿章和我现在的总督混淆的事，想必你已知道了。

赫尔曼向我打听 3 月 17 日和 6 月 1 日发生的袭击事件。中国人对此的处理很特别，外国人无法了解他们处理的真实情况。确有几个人被关在木笼里或在背上插一支箭牌游街示众，这是中国最轻的处罚。但令人怀疑这些人是真正的肇事者吗？我觉得，游街示众的人都是一些要受到上述处罚的罪犯，或是正好要绑赴刑场斩首的犯人。

这里的斩首做法也十分滑稽。前天，一位同事亲眼见到有 4 个戴着脚镣手铐的人被带着经过他所在的街道，然后在一个十字路口站停下来，（监斩官）在马路上燃放了几个爆竹，将爱看热闹的民众吸引过来。接着，刽子手从后面对那些戴手铐的人猛踢一脚，使他们正好双膝跪在地上。当时只有一个拿着大砍刀的刽子手，据说还是第一次履行他的职务，因此砍向第一个人的一刀砍偏了，没有砍在颈上，而是砍到了脖子上，经过刽子手将大砍刀来回拉锯，头才落下来，但锁骨和颈系膜还连在头上。第二、第三和第四个犯人就很走运，一刀就把头砍了下来。行刑结束后，一个人两手各抓住一个脑袋上的头发，两只手臂向外叉开，以免有血滴到自己身上，提着砍下的脑袋离开刑场。犯人的脚镣手铐同样被解开带走，却让没有脑袋的血淋淋的尸体留在那里曝尸几个小时。这样的几具尸体横在一个约 3—4 米宽的热闹街道上，肯定十分恐怖吓人，但那些冷漠的中国人经过那里竟然无动于衷，漠不关心。

还是这位同事，昨天中午在同一条街道上和同一个地点，又目击了相同的行刑过程，砍下了两个人的脑袋。

随信给你寄去《东亚劳埃德报》上的一篇文章，标题是“中国的未来铁路”，你可能对此感兴趣。我觉得这篇文章真实地反映了这里的情况。

绝大多数人抱怨这里的气候太炎热，我却觉得很舒服，还是可以接受的。诚然，欧洲人必须备有相应的衣服并且改变生活方式。口渴时我通常都喝茶，但有时也改为喝白兰地或有酒精的饮料——啤酒。只是我的两只手蜕皮得厉害，蚊虫的叮咬处痒得难受。除此以外，这种炎热对我完全无所谓。用餐时我缺不了西红柿色拉菜，它令人清凉提神。中国人摘下的桃子都没有成熟，颜色还是青的，至少我还没有看到成熟的桃子。不过其他水果如杏子、枇杷、香蕉等的口味好极了。

“威廉公主”号还在这里，据说德国的教官们将和他们训练的部队转移到上海郊区的吴淞去。我得认真地考虑一下，我自己该怎么办。

刚才科尔贝格先生给我送来了一筐好漂亮的桃子，红扑扑的。他是铁路工程师，我是否要转行去搞建造铁路工程?

我打算 7 月中旬和迈耶林克到日本去。不过，如果这期间我找到了工作——有人告诉我中国人要在扬子江要塞配备 15 门速射炮，我当然愿意接受这项任务。

衷心地向你，向亲爱的妈妈和兄弟姐妹们问好。

你忠诚的兄弟　罗伯特

# 骆博凯写给三哥卡尔的信

## 1896 年 6 月 23 日于南京

亲爱的卡尔：

十分感谢你 5 月 13 日的来信。

你想要我的一份经过公证的合同副本。这个合同共有 3 份，是中国政府的徐代办在柏林签订的，并有我的签字：一份给中国政府，一份给我，第三份给埃森的克虏伯公司。一旦我的合同遗失不见了，克虏伯公司还有一份备用。我记得在我离家前给过你一份合同副本。不过，如果你还想要的话，我可以给你寄上一份由上海总领事馆证明的副本。

可爱的上帝给了拖辫子的天子一块美丽的土地，保证在他治理下有好天气，有生长茂盛的植物。总之，它保证了中国人有很好的生存条件。不过，我今天要讲的是我们德国同胞的事。我曾说过，至今我与德国人的交往都持保留态度，避免成为在自己国内传播南京德国人消息的人。在这个层面上，我告知下面一个秘密消息：在这里的德国士官和军官中发生了一起不成体统的事。绝大多数的欧洲人有些胆大妄为，因为他们无所顾忌，指挥员根本就没有威信，他得容忍最粗暴的和最无情义的行为，因为他也不是一个真正有魄力的人。

事情发生在前天，两位德国军官把他们的妻子儿女送到上海去后在一起用餐，发生了话语争执，最后那个客人不恰当地骂了主人，甚至还动了手，当着中国仆人的面撕破了他的衣服，一边打一边口吐污言秽语骂他。不可避免的结果是双方提出条件严格的决斗。据说这场决斗定于下星期四或星期五在上海——中国的土地上进行。受侮辱的霍夫曼少尉是一位安静的、彬彬有礼的先生，他请求我如果一旦出了事要照顾好他的家庭。为此我必须在这个周末再到上海去一次。如果坏邻居要闹事，最善良的人就无法安静生活。

这里实在炎热，但对我却相当有好处。我在柏林买的后来又在途中添置的热带衣服非常有用。衷心地向你问好！

你忠诚的兄弟　罗伯特

# 骆博凯写给母亲的信

## 1896 年 6 月 30 日于南京

我亲爱的妈妈：

非常感谢你祝贺我的生日！你这次的信来得特别快，途中只走了 34 天。

最近几天由于下了很多的雷阵雨，天气的炎热程度有所减弱。虽说我并不怕炎热，但我的脸和两只手都在不断蜕皮，还生了痱子。后者本身并无大碍，只是痒得厉害。我感到不舒服的是炎热情况在夜里也没有减弱，例如我带来的睡衣无法穿在身上。我的管家仆人为防止我的东西发霉，不时地将我的家用器具等搬到太阳下去晒。我寝室里挂衣服的铁钉必须一直用纸包裹起来防止锈蚀。最有用的是我在军官俱乐部买的汗衫和短裤，安娜给我收拾行李时看到过的。

目前我正在为去日本度假做准备。我将在 7 月 6 日从这里去上海，在那里购买鞋子和法兰绒西装，打算 7 月 10 日星期五从上海坐轮船去长崎。迈耶林克先生提前一个星期去，我拒绝了和他一同出发的邀请，因为我感到在步行登山之前，先去温泉浴场 3 周是有益的。我在冬天患上的风湿病尚处早期，希望通过在日本泡温泉会治好这个病。风湿病使我的管家仆人十分惊讶我对天气预报的准确性，但我想摆脱这个十分令人讨厌的预报天气的才能。

我对留下来由中国人照管的财产有些担心，因为中国仆人们有天生的好奇心，我的马匹会怎样？我要不要在出发前把它们卖掉？

我也许不能带着仆人到日本去，因为拖辫子的中国人在那儿会遇到不愉快的场面，再加上语言的困难，我也无法控制。也许可以在当地雇用一个短期的日本仆人，因为旅行没有一个熟悉当地情况和会讲日语的人是相当困难的，而我自己只会说德语、英语和法语。

“威廉公主”号还一直停靠在这里，我去作了拜访，还接待了指挥员和军官们的回访。通常我是尽量避免这种交往的，因为我不想到啤酒馆去。这里已打算将由德国教官训练的部队转移到上海郊区的吴淞去，我则打算放心地留在这里，我从日本返回后有希望接受要塞工程的任务。中国人现在人心涣散，已无法将具体任务交给他们了。那个上次遭到袭击的德国教习获得了一笔可观的赔偿款，可能就要返回德国去。如果中国人也考虑解雇我的话，就该按合同规定付给我 25000 马克的补偿款，比付给我薪水还多。德国教官训练的部队离开南京后，这里的情况又相当平静了。我相信，我可以不受任何干扰，继续留在这里。

难懂的汉语加上每个人不同的发音，使我对汉语至今仍是一窍不通。虽然我从有趣的手势表情和语调中猜出其含义，但我不喜欢听他们说废话，经常严厉地禁止我的仆人们这么做。因为和我的仆人们交流异常困难，虽然非常小心，还是会经常闹出很大的误会，今天就发生了一件可笑的事。我买了漂亮的桃子，告诉我的管家仆人，让厨子用漂亮的纸包好后装在一只篮子里，我要连同一束花送给从上海返回的霍夫曼太太，表示欢迎她回来。4 个小时后我骑马回来，发现厨子将 26 只桃子加工成了桃子泥，放在一个做饼的面团上，还想把鲜花揉进面团里。虽然那个做成的东西味道很好，我不禁大笑起来，但还是得再去买桃子。

但愿你能很快地收到这封信，衷心地向你和兄弟姐妹们问好。

永远感激你的儿子　罗伯特

# 骆博凯写给大姐卡萝莉娜的信

## 1896年8月13日于南京

亲爱的莉娜：

我告别驻上海德国总领事后，于星期一午夜12时登上扬子江上一艘最大的蒸汽机轮船“江福”号，星期三中午2时抵达南京。我想要一辆马车，但被告知下午5时以前因天气炎热没有马车，我只得在轮船码头旁的一家茶馆里等了3个小时。这期间，我派我的管家仆人随送货的挑夫先回家。因为除了行李外，我在上海还买了一些生活用品和吃的东西，光饮料就花去200马克，有香槟、摩泽尔红葡萄酒、威士忌、白兰地和矿泉水。

下午6时，我在马路的尽头下车后，还要步行15分钟。这时马夫给我送来了“马克斯”，于是我骑着自己健壮的马进入南京，回到了自己的家，家里一切东西都擦得光亮，干干净净，连我的狗也显得十分高兴，也许分别的这段时间它在家里过得不太愉快。

我在匆匆巡视了一番我的“衙门”后，先洗了一个澡，洗去轮船上和旅途上的灰尘。然后我看见你寄来的糕饼木箱就在我的面前。木箱尚未开封，打开后发现蛋糕虽然还可以享用，但经过长途运输已没有原来的香味了。

目前这里骄阳似火，炎热难当。我的温度计在最阴凉的地方也指着29列氏度，且没有丝毫微风，夜里的温度也没有下降。我在上海看到那些商人和官员们的身上只穿一件汗衫，连领事们也是如此。我穿一件日本和服，只在

“伊尔梯斯”号纪念碑揭幕典礼（摄于 1898 年）

用餐时才穿得正式，也是为了做给我的那些仆人们看的。除去生痱子和皮肤蜕皮外，虽说也和这里的每个欧洲人一样，炎热使我感到很疲惫，但还能承受。

“伊尔梯斯”号军舰在台风中不幸沉没事件是上海当前的议论焦点。据最新消息，指挥员发现他舰上的机器顶不住狂风暴雨时，命令扯起风暴帆。正当人们加快工作时，“伊尔梯斯”号突然被抛到一处岩石上，撞裂成两截。指挥员发现已无法挽救，便和全体舰员高呼三声“德皇万岁”，命令播放《国旗歌》，随后就沉没了。有 11 名舰员由于牢牢抓住钢索不放，终于获救。

驻长崎的德国领事给我讲了这件事后，再上船出海时我的心里很不好受，何况当时海上的风浪也很大。从长崎返回上海时我乘的是一艘日本海轮，它与“海因里希王子”号一样雄伟壮观，然而我从开始到结束都晕船得很厉害，因而既不能好好欣赏那艘美丽的海轮，又无法享用出色的膳食。

这期间，德国军官和士官们已率领他们的部队开拔到上海郊区的吴淞去了，住进了他们的新营房。他们的3年合同期过去了一半，都没有取得任何值得称道的成绩。我祝愿他们现在更加认真地工作，不至于会完全失败。

赫尔曼在信中一再谈到德国对中国的重大影响，还给我寄来了有关德国接待李鸿章的剪报资料。但实际上德国的政治影响在远东极为弱小，无论是在北京或中国的其他地区都是如此。所谓李鸿章向德国订购坦克一事我弄不明白，因为李鸿章根本无权订购这些东西。我5月底在南京获悉，李鸿章在离开德国前订购了两艘巡洋舰。年迈的李鸿章现在名声很不好，他是一个虚伪的、不诚实的外交官，他试图通过玩弄权术反对另一派达到自己的目的。他以前想按照欧洲模式训练中国的陆军和海军，其结果十分可悲，中国的陆军和海军在日本军队面前溃不成军。这里的德国人为这个大坏蛋在他们的祖国受到如此高的礼遇而感到羞耻。这里的人十分关心年迈的李鸿章回到中国后会扮演何种可悲的角色，因为他经过认真思考，开始认识到中国有许多人是反对他的。

现在我是留在这里的唯一的德国军官，相信会和民众相处得很好。我虽多少已习惯于“隐士”的生活，但与霍夫曼少尉家的交往还一直在我的脑中萦绕，但愿这种情绪很快就会过去。目前南京连我在内共有两个德国人，另一个是铁路工程师，我很高兴有时能和他用德语交谈聊天。

我未来的一个项目仍然是在南京训练中国的陆军，校舍已经在建造，但在中国并不受重视，只是要耐心等待，中国的一句话说得好：“欲速则不达。”

衷心地向你亲爱的莉娜，向妈妈和兄弟姐妹们问好。

你忠诚的兄弟　罗伯特

# 骆博凯写给二姐安娜的信

## 1896年8月25日于南京

亲爱的安娜：

感谢你7月7日的来信，我是这个月的18日收到的。

这里的天气仍然相当热。对我来说，一天中最美好的时光是晚餐后的晚上8时。我将一张长椅放到院子里，点燃一支哈瓦那雪茄烟，惬意地观看挂在天空中的圆月。由于灯光引来无数夜间的飞虫，使我无法阅读任何东西。前墙所有的门和窗敞开着，为的是让穿堂风能够吹进我的寝室里去。

每天早上我最大的乐趣是洗澡后进行体育锻炼，我做得很认真，每天都有进步。我估计，在目前天气炎热使人变得慵懒和不肯活动的情况下，坚持这样做是大有好处的。此外，每天下午5—7时我都骑马出去活动。原来我是早上骑马出去散步，现在改为下午晚些时候活动。

刚才我骑马回来时，又看到了一个中国人丑陋的悲惨景象：我骑马经过一条约1.5米宽的道路时，一个衣衫褴褛的女乞丐突然在我的马前跪了下来，解开衣服裸露出上身，试图以她患麻风病的令人十分恶心的身体引起我的同情。我的马夫立刻走上前去，猛地把她拽到边上，让我走过去，但并没有阻止那个乞妇在我身后喊出一大串流利的骂人话，其语调听上去就像是我们市场上的女人在吵架。

你安慰我对厨子的小事不必太介意。但现在烹调对我却是一件头等大事，因为膳食不好是由于厨子在挣我的黑钱。这个家伙太卑鄙了，由于我在经济上抓得很紧，他就少买或购买低廉的食品，以此赚我更多的钱。对此我只能责备他，也是无可奈何而为之。

衷心地向妈妈和兄弟姐妹们问好！

你忠诚的兄弟　罗伯特

# 骆博凯写给大姐卡萝莉娜的信

## 1896 年 9 月 9 日于南京

亲爱的莉娜：

你 7 月 26 日的来信已经收到，十分感谢。

南京这里的生活比外界所能设想的还要艰难。幸好最炎热的天气已经过去了，虽然白天的气候还有 25 列氏度，但夜里通常会下降到 18 列氏度。两只手上尽管仍在蜕皮，但已大有好转。现在最令人不快和讨厌的是那些虫子，尤其是苍蝇和蚊子。这些无耻之徒和吸血鬼使人苦不堪言。你在家里可以用咒骂、过堂风、芦苇掸子和其他东西驱赶苍蝇，我在这里给仆人交代任务时却要站在椅子后面用扇子挡住这些虫子的入侵。

我至今还不知道怎样才能给中国人以一些温暖。街头令人反感的一幕不断地给人以一种沮丧的感觉。今天早上太阳升起时，又有一个可怜的患麻风病的人坐在我房子前面的路上，以一种骇人的嘶哑的声音哭泣着，号叫着，乞讨着，在整个房子里回响着。如果你给了这个可怜的人一些钱，明天就会有两个甚至更多的乞丐来到你的房子前面。于是我只好装作没有听见，仿佛安静并没有受到干扰。

我的笔下跑出了“安静”二字，这在蚂蚁般众多的中国人这里实际是不存在的。从黎明时分起直到深夜，无数的男子挑着肮脏的露天饮食担穿街走巷，大声叫卖他们的“美味佳肴”。对我们来说，那些东西不仅不可享用，而且气味浓烈难闻，外观简陋恶心，使人十分反感。

你只要想到难听的中国语言和拉长的商人语调，就可想象得出我每天听的是什么“音乐”。白天过去了，天际出现了第一批星星。和尚道士出来了。他们敲着木鱼，碰响铙钹，燃放爆竹，念念有词地祈祷，汇合成一场杂乱无章的“音乐会”，再加上女人们尖锐的叫骂声，男人们的争吵声，室外的“音乐”已是富足有余。室内也有帮忙的“音乐家”：墙边的蟋蟀，四处乱窜的老鼠。人们不得不适应这些情况。我很珍视在日本的经历，要是没有这次彻底的休息，我几乎无法承受这里如此炎热的天气。

衷心地向你，向妈妈和兄弟姐妹们问好！

你忠诚的兄弟　罗伯特

# 骆博凯写给大哥赫尔曼的信

## 1896年9月15日于南京

亲爱的赫尔曼：

我8月4日收到了你6月20日的来信。你认为，我在信中讲的中国打算建立一个陆师学堂是我开的一个玩笑。我对此深感遗憾。相反，我可以保证，这绝不是一个玩笑。我从开始就努力对我的报告不加任何修饰，全是我自己亲身经历的报告。

我几乎想说，在这里就像是生活在一个颠倒的世界里。中国的情况与我们那里完全不同，只有在这里生活了一段相当长的时间，才能获得一个大概的印象。根据我们报纸的报道对中国作出正确的判断是完全不可能的，因为所有的消息都是来源于远东不可靠的报道。

虽然我很有钱，但这里的膳食原料异常匮乏，因为在荒凉的南京——这也许是颠倒的世界的一个标志！用钱和说好话无法得到一切。

目前这里的气温很适合我，白天最高23列氏度，夜里14列氏度，我穿了薄薄的热带衣服很舒服，只是无耻的老鼠和蚊虫太疯狂，拼命地叮人。

衷心地向你问好！

你忠诚的兄弟　罗伯特

# 骆博凯写给兄弟费迪南德的信

## 1896年9月22日于南京

亲爱的费迪南德：

这里拖辫子的天子显然极不重视公共设施，没有什么能比这里道路的状况更为糟糕的事。中国历史上封建王朝兴盛时期，许多重要的城市都是通过铺着石子的两旁长着树木的康庄大道相互连接的，为建造这些道路花费了巨额的银子，以后对道路的维修和保养支出就相对少得多，可以说300年来什么也没有做，导致如今交通面对的只是古老道路的遗迹，商业活动不得不给自己另找新的途径。河流、道路都是国家的。国家应该使它们保持完好，但它什么也不做。

无数农用道路都是由农业主建造在自己的田地上，为节省土地尽可能地狭小。这里没有车辆，都是些羊肠小道，也可供马匹和拉车的牲口使用。为了保护道路两旁的农田，农民们大多在狭窄的路旁挖一道深沟，使过路人只能依此缓缓而行。农民如果要引来道路另一边的水浇灌自己的农田，特别是水稻田必须这么做，就得在道路上挖一条连接渠道。如果驴子要在路上装货卸货，通行就堵塞了，每个人就得自己设法另找蹊径。

南京城内的这类道路，大多是古代修建的，石子路面都已破碎不堪。谁需要一块砖头或是泥土，干脆就在路上挖，留下来众多坑坑洼洼。不过，这对骑在钉有马蹄铁的马上的骑马人来说要比光滑的石板路面稍好一些，因为它不会滑跌，对下坡路尤其重要。

你们保管好我写给你们的所有信件，也许对我以后会有用处，因为我现在不可能再写日记了。

在此向妈妈、兄弟姐妹们，向你和你的儿子们致以衷心的问候！

你忠诚的兄弟　罗伯特

# 骆博凯写给母亲的信

## 1895年12月1日于扬子江入海口

我亲爱的妈妈：

你一定看得出来，我上次的信写得十分匆忙，还请多加原谅。不过，现在我也只能忙里偷闲地写上几句。上周的时间太紧张了，根本没有时间写信。

上周的今天我给赫尔曼写了信。这期间我的经历真了不起，丰富多彩，现在我只能拣最重要的告诉你们。

总督统治着比德国大5倍还多的地区，对我这个工程技术人员照顾得非常好。我们坐的是一艘挂着皇家旗帜的公务艇，船名为“江清”号，船上的设备十分简陋，因为这艘船不大，所以要不断地启动。前面提到的“我们”，是指冯·赖岑斯坦因少校和我。我们的船组人员有20个中国人，其中包括我们2名说英语和汉语的译员，1名秘书以及我们的4个仆人和2个苦力，后者负责烧饭、整理床铺、洗衣等工作。根据总督的严厉命令，巡视扬子江的要塞工事十分重要，各地必须按我们的要求做事。我们在军舰上发现有最上等的茶叶和精选的中国糕饼点心，都是南京总司令部和官员们送给我们的。

我们的军舰直驶扬子江的入海口，中途没有停顿，目的是在上海采购为4个星期准备的每天用的雪茄和口粮等。总督给所有要塞的指挥官发了电报，准备接待我们去巡视，同时还让我们随身带了他的书面命令。所以，每当我们经过一处要塞工事，都会鸣放礼炮向我们表示欢迎，我们也稍稍下降舰旗表示致敬。

到了上海，我们首先拜访了德国总领事，继而去拜访上海的道台，他是中国在上海的最高长官（名字我忘记了）。

我们到道台大人那里去，我们和译员都坐在官轿里，仆人们拿着我们的名帖袋走在前面。每顶轿子由 4 个中国人抬着。一路经过中国的城市道路特别有趣，只是臭得很。道台阁下接见我们非常热情，拜见结束时还请我们吃了欧式早餐。

次日星期三，11 月 27 日，先是去拜见中国的军事道台，然后参观了上海的弹药库。

星期四，我们出去为自己采购口粮和生活必需品。星期五，即 11 月 29 日，我们开始巡视扬子江入海口的要塞工程。我们先是拜见了要塞的最高长官彭统领，在那里举行了隆重而烦琐的欢迎仪式。晚上，我们邀请中国同事们到"普鲁士"号上去，它是作为"海因里希王子"号的姊妹舰来到上海的，将在 12 月 5 日起程返航。彭统领来时带了一大批随从人员，对豪华的德国军舰各个方面大加赞赏，参加了我们晚宴，看着他们用餐巾布擤鼻涕的样子实在滑稽可笑。

我们于次日 7 时 30 分上岸，骑上准备好的马匹，飞奔到距离 8 公里远的下一个要塞工事去。陪同我们的人穿着极其漂亮的官服或制服。骑马的情况也很可笑，他们试图以全速飞奔向我们炫耀一番，却被我们飞快地超过了，根本就赶不上我们。

进入要塞工事后，又是一番通常的欢迎仪式：鸣放礼炮，100 余面军旗全都降旗致敬。然后开始查看工事。这工作既有体力消耗，又有脑力的辛劳，直到将近下午 2 时才结束。这时已有中国方面的盛大宴请在等待我们，共有 53 道菜肴。进餐的工具是一双筷子，享用的各式各样不知名的却是精心烹制的美味佳肴有：冰岛苔、鱼翅、燕窝、竹笋等等。我们饮中国酒用的是顶针般大小的杯子，中国的酒太烈性，但它有利于油腻食物的消化。根据中国人的习惯，我也跟着发出咂嘴的响声和打饱嗝儿。此外，按照我们的概念，这帮人的胃口特别好，非常能吃能喝。宴请结束时，我们真有如释重负的感觉。

我还有好多事可以报告，但时间太紧迫了，我们还要在今天（星期日）写出巡视报告和改进建议。

我的仆人是地道的中国人，只会讲几句英语，根本无法和他用语言沟通。不过，情急生智的我除了用嘴以外，更多的是用手做出各种姿势和他说话，但这种交流也意味着有大量信息的缺失。

我的身体很健康，承受得住每天的劳累，直到今天情况都很好。不过，每天晚上只要一走进我的小房间，倒在床上立刻就会呼呼入睡。目前不可能会有休息的时间，每天的劳累几乎使人喘不过气来。

但愿你，我亲爱的妈妈，身体健康，代向兄弟姐妹们问好。

永远感激你的儿子　罗伯特

# 骆博凯写给兄弟费迪南德的信

## 1895年12月14日于镇江

亲爱的费迪南德：

从11月25日起，我就在巡视扬子江的江防要塞工事，脑子里装满了各种各样的印象。因为我们在扬子江上至少还要工作3周，所以今天要休息1天，认真写出我们的巡视报告和改进建议。是的，休息的日子多好啊！

在距离镇江4海里处，我们冒着暴风雨，坐了一艘帆船登陆上岸，去拜见这里的一位统领，并对今后几天的巡视工作提出我们的建议。我们的军舰太小了，尽管开足了马力，还是抵挡不住扬子江上巨大的风浪，无法驶到镇江。因此，我们不得不向中国同事问明情况后，骑上准备好的马匹，顽强的中国矮种马冒着刺骨的寒风，载着我们继续前进。

这里和其他许多地方一样，登陆栈桥都十分简陋，没有哪个船工敢送我们到舰上去。我们站在岸上，看着自己的舰船，却无法上去。我就利用这个短暂的时间，给你写上几句。为了抵御严寒，我最近买了一只有耳罩的皮帽子和一件皮马甲，但愿它们能和我的双排扣大衣一起抵御一段时间，直到我有机会买到一件皮衣。暴风雨将刚才停靠在岸边的两艘船刮得断成两截，岸上的人一片惊呼。我似乎要在这里经历一切极端的情况：先是炎热，现在是严寒。每天长时间在露天工作，把我冻得够呛。

除此以外，我一切都很好。每天从事着完全不规律的活动，无论是骑在马背上，骑在驴子或骡子身上，或是在陡峭的山坡上爬上爬下，或是坐帆船或轮船，我的感觉都特别好。

我每天的经历多种多样，丰富多彩，只是这次无法给你详细描述。中国过去和现在都很肮脏，没有火炉，没有道路，没有登陆栈桥……对这一切我们永远也无法或是只能勉强迁就着适应。尽管如此，我对这次的公务活动甚感满意，十分有趣，每天都有新的东西激励我去学习，去了解这个国家的民众。

此刻我坐在这里，戴着皮帽子和手套，穿了两件马甲，两双袜子，一件双排扣大衣，仍然冻得要命！

衷心向你们问好！并代我向你那里的朋友们问候。

你忠诚的兄弟　罗伯特

# 骆博凯写给大姐卡萝莉娜的信

## 1895年12月20日于邵下河入口处

亲爱的莉娜：

十分感谢你10月22日的来信，我对信中谈到家乡施伦登霍夫的情况甚感兴趣。我对巨大扬子江所有要塞工事的巡视工作从明天起将在南京中断6天。冯·赖岑斯坦因少校和我打算圣诞节期间留在南京，到10月27日继续去巡视。因为在这里除去劳累的工作和写公务报告以外，我完全没有时间再写日记，为此我不再专门写个人随笔，而把自己的这些经历写信告诉你，今后我返回到德国有可能作为个人使用的资料。

水深河宽的扬子江拥有无数的港湾和支流，是中国最重要的交通枢纽，我们可以看到成百上千艘帆船在江上航行或停泊在港湾里。中国人从船上卸下沉重的货物或装货时，都会发出唱歌似的号子声，总使我感到好似有阵阵可怕的嘈杂和喧闹声从四处袭来。摇橹时，绞起船上的缆绳时，都伴随有他们的“歌声”，这些多种多样的、但十分单调的歌声由于其频率很高，给这条重要的航道增添了极其宏伟的色彩。白天是如此的漫长，整天都摆脱不了这种嘈杂和喧闹的情况，何况这里的中国人从来就不知道有星期天这回事。

扬子江沿岸基本没有岸墙，因而在猛烈的涨潮和落潮交替时会留下很长的淤泥带。每次登陆，不得不赤足涉过这些黏糊糊、滑溜溜的泥地；或是走过搭在木船上的一块狭窄的木板，稍一不慎即有掉下去的危险，这确实不是令人愉快的事。具体地说，如果不能掌握平衡，很容易掉进淤泥里，令人扫兴。

有一天，我们去一个岛上视察炮兵阵地，要坐一艘小木船渡过一条水位很深的支流河。中国船夫要了 20 分钱，将我们送了过去，但他很快又回到了对岸。我们刚一登陆，发现船夫送我们去的地方四周都是沟渠，而且水很深，根本无法向前走。我们叫那个船夫再回来，这时他却要我们付 1 美元。我们表示不同意。但这时的潮水越涨越高，已经淹到我们的脚踝了，不得不同意付给他高额的摆渡费救我们的命。这样，那个船夫才返回来接我们，不再冷酷地让我们淹死在潮水里。

在土地庙里，要塞指挥官陈提供给我们几匹马，我们要骑着马到一个对我们很重要的地点去，但根本就没有路到那里，只有十分窄小的沙丘，两边

紫金山一人泉

都是河，马儿又从未见过外国人。冯·赖岑斯坦因少校是个十分潇洒的骑手，他刚踏上马镫，这匹马就带着他奔上斜坡直到河边，继而又奔到堤坝的左边。我的马这时也桀骜不驯起来，极力踢蹬。我们译员的马匹也表现出非常的恐慌和不安，使我们在这里的“散步”演变成了一次有生命危险的前奏。中午时分，我们来到一个村子，跟随我们的中国人——1名军官、3名士兵，说他们饿得走不动了。然而村子里摆出来的饭菜丝毫激不起我的食欲。这时好奇的围观者却越聚越多，把我们围在了中间。我建议到村子外面去等待强大的护卫队回来，并要我的译员将煮鸡蛋送到我们等待的地方来。我们刚在距离村子800米以外的一个中国坟丘那里下马，大批的围观人群立刻又拥了过来，呆呆地看着我们的一举一动。真使人感到异常厌烦！！！中国士兵终于给我们送来了煮鸡蛋。他们把鸡蛋递给我们后，赶走了围观的民众，自己却在我们的周围蹲了下来，就近观看一个外国人是怎样吃鸡蛋的。蹲在我边上的那个人先是摸摸我的长筒靴，然后是摸裤子、上衣、马甲、衣领和皮帽子。总之，他似乎对什么都感兴趣。回去时，我的译员叫了一辆中国的手推车来，那是一种普通的交通工具，因为没有平坦的路可走，被我们拒绝了。

次日，要塞统领给我们提供了一艘帆船去巡视一个港湾。这个港湾很大，有科隆那里的莱茵河一般宽。由于船夫不熟悉那里的航道，他很为他的船担心，所以我们的航行非常不顺利。我们必须在傍晚7时从一座大桥那里返回。这座桥宏伟高大，我在中国还从未见过这样的大桥。帆船行驶了很长时间，香烟盒里空空的，我们这些烟鬼相当难受。深夜2时，才回到了我们的轮船那里，我们的仆人烧好了中饭从中午12时一直在等待我们。即使是午夜2时，我们仍感到饭菜特别香，尤其是在寒冷的气候中长时间航行后还能喝到香槟。因为害怕患上感冒，我喝了许多香槟，对我的身体确实很有好处。

17日晚上7时，我们正在用正餐，突然响起一阵尖厉的汽笛声，吓了我们一跳。一艘英国大轮船正朝我们高速驶来，两艘轮船迎面相遇十分危险，赶忙拉响了汽笛。中国人全都大声惊叫起来。面临危险，我立刻在甲板上寻找一个合适的地方，一旦发生碰撞，随时准备奋力一跳，游水救自己的命。因为一旦发生对撞，我们的小轮船肯定会碎成两截，沉入江底。走运的是两艘轮船在危急关头成功地避开了，相互擦肩而过，众人的激动和惊慌情绪很快也就平静下来。

我们 15 日即星期日去拜访在镇江的最高官员方知府。中国这里进行正式拜访是很讲究排场的，因此方给我们的译员和苦力派来了马匹，是一名少尉送来的。4 名穿了礼服的士兵走在我们队伍的前面，中国少尉作前导，是一个小小的骑兵队列，成一列纵队行进。经过镇江古城狭小的街道、桥梁和小巷，令人惊讶的是中国的矮种马十分机灵，无论是上台阶、过桥、上坡或下坡都走得稳稳的。在衙门的前面有一座庙，任何人甚至是皇帝经过那里时都要下马步行。我们为此绕过一个很长的水塘，当然是没有围栏的。到了衙门后等了很长时间才让进去。方知府已 79 岁，其他许多方面可能比士兵还好，但他生性胆怯，相信上帝，更像是一位牧师，而不是祖国的捍卫者。我们不同意他说的一旦发生战争时，他认为对付日本上百万的兵力只要 3 万士兵就够了。他又回答说，至于战争的结果会怎样，只有天知道。

参观镇江的宝塔山特别有趣，那里还有一座庙。宝塔为 4 面，7 层，约 30 米高。宝塔四周有一围墙，1.5 米高。整个建筑已有 1800 多年的历史，就是说，它建于公元前。目前，它是飞鸟的最好住宿处。这座宝塔的历史是扬子江两岸的所有宝塔中最古老的，也是中国历史上最著名的和最受推崇的。翻译给我对此作了详细的解释。宝塔附近的菩萨庙同样是最重要的庙宇之一，由于出色的菩萨画像和鲜艳的色彩而闻名。走进庙宇时，会不由自主地产生一种感觉，即高及天花板的佛像是为了给人以更多的畏惧感。

小孤（姑）山

镇江金山

我们在镇江的要塞工事那里工作了8天，陈统领在告别时又宴请了我们，还专门发了请帖。为了更好地理解请帖的内容，我还让译员给我作了翻译。按照中国的习俗，宴会上仍有歌女们作陪。这些不幸的姑娘围坐在客人的四周，以她们尖锐刺耳的歌声博取人们的欢心，但它完全不适合欧洲人的耳朵。由于语言方面的困难，我的娱乐只限于递给坐在我旁边的姑娘蜜饯果脯，为此我也不得不用供男女共用的唯一水烟筒吸上几口烟。我希望有一张全桌人的集体照，它一定会很特别。大家围坐在一桌，中国人穿着皮衣，我们穿着双排扣大衣，戴了皮帽子，坐在我们中间的是浓妆艳抹的姑娘们。如同往常那样，许多好奇的中国民众透过窗户看着我们。

朱同林先生是我的译员。这个年轻的中国人非常机灵，他不仅做我的译员，而且我觉得他还是专门派到我身边来的间谍。不论怎么说，我必须留心！

我们在小轮船上的生活还是有些吸引人的，当然也有不好的方面，要和中国人共同分担某些无法容忍的肮脏现象。此外，我对这些人总是吵闹喧哗的情况已是相当适应了。中国人特别喜欢在光秃秃的山顶上架设大炮。现在，当我们每天艰难地爬到陡峭的山上去时，经常会这样想，爬得这么高，远离山下扬子江河水的噪声，可以痛快地呼吸，它对衰老的心脏一定会有好处的。但这也太累了。我高兴的是现在我已能很好地胜任这一切辛劳和艰苦。

衷心地向你，向妈妈和其他兄弟姐妹们问好。

你忠诚的兄弟　罗伯特

# 骆博凯写给母亲的信

## 1895 年 12 月 26 日于南京

我亲爱的妈妈：

本月 22 日是星期日，我又回到了南京。两江总督命令，我的巡视工作暂时不要扩大到南京以外的地方。我欢迎这项命令，十分高兴。因为此刻对我来说，在巡视中取得的种种印象，已很难区分清楚并对此写成总结报告和提出改进建议。我除去对公务事宜感到高兴外，也为终于能够安静下来适当地休息而感到快乐。因为我从 9 月 20 日到今天，一直都是依靠一只箱子生活的。

为了纪念我们在扬子江上为期 4 周的美好行程，冯·赖岑斯坦因少校和我以及我们的那些人，在小军舰上拍了一张照片，以后我会给你寄去一张的。

和在这里的德国军官们交往与当年在德国习惯的共同生活是完全不同的。在这里的全是男性德国人，很多人先前已在国外生活了许多年，担任过各种职位。物质兴趣对所有人来说是一个不愿意涉及的问题。甚至在圣诞之夜，我们点燃了圣诞树上的烛光准备共同庆祝，也只来了一半军官，许多人宁愿参加其他活动或是个人独处。但这并没有影响我们的好心情。我还邀请了几个在这里的英国人，举行了小型的抽奖活动，赠送了精美的礼品，唱了轻松愉快的歌曲，直至 11 时，作了虔诚的祈祷，唱了《平安夜，圣诞夜》，结束时还放声唱了《莱茵河畔的哨兵》。接着，我们于深夜 12 时去拜访这里的法国基督教布道团，他们正在举行神圣的圣诞弥撒，当我在午夜时分走进这个

清凉山

鼓楼石板路

布置了节日彩饰充满圣诞气氛的基督小教堂时，站在那些虔诚祈祷内心已经皈依的中国多神教徒中间，无比虔敬的心情不禁油然而生。后来，一位德高望重的穿着中国服装的法国神父用汉语作了布道，我虽然听不懂，但给我留下了很深的印象。

节日的第一天中午，我去我们所谓的军官俱乐部用餐，发现那里一个人也没有，厨房也不开伙。最后我遇到了冯·赖岑斯坦因少校，他也是由于节日期间无处用餐才来的。为了解决饥饿问题，我们只得自己做了土豆泥，同时还喝了香槟。下午，我们在荒凉的南京城内作了很长时间的散步。

我的中国住宅终于基本建成了，随信寄上一张草图。这所房子有 3 排前后独立的平房，间隔有两个院子，以保证有足够的空气和光线。室内的墙上有 1 米高的木板护墙。窗户位于护墙的上方，我在窗户上贴了一层纸，但也很难抵挡从手指粗的裂缝和护墙的洞孔透进来的寒意。幸好我从上海带来了

骆博凯与友人在南京的平房内（摄于 1897 年）

一只火炉，可以装在起居室。不过，我虽一再催促，还是没有将炉子装起来。

目前我的仆人有1名看门人、1名管家仆人和2名苦力。此外，有1名住在我这里的译员（英语、汉语）。不久我还要再雇用1—2名马夫，因为我打算买1匹马和1头驴子。其实，我并没有多少事要他们干，雇这些人是太多了。我要他们干什么事，一定要说好多遍他们才会明白我的要求，因为我们是用手势来沟通的。亲爱的妈妈，你现在一定能想象得到在这种情况下，安排布置我的住房有多么艰难，又要有多么大的耐心。不过，劳神越多，对成就的欢乐也越大。我一直这么想，我不是来享乐的，我是为工作而来的，尽管有某些令人不愉快的情况，但我到今天还没有失去信心。

为了支付我的旅费、生活费和简单而舒适的住房家具费用，到今天为止我已在上海的银行——德国亚洲银行提取了一大笔款额。我希望不久就能收获我工作的第一批果实。

我今天——节日的第二天，午餐是一个人吃的，因为冯·赖岑斯坦因少校和另一位先生很迟才回来。用餐时我还喝了香槟。

我的火炉在今天中午装好了，我真高兴，终于能够坐在温暖的火炉旁边给你写信，不用再穿双排扣大衣和戴皮帽子了。

虽然我在这里已逐渐适应了单身汉的生活，但面对这么大的房子，我经常也会想，要是此刻有一位欧洲女人在我的身边，生活在外国人中间该有多么美好啊！目前我有足够的能力和条件，养活一个我所喜欢的女人。不过，为什么要做这个很难实现的梦呢？！

新年到来之际，我将直接给你们拍发一份祝贺新年的电报，希望能在除夕之夜，喝潘趣酒时到达你们手里。但愿你们，我亲爱的妈妈和兄弟姐妹们，收到这封信时身体健康，衷心地向你们问候。

永远感激你的儿子　罗伯特

# 费迪南德写给骆博凯的信

## 1895 年 12 月 29 日于埃森

亲爱的罗伯特：

今天是星期日，接下来的 1 个小时是留给你的，首先要感谢你祝贺我生日的来信，再就是和你随便聊上一会儿。

我们这里在圣诞节这天下了一场大雪，节日期间到处是银装素裹，在零下 10 列氏度[①] 的情况下更感到释放温暖的火炉特别可爱。你在信中谈到中国的寒冷气候使我们甚感兴趣。维佩尔曼公司的一位工程师向我证实了这种情况。他被公司派去在武汉工作过多年。他安慰我说，在上海什么都不会缺，当然他只是在春天到过上海。但愿你已经找到了一个仆人，他熟悉当地的情况，会在这方面对你有所帮助。

你写给妈妈和兄弟姐妹们的信是记述你行程的十分宝贵的档案文件，我们每个人都饶有兴趣地传阅过。我为此也建立了一个档案，可惜至今才收到你 4 封信，我担心是由于我给你写信太少的缘故。

从你的观点来看，我们对中国和中国人有太多的错误看法。例如这里的人认为，中国人喜欢物质好处，例如他们打招呼时会问："你吃过了吗？"有些人还一再强调说，在中国人那里用餐后，必须在主人家里解手，否则就是有意侮辱主人。为了熟悉中国真实的风俗习惯，你在和上层的中国人亲密

① 列氏度，一种温度单位，1 列氏度 =1.25 摄氏度。

交往时有没有遇到过这种情况？不加粉饰的真实情况对我们这些西方国家的人一定会有很好的解释作用。我想，研究中国出色的烹调技术一定很有意思，你肯定是不会错过这种机会的，因为当地人的生活方式尤其是营养方面对外国人是有好处的。

但愿你永远身体健康，即使在遇到不顺心的事时也始终保持你的幽默性格。衷心地向你问好。

你的兄弟　费迪南德

# 埃米莉写给儿子骆博凯的信

## 1896年1月3日于施伦登霍夫

亲爱的罗伯特：

非常感谢你发来祝贺新年的电报，它是我收到的所有新年祝贺中最最令我高兴的，对此足够我们聊上一整天。在此我也祝你新年快乐，祝福你在中国的工作越来越顺利，并随时间的推移更加满意当地的情况。

如同往常那样，我们庆祝了圣诞节，除你以外爱德华和他的妻子也没有来。

当我不和别人聊天时就读你的来信。亲爱的罗伯特，我们大家都轮流看了你的来信，并把它妥善地保管起来。它是我们最感兴趣的读物。祝你一切顺利，亲爱的罗伯特，我再次祝你新年快乐。

你的妈妈

# 骆博凯写给二姐安娜的信

## 1896 年 1 月 3 日于南京

亲爱的安娜：

由于我较长时间出差在外，加上这里邮政条件太差，我到新年这天才收到家乡来的许多信件。今天我首先给你写回信，也对其他人的来信表示十分感谢。

我相信，我的家人一定不会怪我写信太少，但会怪我对家里来的信息回应太少。不过，在我目前工作繁忙的情况下，许多奇特的和饶有兴趣的印象塞满了我的脑子，以致在写信时也只报告我的情况，真是太自私了，还请大家多多原谅。诚然，我特别关注在我身边发生的情况，每天我都会遇到与我们欧洲生活有天壤之别的奇特事情，通常是相当滑稽可笑，而且还是很难想象的。我必须立刻理清头绪，大多数情况下还要回忆出经历的细节。我这里没有一个可以与之坦率交谈的人，但我也并不为此感到苦恼，因为我学会了不让别人来窥探我的内心秘密。由于没有自己的坐骑，我租了两匹驴子，带了我的仆人在荒凉的南京城周围走了一个半小时。我经常想，如果我要给一家报纸写一篇关于中国人生活的报道，就需要张大眼睛四处看看，就需要这样的到处走走，不过，目前我正在忙着写我的公务报告。

在上次给卡尔的信中，我写了几起关于中国相当戏剧性的事情。但愿卡尔将信留下了，没有给大家看。不过，如果家里人都知道了，请你们不要责怪我写了这类不太雅观的事。它们都是真实的。

骆博凯与随从人员出行（摄于 1898 年）

金陵机器制造局（摄于 1889 年）

许多中国女人，具体说是良好家庭的女人，他们的双脚都被扭曲成了畸形，无法用语言加以描述。有些女人的两只脚简直无法站立，在房间里走动时始终需要有人搀扶着。这些不幸的女人几乎从来不到街上去，在家里上楼时要像海豹在陆地上行走那样，用两只手撑着楼梯的台阶才能抬起身子。对她们来说，幸好中国这里大部分都是平房，只有个别的是两层楼房。

在此以前，我主要从没有留辫子上区别出是中国女人，现在我也能从中国人的面部表情来区别。几天前，我看见一个中国女人叉开两腿骑到驴子上去，看上去甚是滑稽可笑。她先讨价还价雇了驴子，然后这个女人爬到一堵矮墙上，向外叉开右腿。这时驴子被牵到她的身下，女人一使劲，就落到了驴子的鞍座上。这时她还斜了我一眼。

欧洲人最不容易习惯的是中国人的喧哗吵闹，它在天黑后会一直持续到天明，通宵不断。中国人非常迷信，在这方面简直就像孩子。每一所独门独院的大门前面都有一堵几米高的砖墙，据说它可以挡住恶鬼走进家里去。它还有保护不受火灾、疾病和其他不吉利事侵袭的作用。每天晚上都要在房子前面烧一批锡箔作为祭品，然后中国人就手提一面大锣绕自己的房子走，一边走一边敲，发出响亮的“哐哐”声，以驱赶幽灵鬼怪。为了同样的目的，通宵都会燃放烟火——就是所谓的爆竹，发出震耳欲聋的“呯呯”声。夜里每隔 3 个小时就会放一次，发出很大的声响以赶走恶鬼。这时你必须想到还有无数野狗不断的吠叫声。中国房子的墙壁是空的，房子里和马路上的每句话都能传进来，真可以对南京夜间的睡眠写成一首诗。

就在我寝室的屋顶上还有“多声部音乐会”，就是那些无耻的老鼠最令我痛恨，它们那“可爱”的“音乐”令我无法入眠。

我的房子里只作了必不可少的布置，例如火炉、起居室和浴室。要是你来看上一眼，定会大笑起来，因为我的家具、桌子和椅子都是最简朴的式样，但对我的那些仆人来说，已是豪华的东西了。

每道门上都有一根木制的门闩，窗户是方形的，只有一尺宽，幸好装有玻璃。开窗的墙上贴了海绵纸御寒。整个房间里贴着普通的糊墙纸，并不美观。为了配套，我购置了几张竹编的小桌子和小柜子，它们虽简单，但外观很可爱。地板上铺了竹编的席子，我可以清楚地听到老鼠在竹席上四处乱窜的声音。衣橱和五斗橱是空的，燕尾服和西装放在箱子里，其他日常穿的外套挂在钉子上。

我用一块 2 米高的彩色帘布将寝室隔成两个部分，后面是可以夸耀的东西：一张铁床。我这样分隔一是为了御寒，二是至少能挡住中国人始终好奇的眼睛，无法看见我的私生活。我在寝室里的窗户前面挂了一块彩色棉布作为窗帘。尽管布置如此简单，我却已感到这个家十分舒适。

令我不太满意的是伙食。在购置灶具和雇用一名厨子之前，我和军官们一同在专为德国军官们起伙的食堂里用餐。我可以发誓，虽然伙食并不出色，菜肴却十分鲜美，这里的烹调技术对我来说现在和将来都是一个永远解不开的谜。我到那里去用餐，每次要走 15 分钟的路，晚上有我的苦力提着一只油纸灯笼陪同我往返。

最近，德国下士们在这里的不良行为，在军官中引起了极大的不满。我不想对此详谈，因为它与我无关。看来，德国人在南京改革军队体制的工作蒙上了浓重的阴云。

亲爱的莉娜，但愿我写的这些家庭琐事不会令你感到厌烦。

衷心地向你，向妈妈和兄弟姐妹们问好。

你忠诚的兄弟　罗伯特

# 骆博凯写给大哥赫尔曼的信

## 1896 年 1 月 5 日于南京

亲爱的赫尔曼：

现在是星期日晚上 11 时 30 分，我刚从德国军官们的衙门回来，睡不着觉，因此还想和你聊聊。

有句谚语说：“谋事在人，成事在天。”在中国这里，北京的国家机器要比天算更容易些，上帝只是第二位的。很久以来，一直谣传南京的总督张之洞要调走，现在却成了现实。明智的张之洞就要调往中国内地去了。我只想指出一点，北京的总理衙门是清王朝的，它是通过欺骗手段，通过全体清朝的高官，通过不断挑拨任高官的中国人之间的关系维持着统治的。我很清楚，北京是害怕张之洞的巨大影响会对皇帝造成威胁。这起政治事件的后果对我可能有三种情况：

1. 总督张之洞将我带到位于扬子江上游距离南京 600 公里的武昌去。他这么做完全有理由，因为是我与他签了合同，有义务跟他走。

2. 解雇我，让我回国去。

3. 将我移交给他的后任或是其他任何人。

对第三种情况还得等待，我也要考虑一下；第二种情况意味着中国人要花费好多钱，我可以要求支付我 3 年的薪水和旅费。如果出现这种情况，我将遍游澳大利亚、婆罗洲、苏门答腊、日本和美国，然后回到欧洲。

第一种情况是有可能的，我也喜欢这种解决办法。在此以前，我已写好改进江防要塞工事的计划，一旦与大国现代化的舰队发生战斗，作为工程师将军的我就可以在中国的内地发挥作用。万一我的工作发生如此巨大的变化，绝不会吓退我。

在我对江防要塞工事的巡视报告中，我坦率地指出了现有要塞工事存在的缺点和问题，提出了解决这些问题的方法和建议，但不知道我用英文写的报告译成中文后会成什么样子？即使译文很准确，送到总督手里后的命运又会怎样呢？

不过，为改造中国军队而来的德国军官和下士们来这里将近一年了，也没有取得值得称道的成绩。

祝愿你和你的孩子们、妈妈和兄弟姐妹们身体健康，向你们衷心问好。

你忠诚的兄弟　罗伯特

# 骆博凯写给三哥卡尔的信

## 1896 年 1 月 30 日于南京

亲爱的卡尔：

你的来信连同报纸均已收到，非常感谢。

这期间你一定已经收到了我给你的第一次款额 3500 马克，由于不了解汇率情况，我选择了也许不利的时机，在亚洲德国银行 2.26 马克才兑换 1 美元。看来我今后应该多注意一下银行的交易。我收到的薪水是只有在南京才能兑现的中国支票。我立刻将款汇到上海的银行，要付 5% 的手续费。因为我这里的房子是透风的，墙壁是纸糊的，无法保管我这笔不小的收入。我随时都可以凭支票从上海的银行提款。支付 5% 的手续费，这还可以承担得起，这样我也就安心了。

如果你对我在短时间给你寄上这笔款额有怀疑的话，你可以想象得出我在中国可观的薪水情况了。

由于考虑到我在这里健康是最重要的，因此我很注意伙食和饮酒。尽管如此，我对我厨子烧的菜肴应该感到知足，再说这里也买不到其他东西。此外，明智的我不会用钱购买无意义的东西，例如贵重的地毯，高档的兽皮，中国瓷器，等等。这种过度的消费还是让给那些年轻的少尉们吧。

昨天我试骑一匹中国的良种马，它的步态好极了，尽管昂贵，我还是花 50 美元买下来了。一匹普通的坐骑在这里只要 20—30 美元。希望它能胜过所有其他的马匹。我给它起名叫“马克斯”，但愿它不久就会适应我。我打算给马夫买一匹便宜的马，然后我就可以逛遍南京的市郊；我还要给马夫做一套漂亮的制服，因为我没有人陪同就无法骑马外出。

在这里庆祝德皇寿辰的活动相当寒酸，我很早就离开回去了，因为我的爱国情绪没有周围人的饮酒情绪高。给我提灯笼的那个苦力往常都在外面等主人，这次却很晚才来接我，我只得一个人摸黑回去。这太过分了。为了使其他的中国仆人们遵守规定，我在当晚就解雇了他。这个做法对我的那些仆人们很起作用。

这里住有3个已婚的少尉，其中一个工兵少尉叫霍夫曼，我经常到他家去打牌，不久前玩到深夜1时我才回去，这时我看到了下面的情况：

朝天宫大成殿（摄于1888年）

一所中国人的房子前面，在路中间放着竹竿搭成的纸房子，足有4米高，上面挂着红布和红灯笼，手拿竹筒的巫师和房子里的人围在它的周围。有人点着了火，当纸房子快烧毁时，巫师和站在周围的人就围着它跳起舞来，同时响起爆竹声，发出震耳欲聋的噪音。这时房子的主人走出来，拿着一张竹席，放在火前，然后跪下去磕了几个响头。别人告诉我，这家中国人要同恶鬼和解，他的妻子重病在床。多神教的这种习俗看上去并不滑稽可笑，所有在场的人神情都很严肃，也引起我和午夜在此观看者的深思。

2月2日是中国的新年，节日的气氛其实上月15日就开始了，前后要持续3个星期。在这段时间内，到处都是吵闹声，什么事都可能发生。我预先取出我的左轮手枪演示给我的仆人们看，告诉他们必要时我也会开枪的。尽管不会出现这种情况，但有准备总是好的。

但愿我这封信能平安到达你手里。衷心地向你，向妈妈和兄弟姐妹们问好。

你忠诚的兄弟　罗伯特

# 骆博凯写给母亲的信

## 1896 年 2 月 7 日于南京

我亲爱的妈妈：

我最近一次收到家里来信的日期是 1895 年 12 月 15 日，其他德国人已经收到家人 1895 年 12 月 29 日从欧洲的来信。因此，我已在期待你们下次的来信，再说现在传递邮件的时间，不管是欧洲的轮船经由苏伊士运河还是通过美国，有 10 天左右时间就到达了。

这里的冬天远没有像家乡那样寒冷，下雪和冰冻的情况也极少。但是，我却比以前在家里冻得还厉害，可能是我的房子通风情况太好和火炉生火不旺的缘故。

昨天为了庆祝你结婚 58 周年，我骑马去南京的城墙外面玩了很长时间，参观了著名的明孝陵。这个宏伟的明代皇帝陵墓可惜已在 18 世纪 60 年代被太平军摧毁殆尽。太平军在南京城里盘踞了整整 3 年[①]，给它造成了巨大的破坏，南京城到今天还到处可见一堆堆废墟，而不是一座繁荣的城市。城墙以内至今只有极少部分的土地上建起了房屋，绝大部分的面积还只是荒凉的瓦砾碎片堆，从中可以辨认出以前房屋的基石。按照东方人的概念，封建王朝的陵墓是上一个朝代威望的象征，革命者的摧毁目标首先是针对明朝壮观的陵墓，就像谚语中说的，亚洲人一旦迸发出疯狂，蹂躏的行为就会达到不可

---

① 太平军自 1853 年攻占南京，至 1864 年天京陷落，在南京城共 11 年。

收拾的程度。太平军对南京明孝陵的毁灭性破坏就证明了这点。可惜我不是考古研究者，无法在参观过这个废墟后复原出一幅这处陵墓往日华丽景象的图画。现在还保存有一个由巨大岩石凿成的大石碑，长 150 英尺[①]，高 50 英尺，厚 40 英尺，但它出色的建筑艺术装饰物和上部结构已荡然无存，目前到处是杂草丛生，四面筑有围墙。围墙前面有一座艺术化的桥，河水从桥下潺潺流过。巨大的前院里，还可以看到被推倒的柱子基石和带有铭文的石碑。石背上驮的众多柱子和纪念碑，现在只留下了一只，它由岩石凿成，3 米宽，1.5 米高，5 米长。如此大的石头，我们由此可以在脑子里想象出它是一个何等宏伟的建筑物。

明孝陵全景

① 1 英尺 =0.3048 米。

明太祖神功圣德碑（摄于 1890 年）

如同在中国各地那样，明孝陵这里也有恶鬼作祟的问题，幸好中国人及时认出了恶鬼试图走近墓地的方向，建了一条绕弯的神道，两边站立着成对的巨大石雕动物和文武官员，阻挡着恶鬼进入。这些由巨大岩石雕凿成的不可思议的形象看上去确实令人有阴森可怖的感觉。在接近陵墓的地方，先是官员和武士，继而是家养动物——狗、羊和马，然后是大象和骆驼，最后是狮子。这些石雕绝大部分还都保存完好。因此我骑马经过神道时，还要挥动几下鞭子，催促我的马从分立两边约有 3 米高的石像中间穿过去。亲爱的妈妈，我知道你特别喜欢这类留有古迹的古代地点，但愿我的详细描述不会让你感到厌烦。

我接种的牛痘全都发出来了，左臂虽然肿胀得厉害，但并不太难受。我每隔三天就到美国传教士那里去一次，这位大夫对他医术的成功甚为高兴。

明孝陵神道（马）

明孝陵石像路（武将）

通过鼓楼的江宁路

城内的道路大多是石板路面或石子路面的狭小通道。我房前的那条路只有 2—3 米宽，就有卖肉的、做面包的、木匠、鞋匠、铁匠或是挑着流动厨房到处卖食物的，都在这里挣钱和营生。一句话，所有的手工工人在这里的房子边上摆摊设点，叫卖他们的商品，由此原本就不宽的道路只留下中间狭窄的一条，使交通更加困难。

城内有一条通到南城门的主要干道，人们像蚂蚁群似的在这条路上来来往往，川流不息。用驴子拉水、拉米、拉着芦苇或稻草的队伍同样要经过这里。在那里总会被夹在熙熙攘攘的人群中动弹不得，只好在稍空的地方等着。苦力们不停地叫喊喧哗声，令人作呕的臭味，会使初来乍到的欧洲人头晕不已。我现在有些习惯了，已能沉着应付。诚然，那是因为有马夫跑前跑后，一会儿对过路人大吼，一会儿用马鞭把人吓到边上去，一路上为我开道前进。

南京这条 3.5 公里通向南城门的主干道在我们德国人嘴里有一个骄傲的

南京商业街

名字：弗里德里希大街。我真想指给你看看这条笔直的望不到尽头的大街，两边有商店突出的阳台，路上熙熙攘攘的人群，还有众多从屋顶垂到街头的商店招牌，这条街根本无法一览无遗。

我的日本之行还有一段经历没有对你提过。我在日本看见过一种乌黑的家养大老鼠，与我们国内的灰鼠完全不同，奇怪的是那里的猫没有尾巴，据说这种猫生下时就只有非常短的尾巴残干，因此看上去它的腿很长。

随信给你附上一枚南京昨天发行的邮票，在欧洲肯定还是唯一的。为安全起见，我又在信内放了一枚。

衷心地向你问好！

你忠诚的兄弟　罗伯特

# 骆博凯写给三哥卡尔的信

## 1896 年 9 月 26 日于南京

亲爱的卡尔：

谁要抱怨自己没有耐心，他就应该到中国的环境里来好好学习一番。

本月 19 日，我终于领到了 8 月份和 9 月份的薪水。中国人都是十分精确的计算大师。我经常自问，我孤独和贫乏的生活是否得到了足够的报酬。我的结论是，我不会为月薪 1599.99 马克在这里停留得太久。现在他们给我加了一个芬尼，达到 1600 马克的整数。

我希望，接下来我的状况会有一个重要的有利转变。不过，由于这里不确定和不可靠的因素，在事情落实之前，我还无法告诉你具体情况。

这里从昨天开始进入了雨季，我的风湿病的预报非常准确，不过目前还不太严重。

衷心地向你问好！

你忠诚的兄弟　罗伯特

# 骆博凯写给母亲的信

## 1896年10月2日于南京

我亲爱的妈妈：

我在给卡尔的信中提到我在这里的状况会有好的转变，今天我可以深深地舒一口气，大声地说，感谢上帝！主要的困难已经成功地克服了，我可以为达到的目标感到自豪。我相信，我的事情已经到了这个地步，有把握地预计会在今后几天内去晋见刘坤一总督大人。总督大人将会在隆重的场合庄严地交给我一份证书，任命我为在南京新建立的“陆师学堂”校长。

他们打算在中国的新年，按我们的纪年是2月中旬，陆师学堂正式开学。由于陆师学堂是按德国模式建立的，将用德语授课，接着的任务就是要找到优秀的中国译员，这要比找说英语的、说法语的或说俄语的困难得多。要使学员们能听懂德语的授课，主要困难才算克服了。

现在中国人来找我，提出了合理的要求，要我将两年后到期的合同延长到3年。虽然我对此没有完全同意，但我以这样的保证安慰他们：我绝不会将由我亲手创立的学堂随意弃之不顾的。我要待两年后再根据情况作出决定。今天我主要考虑合同满期后至少先让我回国作一次较长时间的休假。

现在南京逐渐有了较好的邮政条件，南京的地方邮局发行了一些邮票，虽然并不美观，但可以视为邮政事业的一个进步。邮票上的图案是南京的美丽景色和名胜古迹。请允许我在此附上几枚，集邮者定会对此感兴趣，因为目前在欧洲肯定只有少数几套。

今后给我写信可以省略具体的地点，只要写：南京骆博凯上尉。因为我已在这里的电信局登记了我的地址和电话号码。

衷心地向你亲爱的妈妈，向兄弟姐妹们问好。

永远感激你的儿子　罗伯特

# 骆博凯写给大哥赫尔曼的信

## 1896年10月于南京

亲爱的赫尔曼：

面对我的地位和工作将要发生的巨大变化，我已有好几夜无法入睡。如果说中国人办事缓慢和慎重，但在早就对每个外国人极不信任的情况下，他们先要经过仔细考察后才下决心也就可以理解了。

我在国内就已是一名工程军官的地位。我可以说，即使在我们自己军队的许多部门大多对此也不清楚，中国人对我的情况肯定是更不明白了，不了解我既是部队的军官，还是要塞、电讯、桥梁和道路等的工程专家。

首先来找我的是一位道台（朝廷的高官），他带了无数的仆人和随从，在他的座椅前面有一把官伞，一路上敲锣打鼓地走来，是在宣告有一位道台高官经过这里。这样的一个随从队伍通常有好几百人，穿着奇怪的服装，举着一批字牌，表示他们的主人具有值得尊敬的知识和无可比拟的素质。受访的接待者还要给这批人提供膳食。我不打算这么做，吩咐我的仆人让他们在门外等待，因为这帮人像乌鸦那样也会偷东西。我只让给道台抬座椅的人和几个贴身仆人随同进入，后者交谈时也在座，通常比他们的主人还要机灵和领会得快，主人完全听从他们的带领和指挥。因此，下面的恶习也就随之而生：为了在一位中国高官那里达到某个目的，先要贿赂他的贴身仆人。这些仆人也都指望着这些收入，因为不同官阶的主人本人只给他们很少的薪水。这位道台极为愚蠢地对我讲了天气、狗、猫、水果和其他中国发生的事情，然后就突然问我是否建造过一座要塞？是哪些要塞？我给他介绍了建造要塞工程的经历后，他对我说了一大堆恭维话。过了一会儿，来了另一位道台，在作了类似的开场白后，也问我有否在部队工作过？是什么地位？这位道台对我的回答也很满意。然后来了第三个人，对我作了综合性的了解，我是否既是一名部队军官又是一位要塞工程专家？

我立刻领悟到为什么要这么做的意义，为此多次向总督衙门请求晋见总督大人，但每次都以不成立的借口告知耐心等待。过了很长时间，这里的江南水师学堂校长佩尼尔先生，他已在中国工作了6年，请我共进午餐时，我才明白过来。总督大人是要改变我合同里规定的地位，任命我为正在建立的陆师学堂校长。中国严格的行为规范是，一位总督从不说空话。如果他授某人以官职，这个人决不可以说拒绝的话，只能千恩万谢地表示接受。现阶段为了摸一下我的底，总督大人委托谢道台，后者再委托苏道台，苏道台又委托佩尼尔先生询问我是否愿意接受新学堂的职位。在提出某些保留意见的条件下我表示同意。因此，现在我每天都在等待新的任命书。

众所周知，中国人认为自己是有文化的民族。谁经过较长时间的考试，表明他完全熟悉中国的古典作家，并能仿照这些古典作家进行表达，他就堪称是有文化的中国人，就可以任命为任何职位的官员。南京这里就建有这样一个考试场所[①]，有26000个号舍。这个考试场所面积巨大，四周筑有高高的围墙。每位考生都被指派进一个号舍，号舍1.5米长，1米宽，2米高。这个不幸的“乌鸦”在考试期间实际上是被砌在墙内了，只能通过一个很小的窗口收到递来的简单饭食。

我很想参观一下这26000个号舍。遗憾的是我去参观时，号舍里没有人。

① 此处指夫子庙的江南贡院。

我听人说，总督和高官显要们的孩子虽然实际没有参加考试，但也能得到考试成绩优秀的证书。

这些官员并不懂数学、物理和其他学科，因此在许多方面和普通民众一样是无知的，是睁眼瞎。更为特别的是，这些知识对医生只起次要作用，他们大多只懂得一些自然药物的知识，主要依赖病人的迷信和玩弄一些骗术。他们号称会施魔法驱赶走造成患病、扭伤或其他不幸的恶鬼，这种可笑的行为这里每天都大量发生，甚至是我的仆人们本来应该有更多的理智，但他们一旦患病，也会到中国的庸医那里去，试图用魔法或令人恶心的药物治愈疾病。

在中国，术士、道士及和尚等的地位最低，他们大多看上去很潦倒，衣衫褴褛；其次是士兵；医生们属于第三等级。

衷心地向你，向妈妈和兄弟姐妹们问好！

你忠诚的兄弟　罗伯特

# 骆博凯写给二姐安娜的信

## 1896年10月8日于南京

亲爱的安娜：

在这里，对一切事情必须有极大的耐心，即使失去了耐心，也不会有所改变。这里的信条是：耐心等待，听天由命！

你在信中列举花园里收获的果实使我大流口水。豆子、黄瓜、苤蓝、白菜、包心菜在中国肯定也生长得很好，我在上海就亲眼见到过。可惜这些美味珍馐在南京这里买不到，我的厨子多次对我说过。

我从日本回来后，吃了两个月的鸡蛋、土豆、米饭和童子鸡。我对厨子明确地说，我一定要吃蔬菜，如果他买不到，我就托人在上海买，但要他付钱。中国人对钱的问题是很敏感的，厨子也清楚地知道我从来不开玩笑。这几天他终于给我搞来了新鲜蔬菜，是他托人从上海买来的。对膳食的操心使我很不舒服。我要是不对厨子施加压力，他就会随心所欲。

目前，南京砖砌的院墙呈现出十分美丽的景色，墙上爬满了鲜艳的豆荚花、蔓生黄瓜、南瓜和各种各样绚丽的藤本植物。最近我知道了一种新的果实，它的名称按照发音大概是“柿子”，有苹果那么大，非常软，要用一只匙子挖着吃。对我来说，柿子太甜了。

南京这里经常可以看到水牛，这种动物就个头和体积来说仅次于大象。中国人用它来犁泥泞的水田，犁田时水牛陷在泥泞里直到腹部。这个动物生着两只很大的角，被一根穿过鼻子的绳子牵着走。在夏天，白天它喜欢躺在泥泞的池塘里，在水里只露出一个牛头。放牧时总有一个男孩或女孩躺在肥壮的牛背上，同时用穿过牛鼻的缰绳牵着。一个骑马或骑驴子的人在狭窄的乡村道路上与这种牲畜相遇时，相遇的人中要有一个后退，给另一个人让路，令人相当不愉快。但高大体重的水牛在狭路上无法转身，因此聪明的人就要让步。我的马夫醉心于这种家畜，从老远就大声吆喝。水牛如果一时情绪不好，对着人或马撞过来，那就危险了，尽管水牛身躯笨重，神态威严，迈步缓慢，但它有时走得也快得惊人，我就多次见过这情况。水牛肉并不次于黄牛肉，这里的中国人水牛肉吃得很多。

我在此还想提一下这里生长十分茂盛的向日葵。它不仅种在田边，也有整片田里种的都是向日葵，它的花盘有我们煎饼的锅子那么大。据了解，中国人认为向日葵籽是最好的美食。大片的玉米地在成熟期呈现出一个特别的

水牛

景象，那里搭有高高的可以眺望整片玉米地的看守住的房子，防止有人偷窃硕大的玉米棒。煮熟的玉米棒抹上黄油，蘸上盐和胡椒粉，是所有宴席上一道美味的菜肴。

随着温度降低到 14 列氏度，今天已进入寒冷天气。我把欧洲带来的衣服取了出来，管家仆人将我的皮大衣摊开放在竹编家具上。我吩咐在马厩的木板条墙上糊上绵纸。晚上穿着厚厚的睡衣，觉得很舒服。我打算在 10 月底到上海去几天，回来后再对住房作过冬的布置。

这里的苍蝇令人无比讨厌，超出了我们欧洲人所能想象的程度。这种昆虫特别喜欢中国肮脏的垃圾。此外，我现在对街道上反感的现象和难以描述的污物已能坦然处之。我居住的市区和街道常有特别难闻的气味。我的仆人们都很健康，马匹、狗、猫、鸡、鸽子等家畜养得肥肥胖胖的，它们的主人也万事如意。

衷心地向你问好！

你忠诚的兄弟　罗伯特

# 骆博凯写给二姐安娜的信

## 1893 年 10 月 16 日于南京

亲爱的安娜：

你寄来的生日礼包超过了我的想象，非常感谢！毛毯简直好极了，希望在它的保护下使我的风湿病好转起来，我还将提升它为我的“旅行毛毯”，让它陪伴我在轮船上度过 1 天半的愉快旅程。轮船上经常是人满为患，加上中国人乱哄哄的，为此我夜里大多宁愿睡在会客室或甲板上，毛毯定能使我很舒服。

你寄来的老鼠药我会尽快试用。我的“衙门”里有三只狗和猫，已经使老鼠白天和夜里只敢在天花板下吵闹，很少走进我的寝室里了。正在这里的铁路工程师也向我抱怨老鼠的祸害。他住在中国一所很大的寺庙里，有 400 个和尚。他养了几只狗，其中还有一只是为了保护他个人特地从德国寄来的出色的俾斯麦狗。他住房里的老鼠活动十分猖狂，夜里居然在他的身上跳来跳去，夜夜都啃吃肥皂和蜡烛，还经常咬坏他的衣服。对付这帮坏蛋应该首先使用老鼠药。

目前这里的天气非常好，天空晴朗、暖和，稍作活动也不会嫌热。夜里温度降到 11 列氏度。这里天气的特点是非常稳定。庄稼，尤其是水稻生长很好，收成也很好，我们这个地区肯定不会发生饥荒。但在偏僻的山区就是另一种情况，那里由于道路难走，无法到比较富裕的地区采购粮食，运粮的牲畜在途中要吃自己运送的粮食，才能继续走下去。假如我这个地区发生饥荒的话，虽说

江南水师学堂全体学员

可能还有存粮，但我也会坐轮船从水路直接到上海去，以躲避那些骚动的民众。

我的良种马“马克斯”患上了严重的咳嗽，左后腿似乎受了伤，有可能成为跛足。我花了 5 美元请中国的兽医调制了令人作呕的汤药，强制地灌了进去。那个家伙还在马的病腿上抽了血，声称十天后我又可以骑着它出去散步了？！这期间我骑“斯特凡”，让马夫骑租来的老马。

上星期日，我和这里的两个德国工程师一同骑马到乡下去郊游，预先备好了食物。这天天气很好，我们高高兴兴地出发了，但不久就发现这些路完全不适合钉掌的马匹行走，我骑在“斯特凡”背上跌倒了 3 次，不过并没有惩罚它。然后我们改为在水稻田之间狭窄的田岸上继续前进。没有地图，不会讲汉语，我们就是这样自讨苦吃。

江南水师学堂训练用旗杆

昨天我去拜访了我未来的同行江南水师学堂的校长佩尼尔先生，与他进行业务交流。从我离开德国以来，每天都用功学习英语，对我大有好处，因为公务上都要用英语交谈，我必须努力学习。我没有想到以前在课堂上学的英语会忘得精光，为了能掌握英语，现在必须重新费力地认真学习，以达到在东亚这里工作必不可少的要求。现在有些时候我整天都是满口的英语，经常是脱口而出。我为此十分高兴。

我邀请佩尼尔先生和另一位先生下周日到我家来共进午餐。我的厨子在重要场合能烹调出非常好的菜肴，只可惜平时我不得不要经常呵斥他。

衷心地向你亲爱的安娜，向亲爱的妈妈和兄弟姐妹们问好。

你忠诚的兄弟　罗伯特

# 骆博凯写给大哥赫尔曼的信

## 1896 年 10 月 23 日于南京

亲爱的赫尔曼：

你 9 月 15 日的来信已收悉，十分感谢。我也衷心祝贺你生日快乐！

我经常回想自己已经取得的成绩，非常满意，虽然直到今天还没有得到总督的委任状，不过对中国人是不可催促的。因此我目前行使的校长权力主要来自权威人物转告总督大人对我的许诺。

我希望在陆师学堂这个岗位上能为促进东亚民族的利益作出重要贡献，陆师学堂的校舍大多已基本建成，现在只要进行内部装修了。给我和教官们以及其他德国人的欧式房子正在加快建造。

不过，我还必须学习汉语。我希望我对汉语的掌握程度，可以在拜见总督时能听懂他用汉语对我说的话，必须听懂与我仆人们交流时必不可少的语言。为了学习汉语，总督的秘书，一个能操流利英语和法语的异常“精明”的中国人，给我明确提议由他的一位文书做我的教师。这位秘书多次帮助过我，但他也从我支付给教师的薪水中得到他的报酬。

毫无疑问，汉语是世界上使用最广泛的语言，因为全世界有 1/4 人口、约 4 亿人讲汉语。中华帝国广阔的面积导致在全国不同地区有无数的方言和土语，这些方言和土语按各个省的情况可以分为七类，它们之间相互有很大的不同。例如南京人几乎听不懂广东人说的话，只有官员的语言，也称官话或标准话，在整个帝国是一致的，不过只有很少的普通人懂得这种语言。因此，学会官话后与我的仆人们交流仍有许多困难。这七类口语方言的书面表达在全国却是相同的。这个书面语言又同书写的语言有很大不同，需要经过特别的学习，我不打算这么做。标准汉语有 400 个字，汉语利用某些声音的改变扩大音素，有些问题虽发音相同但含义不同。按照每个字有 4 个声部，400 个字在语言中就成了 1600—2000 个字，但实际上只有约 1400 个字[①]。这 4 个声部是：第一声没有升高也不下落，即平声；第二声要升高，即上声；第三声是疑问，即入声；第四声是下落，即去声。我现在要玩这个“魔鬼”，要打碎我这个威斯特法伦人笨拙的舌头。如果要我达到预定的目标，我的教师和总督的秘书就必须找到我学习汉语的突破口。

在没有饲料和马厩的情况下，现在已为陆师学堂的学员们购买了 30 多匹马！由此你可以了解到中国人对学堂的事做得多么滑稽。已聘请两名苦力当牧马人，他们在工作时很有可能带着好马偷偷溜走。中国人必定要为此付出大笔的钱。陆师学堂的工地上有数百名工人在干活。建筑的控制权掌握在上海的中国建筑企业手里，还从上海招来了建筑工人，因为他们也从未见过欧式房屋。

我已两次拜访过中国的教育道台。他显然也关心学堂的事，但根据中国人的习惯是不会主动说出来的，我相信了解他担心的事情。这位道台还是北京皇帝的枢密顾问，在柏林待过 7 年，却讲不出几句完整的德语。

我似乎已逐渐适应了这里中国人的垃圾和肮脏状况，除去难闻的气味还讨厌外，其他我都能熟视无睹，开始饶有兴趣地在城里到处走走看看。如果说开始时对居住在喧闹的城市里不习惯，现在却也适应了中国的住房。当然，我对明年春天要给我换住房非常高兴。在我添置欧式家具和住房设施之前，

---

① 原文如此，这里肯定有误解。

还必须首先想到明年冬天的事，还必须为我的中国“宫殿”购买大一点的火炉、煤、地毯等等。为此我将在一周后到上海去1—2个星期。

衷心地向你，向妈妈和兄弟姐妹们问好！

你忠诚的兄弟　罗伯特

# 骆博凯写给大姐卡萝莉娜的信

## 1896年10月28日于南京

亲爱的莉娜：

昨天我庆祝来中国一周年纪念日，因为我是在1895年10月27日在上海登陆的，离开了船上的旅伴们，现在我还经常回想起他们。

过去的一年，我在中国经历了很多。我回顾第一个合同年大体上是满意的。上半年我的工作十分忙碌，下半年是我十分满意的时间，相应地巩固了我的专业知识、了解中国和努力学习英语。不去酒馆的独居生活至少给了我这样的好处：有闲暇时间，努力从事私人学习，多给妈妈和兄弟姐妹们写信代替日记。

如同一年前那样，我大胆地接受中国政府的要求，坚定地信任中国政府，今天新的伟大的工作又鼓舞着我，扬起风帆驶向下一个未来！

从10月1日起，我就等待总督大人的承诺，却至今没有校长职位的委任状。我十分小心地去询问教育道台，他板着脸，没有问我聘用教师的问题。我在一个半小时的会见中向他提出了这点。我希望使他意识到，如果我能共同商谈关于教师聘用和教学计划等事项，那我就能承担陆师学堂校长的责任。

陆师学堂的建筑工程进行顺利，未来的欧式“宫殿”也已露出地面。因为这里冬天也能施工，肯定可以在预定的时间内建成。

后天，即本月30日星期五，我乘船到中国的“巴黎”去，那里正在举行秋季赛马。在36个小时旅途中，安娜的漂亮毛毯将陪伴我，给我以温暖和舒适。

几天前我购买了两张雅致的竹编椅子和一张竹编桌子，用来点缀我有些寒冷的办公室。摆好家具后我立刻觉得室内有一种极其难闻的气味。我十分怀疑地抓住一只猫，寻找气味的踪迹。我叫来帮助寻找气味来源的仆人对我哈哈大笑说，新的竹编家具都会发出一种类似猫身上的气味。在我确信他的说法没有错后，就大声呵斥说："把这些可恶的东西搬走！"我虽然没有用英语说，但加上必要的手势，他很快就理解了我的意思。

现在这里的温度白天是18列氏度，夜里7列氏度。我尽量充分利用这个出色的天气，多到外面走走。

衷心地向你，向亲爱的妈妈和兄弟姐妹们问好！

你忠诚的兄弟　罗伯特

# 骆博凯写给三哥卡尔的信

## 1896 年 11 月 4 日于上海

亲爱的卡尔：

我在去上海途中，由于旅客太多，大多是传教士及其家人，所以我多在会客室里过夜，安娜的毛毯起了很好的作用。扬子江目前的水位很高，比较低矮的小岛和河岸都淹没了，因而江中心显得异常宽阔。有几个地方站在轮船的甲板上都看不到河岸边的陆地。

上海在美丽秋天的大好条件下举行赛马，来这里参加比赛的马匹完全不是供人观看赏玩的。参加观看的人异常多，赛马场的绝大部分观看者并不关心或者完全不关心参赛的马，而只是想在比赛中发财。

星期天我去了这里的教堂，牧师祷告时说了“祝福我们遥远的祖国”，遥远的祖国也由此清晰地呈现在我们的眼前。

旅馆里写信的条件很不好，只得就此匆匆搁笔。衷心地向你问好！

你忠诚的兄弟　罗伯特

# 骆博凯写给三哥卡尔的信

## 1896 年 11 月 6 日于上海

亲爱的卡尔：

这次我在上海停留了好多天，得以尽情地享受生活。

昨天我应德国军官的邀请去了吴淞，参观了那里部队的营房和军官们的住宅。虽然我在南京是一个人独居，但我的衙门比吴淞这里简陋的房屋要好得多。

吴淞火车站

我在这里到处都有熟人，对许多德国军官经常难以区分辨认。我为了业务的事经常去拜访一家德国公司，觉得对方从未见过面，对方却立刻叫出名字和我打招呼。尽管不是一位名人，但却是一位老熟人。我只能说：“见到你非常高兴！”我已接受好几个朋友的邀请，以后几天要去共进午餐，甚至下个星期在旅馆里也有一次较大的午餐会。

我是在旅馆的阅览室里写这封信的，有关详细情况待我回南京后再向你报告。

衷心祝愿你、妈妈和兄弟姐妹一切都好。

你忠诚的兄弟　罗伯特

# 骆博凯写给母亲的信

## 1896年11月11日于南京

我亲爱的妈妈：

今天是11月11日，是科隆著名的狂欢节，提醒我现在就应该向你和兄弟姐妹们祝贺不久将要到来的新年万事如意。上帝保佑了我们在过去的一年没有患大病，没有发生任何不幸事件。

至于我个人，我已逐渐学会了适应这里的艰苦生活。尽管中国人的生活观念与我们德国的习惯完全不同，无法抑制自己的一些反感情绪，但我决心坚持到与中国签订的合同期结束。

在上海停留期间，我再次活跃在许多朋友中间。尽管有些劳累，有时吃得太多，胃的压力很大，但我一切都很好。

我在上海买了一些冬天用的东西：一条漂亮的中国驼毛地毯，一只火炉，厚实的冬天衣服，马裤等。为了消遣，我还买了一只带中国音乐的玩具钟，一只手风琴！我和仆人离开上海时背了一大堆东西，连同住宿和生活总共花去330美元，相当于800马克。

凌晨抵达南京，我们坐车进城时，天气好极了。到家后我发现住房披上了漂亮的冬装。就是说，窗户糊上了纸，窗户下面的外墙钉了一层薄木板条。我随即跨上我的良种马，骑马到总督府去，因为传来吩咐要见我。我还拜见了教育道台，并在这里的德国人那里取了到达的信件和报纸。

中国的汉语教师明天要给我上第一课，我此刻就有些害怕了。但害怕有什么用，必须努力学！

天气仍然很好，万里晴空，白天 15—18 列氏度，夜里 5 列氏度。已经出现天气变化的迹象，太阳下山相当快，晚上必须及时加衣服，以防感冒。

现在我的房子里也有了一个中国女人。就是说，我准许厨子将他的眯缝眼妻子接来和他同住，因为他们的孩子在上海死掉了。这个可怜的女人给人印象十分胆怯。一旦我出现在他们面前，她就害怕得不知躲到哪里去是好。

在上海，我还应一位德国药剂师朋友的邀请，和奥地利海军军官们一同去拜访他。这位药剂师给我们展示了中国女人被裹成的小脚。那只小脚已经治疗了三周，因此没有难闻的气味，其畸形程度远远超出了我的想象。那只脚是在被用布缠裹中折断的，由于连续缠裹了 16 年，成了十分可悲的形状，看上去已完全不像人的脚了。

霍夫曼少尉邀请我到他上海吴淞的家里去共庆圣诞节，我也许会接受他的邀请，因为目前我还能离开这里。

我在此预祝你亲爱的妈妈和兄弟姐妹们圣诞节快乐，并举杯高呼：“新年快乐！”

永远感激你的儿子　罗伯特

# 骆博凯写给大哥赫尔曼的信

## 1896 年 11 月 19 日于南京

亲爱的赫尔曼：

我的陆师学堂一事在中国进展甚是缓慢，迟迟不颁发给我新的委任状。估计中方的困难在于要变更我的原有合同。我为他们准备好了一份对原有合同的补充稿。就是这份小小的东西也拖了很长时间，先要译成英文，然后再译成中文。我也不知道我的建议是否能顺利通过，获得总督大人的批准。为此我邀请教育道台和总督大人的秘书在明天共进午餐，我希望通过大量的香槟撬开中国人沉重的舌头。此外也希望通过共进早餐，将我的计划向前推进一大步。

我在此还想谈谈东亚的政治问题。你们认为德国隆重接待李鸿章之事提高了德国的威望和影响，我对此持不同意见。李鸿章在访问西方国家回来后的情况是：李受到了严重的处分。因为他：（1）过于突出个人，而把龙椅上的皇帝置于其后；（2）违反了中国人古老的重要外交惯例，没有表现出稳重的态度，而是趾高气扬。

为了不因公开承认这种过失使中国太丢脸，老迈的李鸿章不得不离开紫禁城的宫殿。这位皇帝的特使因而被交给下属的司法机构予以惩处。他被判处剥夺黄马甲，削去一切职务，不再享受年俸。由于影响巨大的慈禧太后对她宠臣的包庇，皇帝才给予从宽处罚，只剥夺了他每年享受的俸禄。

1896年11月13日的《东亚劳埃德报》写道：“这样的处理只能视为是对西方各国及皇室的极大侮辱。西方各国及皇室把它们的客人李鸿章视为中国皇帝的代表。中国政府不仅没有为它的代表受到隆重接待感到高兴和受宠若惊，反而毫无理由地嫉妒李，仿佛他是一个堕落的孩子，在他回到北京后，受到极其粗暴的对待。我们真诚地希望，北京的各国代办能进行斡旋，坚持对这个在西方各国受到隆重礼遇的老人在自己的国内给予更大的恩宠。我们也希望，西方各国政府对今后中国政府的代表去访问时予以蔑视，就像这样一个政府所做的那样。”

这里的天气仍然非常好，白天在阴凉处14列氏度，在太阳下今天下午2时我的温度计上升到38列氏度，夜里降到5列氏度。

为了消化汉语课，上午课后我骑马出去散步，发音的舌头得到了休息，头脑也清醒了许多。

向你致以衷心的问候！

你忠诚的兄弟　罗伯特

# 骆博凯写给三哥卡尔的信

## 1896年11月24日于南京

亲爱的卡尔：

我在11月19日写给赫尔曼的信中提到过要请两个有重要影响的中国人共进午餐一事。因为有额外报酬，我的厨子烧的菜肴十分出色，我只是对备的酒不满意，因为那两个头号坏蛋什么也没有喝！

这两个辫子官员曾在驻柏林、巴黎和伦敦的公使馆做过多年秘书，因此熟悉餐巾布和刀叉的使用，似乎十分重视欧洲的宴请，只有酒类除外。他们来时穿了华丽的官服，为了迎合我没有带大批的随从人员，只带了11个仆人，我只准许其中两个亲随服侍他们的主人。交谈以英语和法语进行，他们中一个人还懂点德语。结束时，其中一个骗子——按照我们的概念，这个称号完全恰当，在我并未提出要求的情况下，对我的事情提出他个人善意的建议。他的建议虽然毫无用处，但我千恩万谢地表示了接受。

陆师学堂的计划使我大伤脑筋，好几夜都无法入眠。为中国人安排任何事都非常难，按照我们的观点，他们办一切事都是颠倒的。陆师学堂是按学员120名建造的，训练期为3年。现在我建议开始时40名学员，今后每年招40名，这样在第三年就达到了120名学员。中国人说：不行！必须一下子招满120名学员。否则他们就会问，如果只招40名，那120名的经费到哪里去了？这个中国人还说：我们可以立刻再让80名学员毕业，这不就是40名了！

江南陆师学堂学员操练（摄于 1899 年）

我真的很想知道，这里的事情最后会搞成什么样子。

我们驻北京的新任代办冯·海金男爵，据说他在会见中国的总理后说过这样的话：“这些人全都是白痴，同他们无法打交道！”但愿他很快能认识到自己犯了令人遗憾的严重错误，因为在外交事务中他面对的都是最狡猾的、最阴险的和最聪明的人。令大家感到遗憾的是我们最好的中国通——勃兰特以前的部长，已不再在北京了。尤其是现在，许多国家在东亚的利益发生激烈冲突时，却让实力强大的俄国不受干扰地一口吞下了一块又一块肥肉。

对我来说，在这里的状况也不值得令人羡慕：想要真诚地帮助中国人，看着自己的所有计划在中国人那里遭到失败。再看看我的周围情况吧：白天黑夜喧闹声不断，令人可怕的气味，街道上那些肮脏的民众，对外国人的嘲讽和丑恶的骂人语言。我可以肯定地说，要不是冷静和务实的思想阻止我，我真会把整个事情丢下不管，一走了之。一旦愤懑在我的隐士生活中占上风时，我会在清晨将我的汉语教师赶走，骑马出去散步，回来后和我可爱的狗和猫玩耍，凭兴趣让人给我送来美味的德国香肠或是美酒。这种情绪通常会持续2—3天，然后才把汉语学习重又拿起来。

如果能够安排的话，我也打算到上海去过圣诞节，在和欧洲人相处中好好休息休息。只要还没有被陆师学堂的事套牢，我不会错过任何一个这样的机会。

衷心地向你亲爱的卡尔，向妈妈和兄弟姐妹们问好。

你忠诚的兄弟　罗伯特

# 骆博凯写给二姐安娜的信

## 1896年11月27日于南京

亲爱的安娜:

本月25日即星期三，教育道台要求我在天气不太坏的情况下到新的陆师学堂去。虽然整天在不停地下雨，作为一个老兵，我没有理会中国人的谦虚表达，准时到达了那里。只是为了不被雨淋，在马夫骑马陪同下，我是坐在由4个壮实的中国人抬的轿子里去的。除了欧式房屋外，伟大的陆师学堂已基本建成。根据中国人的方式，为了给人以威慑力，将安放火炮的房屋和安放枪支及便携武器的房屋移到了前排。由于中国的房屋是平房，有许多连接各排房屋盖有顶棚的廊道，因此陆师学堂的规模很大。教育道台自豪地指给我看学堂办公楼通向二楼的楼梯。它是这里唯一有两层楼的建筑。这里楼上安排的是图书室。

参观以后我用筷子吃了中国的早餐。如同以前那样，我立刻点燃了一支雪茄烟，帮助我咽下油腻食物。不过这种痛苦并未结束。也许是为了回敬我请过他共进午餐，道台邀请我到水师学堂去共进午餐。水师学堂距离这里有1英里[①] 远。

我们共9个人，没有做介绍。朝左首我必须用英语与唯一的欧洲人佩尼尔先生交谈，朝右首必须说法语，朝对面要说一些德语。中国的佳肴——鱼翅，

---

① 1英里=1.609344公里。

与我一年前巡视江防要塞时见过和描述的完全一样。喝的汤对我来说却是新的，它被放在桌上的酒精炉上烧热，加上各种各样的配料，还有四盘满满的茼蒿叶，一起吞下去。日本玫瑰花的食用说明值得推荐。我认为，中国宴请的主要优点在于用过最后一道菜就站起来向主人告别。于是我立刻走到佩尼尔先生的住房去，在那里喝上一大杯白兰地，以牢牢地固定享用的食物和帮助更好地消化。

我的合同变更一直还在等待总督大人的批准，我还和10月1日那样站在原地等待对我的任命。待到陆师学堂要开学了，一切都会十分匆忙，此刻却将大好的准备时间白白地荒废了。中国人就不能有一点“时间”感吗？此外，我已经有过一次由于催促引起了“反感”的经验。

今天又是一个晴天，夜里2.5列氏度，白天15列氏度，太阳下32列氏度，没有风，天空晴朗，蓝天白云。我的美国火炉效果非常好，我的宫殿外墙是双层的，一条厚实的地毯使我的家非常舒适。现在就让冬天来吧！

我的厨子在妻子来到他身边后似乎也变好了，使我现在没有什么要抱怨的，也不用经常责骂他了。

衷心地向你问好，也向妈妈和兄弟姐妹们问好！

你忠诚的兄弟　罗伯特

# 骆博凯写给大姐卡萝莉娜的信

## 1896年12月1日于南京

亲爱的莉娜：

昨天是星期日，我邀请了两个地道的英国人和我共进午餐，他俩不懂德语，但甚是愉快。这种场合我的厨子烧的菜肴非常好，我们都很满意。餐后为了助兴，我取来了手风琴，给客人们演奏了几支英国的乐曲。这件乐器使我非常高兴。下午，我们口含雪茄烟驱除难闻的气味，由我担任向导，在南京城里转了一大圈。两位先生对我十分熟悉南京迷宫似的道路甚感惊讶。

我的住房相对南京的情况来说可说是豪华的。现在我已经完全习惯了这里的生活，对我的工作越来越获得认可而感到高兴，当然也少不了令人反感和生气的情况，但我总能很快自我解忧。

《东亚劳埃德报》经常刊登一些有关江南陆师学堂的简短新闻，全都不符合实际情况。为此我给报社寄去了更正的消息。我希望，慢慢地、相当缓慢地但能确定达到我的目的。我为每次任何一点小小的进展感到高兴。

这里的天气仍然非常好，白天中午15列氏度，夜里2列氏度。我的马匹也给我带来许多快乐。德国军官们曾在这里靠城墙一个偏僻的地方建了一个带障碍的赛马跑道，赛马的障碍虽已毁坏，但2.5公里长的跑道可以纵马驰骋。现在我经常利用这个跑道，让我的马匹痛快地全速飞奔。我那个非常能干的马夫吸上了鸦片，变得怠惰起来。鸦片是中国人的主要祸害。最近他的眼睛红红的，眼屎不断——这是盲目吸鸦片的后果。如果他不很快戒除吸鸦片的恶习，尽管他有很大优点，能够带我穿过中国熙熙攘攘的人群，通行无阻，但我还是会让他离开的。

我还是不喜欢汉语课。我每天必须有两个小时花在学习汉语上，不得不经常咬紧牙关，坚持学下去，决不回避给自己加上的这个压力。

也许我自己会给我的军人学员教授德语的ABC。是呀，我领了高薪水，也可以做一些其他的事。我打算尽可能为行政机构排除一切困难。

衷心地向你亲爱的莉娜，向妈妈和兄弟姐妹们问好！

你忠诚的兄弟　罗伯特

# 骆博凯写给三哥卡尔的信

## 1896 年 12 月 6 日于南京

亲爱的卡尔：

昨天，秦道台受总督大人的委托，授予我一张委任状，任命我为南京新建立的陆师学堂总教习，或称校长。

这件事对我极为重要，请你听我详细道来。

在艰难地实施我的计划过程中，不得不走一条我并不乐意但在同中国人打交道时又必不可少的道路：我花钱买通了一个线人，让他向我报告总督衙门一切与我的事情有关的情况。一个十分可靠的、消息灵通的中国人给我送来了很不愉快的消息，原来总督对我的任命犹豫不决的原因，是不久前有人向张之洞推荐了另外一名德国军官，是德皇威廉二世想让正在武昌的冯·法尔肯豪因上尉担任陆师学堂的校长。我对中国人抱有的乐观主义完全消失了。我也很清楚，总督大人的多次许诺只意味着在既成事实面前不确定的一步。因此你可以想象到我的情绪绝不是愉快的。不过，作为一个有修养的人，我决定要继续争取，根据中方和我有合同的有利条件，分别根据情况采取相应的步骤。当我昨天从受总督委托的道台手里接过委任状时，我竭力控制住对事情得到有利解决的极大喜悦，在理解了长长的中文含义后，只说了同意接受任命和表示万分感激的话。

我的译员从昨天夜里到今天星期日下午 4 时，都在琢磨着翻译这份委任状，现在他把译文交给了我，由此理解了它的准确含义。

再说，要将一件东方的官方文书译成一种欧洲语言的确切译文并不容易。因为，除去特有的文体外，要准确重复和转换同样的含义只有老练的译员才能办到。

总之，我决心接受总督的任命，担任陆师学堂总教习的职位。

简单地说，我的状况是：争取到了总教习的位子，这是一个很受尊敬的职位；有了我喜欢的工作；拥有相当多的经济收入。就是说，我的未来无忧无虑，在很长的时间——10—20 年里，有了保障。不利的是：我不能和全家人生活在一起，与妈妈和兄弟姐妹们只有靠通信联系；失去了与朋友及熟人们的交往；失去了家乡、祖国、家庭的生活安排和享受；失去了欣赏德国的艺术、文学、戏剧和音乐等的机会。

假如我的决定使我要在这里工作多年或更长的时间，首先的后果可能就是不能和一个欧洲女人建立我自己的家庭，我不能作为单身汉长期生活在这里。另一个重要的问题是我的年龄如果年轻 10 岁，我做什么事都不成问题。因此，我请你在适当的场合告知家里的人，但不可外传！我特别想知道赫尔曼和费迪南德对这件事的意见。

大洪水给我送来了第一个寒夜霜冻，我的气温表上指着零下 3 列氏度，但在上午的太阳下突然升到 32 列氏度，使我经历了 35 列氏度的巨大温差。天气还是很好，总是晴天。

现在我过着真正的隐士生活，因为南京城内只有一个德国人了，两名德国工程师被他们的老板召回到武昌去了。

安娜的漂亮毛毯对我一再发作的关节炎有神奇的作用，必要时我在夜间也用上它。

衷心地向你，向亲爱的妈妈和兄弟姐妹们问好。

你忠诚的兄弟　罗伯特

# 骆博凯写给母亲的信

## 1896年12月13日于南京

我亲爱的妈妈：

今天我的计划又向前迈进了一步，觉得需要把这个情况告诉你。

我刚从马背上下来，感到我的新职位已经牢靠了。今天是星期日，总督大人派人通知我他十分乐意在下午4时亲自接见我。预计会在中国没有火炉的房间里等待较长时间，我在燕尾服外面加了一件长的皮衣。

在去总督衙门途中，教育道台给我派来一位骑马的传令官。他身穿华丽而珍贵的中国传令官服饰，魔鬼似地骑马来到我面前。由于时间很充裕，我不想赶得太急，因此让他先行回去。总督阁下的接待很隆重，我要穿过一个站立两旁的欢迎队伍走进他的宫殿。总督走出宫殿来迎接我，双手握住我的右手不断摇晃。当我还在昂着头用欧洲人的方式向他问候致敬时，被同时命令到来的中国人——秦道台和说英语的秘书已经跪在地上向总督大人磕头。与他的前任张之洞相反，总督大老爷的会客室是按欧洲方式布置的，中间1张小桌子，红绸的桌布拖到地上，周围是4张椅子，同样是红木家具，其中有靠背的类似沙发的那张是给总督坐的。小桌子上放着4杯茶，正冒着热气。桌上还有一只雅致可爱的蜡烛小台灯。谈话由秘书译成英语，我也用英语回答，当然，我必须仔细倾听。总督大人很直率地对我说，他对军校的事一点都不懂，他完全信任地将训练事宜交由我处理。他提到除了他以外，北京总理衙门和

总督府西花园

万岁爷本人对我和我的工作十分关心。就是说，我的地位很高，在这个位子上我会使自己声名显赫。我在表示了相应的感激之情后，十分简要地介绍了准备实施的教学计划，并向他保证一定认真履行我的职责。因为中国人对起草一份与外国军官们签订的合同感到很困难，语言表达不清楚，于是我特别提出对新聘用的德国军官在合同上应规定听从我的指挥。我当时关注着起草这份合同的事，而且估计也会交由我来办。总督完全同意我的建议，表示希望我能从每10名学员中培训出一名有用的军官。当我极不明智地在并不了解学员的情况下，保证达到这个极小的比例时，他就立刻提高到要从每10名学员中培训出3名候补军官。我诚然也希望能够实现这个对于我们来说并不太高的要求。尽管我也清楚，除了德国军校的课程，还必须针对中国学员的早期学习情况补上空缺的一般知识。总督大人一再亲切而有力地摇晃着我的手，我们相互举杯喝完了各自的茶水，然后结束了这次接见。

我再次经过由宫廷侍卫组成的夹道欢送队列，离开大接待室，然后和秘书在总督府绚丽的花园里散了步，那里有着中国最著名的奇花异草。在这个规模宏大的衙门里，生活着上千人，你由此可以想象出它有多大？！衙门前面还建有一个高而幽雅的奏乐亭，我骑马离开时，总督府的乐队从那里奏乐表示欢送。是呀，听到这种音乐，才会使我意识到这是真实的经历。它给我的印象是，仿佛在鼓和钹的伴奏下，拉响了 30 架风笛，吵得我头脑迷迷糊糊的。所幸的是我的坐骑“马克斯”似乎也不太喜欢这种音乐，将我很快就带离了那里。

我很庆幸没有提到延长我的合同事宜，否则我就得为自己的出路寻找托词，因为我首先得视情况才能作出决定。

估计收到你们下次的来信时，我从一名建造要塞的工程师跳跃到教席上的事已成现实，合同的事已解决。总督颁发的委任状也使我得以在最近视察学堂和欧式房屋的建造情况，在那里负责警卫的士兵和学堂的职员们十分恭敬地向我问好。有 40 名学员已到陆师学堂报到，通过了入学考试，正在上语文课。我走进教室时，他们甚至对我行军礼问好。只可惜由于语言问题，我无法与那里的教师及学员们进行交谈。

这里的天气仍然很好，夜里最低温度为 5 列氏度，白天在太阳下上升到 30 多列氏度。

衷心地向你我亲爱的妈妈，和兄弟姐妹们问好。

永远感激你的儿子　罗伯特

# 骆博凯写给二姐安娜的信

## 1896 年 12 月 22 日于南京

亲爱的安娜：

今年我的第一封信是写给你的，因此 1896 年从南京发出的最后一封信也应该寄给你。

今天中午，我告知总督衙门要去上海 10 天。总督给我送来了来自浙江的十分珍贵的柑橘，这东西有我们家乡的苹果那么大，口味极好，爽口，清凉，提神。

气候现在完全变了，连续不停地下了 3 天雨。雨过天晴后，突然就来了冷空气。现在夜里是零下 6 列氏度，白天 2 列氏度，还刮起了很大的西风，许多情况与我们家乡习惯完全相反，家乡刮干燥而猛烈的东风。你一定会想，这个气候不坏呀！可是，在中国人的房子里和在我们德国人的住房里过冬，简直有天壤之别。尽管我的火炉很大，住在中国人的简易房子里简直就是在露天。今天刮大风时，我炉子里的火就是烧不旺，还将整个房间熏得都是烟，只在靠近炉子的地方有些热。在靠近纸糊墙壁的地方温度计降到了零度以下。我的两只手整天都是冰冷的，从我写的字体上可以看得出我是用冻僵的手给你写的信。只有用自己身体的温度驱赶走床上的寒气后，才会开始有一点舒适的感觉。

今年我要穿戴帽瓣的皮帽和皮衣才能停留室外，那些家里没有火炉穿着全部衣服御寒的人对我抱怨严寒之苦。若不是如此严寒，就不会有街头令人可笑的人，那些棉衣穿得臃肿不堪的孩子们看上去就像啤酒桶，引人注目。我已不记得去年在我的中国寓所里，在没有毛毯、没有大火炉、没有地毯的情况下，是怎么度过的了。今年我可有了足够的安全保障。

我用这里第一批结的冰冷冻了一瓶香槟，十分惬意地啜饮着久已匮乏的冰冻香槟。我对现在的生活相当满意。我的厨子给我不断变换着美味菜肴：鸡，野鸡，鸭子。这里的野鸡相当便宜，每只价格 0.2 美元，相当于 45 芬尼。我的厨子买了一大批。尽管如此，有时我还会想念家乡的饮食。

永富是我一个很好的贴身仆人，他细心地观察我，熟悉我的一切特点，极其细心地为我服务，德国仆人从来没有对我服务得如此好过。他还总是很乐观，做事不厌其烦，手脚勤快，头脑清醒。只是他和每个中国人一样好奇心很重，但也特别细心周到。对前者，我如果感到厌烦了就加以呵斥制止；对后者，只要是出于好心我就听之任之。昨天我告诉他要到上海去 8 —10 天。这就够了。他给我整理好箱子，预订了一辆车子，叫厨子给我备了一份保暖的点心，带着在艰苦而寒冷的途中食用。于是，我出发了，到上海去！

我坐着冷冰冰的马车，于上午 11 时到了下关码头，穿过乱哄哄的人群登上了轮船，还找到了一间很好的舱房。我的仆人永富当然随我同行，因为轮船上每位老爷都有一名仆人，住宿的酒店里也是如此。

衷心地向你，向妈妈和兄弟姐妹们问好。

你忠诚的兄弟　罗伯特

# 骆博凯写给大姐卡萝莉娜的信

## 1896 年 12 月 30 日于上海

亲爱的莉娜：

上海吴淞港停泊着一艘北德劳埃德公司的“巴伐利亚”号轮船，它将于1897 年 1 月初返航驶回德国。

我的命运被许多事情牵绊在了中国，无法和这艘轮船一同返回家乡，只得赶紧提笔给我在遥远祖国的亲人写信问候。

我曾写信告知安娜，我到这里是为了和朋友霍夫曼少尉一家共度圣诞，不使自己孤零零地独处南京。我不得不将我的上海之行从 12 月 24 日延长到 12 月 27 日星期日。扮作圣诞老人的霍夫曼夫人送给我一个存放雪茄烟的三角形小橱。橱上的图案花纹是她自己烙印上去的，我也回赠了书籍和真正的哈瓦那雪茄烟。

我给德国总领事写了一份关于“南京建立的陆师学堂”的长篇报告，他邀请我吃了一顿午餐，对我说他十分关注我在南京为德国取得的成功。现在我还想在这里的德国学校找一些德语的启蒙读本和算术教科书，牧师哈克曼博士——他还是一位著名作家，答应帮助我。

与在南京的隐士生活相比，尽管在上海过得十分愉快，但是也有不足的地方，即无法摆脱不健康的生活习惯，饮酒过多。

我回到南京后，一定就会见到你们祝贺圣诞的来信。我希望家乡的你们

在吴淞霍夫曼的家里（摄于 1898 年）

圣诞节过得愉快，全家人新年快乐。

衷心地问候你，问候妈妈和兄弟姐妹们。

你忠诚的兄弟　罗伯特

# 骆博凯写给母亲的信

## 1897 年 1 月 4 日于南京

我亲爱的妈妈：

从 1897 年新年开始，我对写回家乡的信重新开始编号，写给你的这封信就是第 1 号。我去年寄回的 1 号至 60 号信件希望你们妥善保管，它们对我十分珍贵，也许我以后还有利用它们的可能。

我在上海办完了众多事务后，在新年这天的午夜登上了返回南京的“大通”号轮船，迎着潮水向上游驶去。大雨和浓雾迫使我们在元月 2 日至 3 日的夜里在扬子江上抛锚停靠了几个小时。我对此非常高兴，这样我就可以在大白天即上午 10 时到达南京。尽管轮船并不靠岸，但不会像我第一次到南京那样在黑夜里坐登陆艇上岸了。

我是带着仆人永富去上海的。为了不让留下的那些仆人胡作非为，我提前一天返回南京。我发现房间已开始积灰。在我吩咐下，他们将房间开窗通风，清除灰尘，打扫客厅和院子，并将马匹洗刷得锃光瓦亮。也给那些可怜的狗和猫洗了澡，梳了毛。我自己也痛痛快快地洗了个澡，觉得神清气爽。

目前我除了学习专业知识外，也研究德语启蒙读本和欧洲基础数学的教学。后天就重新恢复我不太喜欢的汉语课。

衷心地向你和兄弟姐妹们问好。

永远感激你的儿子　罗伯特

# 骆博凯写给大哥赫尔曼的信

## 1897年1月12日于南京

亲爱的赫尔曼：

我将中国这里的工作视为最重要的事业，对取得的权限范围也甚满意。在此之前，我与这里的法国耶稣会教士和美国的布道团传教士几乎从未接触过，去年10月到南京以来我在这里是唯一从不用母语交谈的人，最多每两周与一位我的英国友人以英语谈心。我的生活远离家乡，远离祖国，远离家庭和朋友，孤零零的一个人，生活在思想感情完全不同的人们中间，不难想象我是何种感觉！我挺过来了！

出于同样的原因，我为陆师学堂将于2月中旬开学感到高兴，然后就会有两位德国军官和我一起工作，其中一位已结婚。你也许会从我上次的信中得出结论：现在是我结束独身生活的时候了！有时也确实产生过这种想法。

为了将新的委任状准确地译成英文，今天我去了美国教团的总负责人那里，他在南京主管一所很大的学校，由教团提供经费。我有机会参观了他的学校。

我对那里的教学安排感到十分惊讶，教学大楼使我特别感兴趣。化学实验室与我们德国的实科中学基本相同，那里的物理、数学和天文仪器远远超过我们伊塞隆中学。为了给学生讲课，甚至还建造了一个小天文台。他们给我演示的天文仪器十分新颖，我从来没有见过。学校这时正在举行考试，我

汇文书院 / 金陵大学堂

美国传教士

有机会看了一下他们的考试卷。我得承认，有许多试题连我也无法解答出来！我打算从这个学校接收20名毕业生进入陆师学堂，希望能同这些年轻人共同来培训其他学员。我得看看这个计划是否行得通。

厨子似乎担心我到陆师学堂去后会另有打算，最近对我的饮食安排特别好，今天甚至吃到了兔子肉，但只和土豆一起干烧，没有加其他调料。尽管缺少家乡的酸菜，这个稀有的菜肴我吃得还是津津有味。

这里的天气情况是雨天3—6列氏度，每天我只能在客厅和院子里走动散步。

衷心地向你，向妈妈和兄弟姐妹们问好。

你忠诚的兄弟　罗伯特

# 骆博凯写给兄弟费迪南德的信

## 1897年1月14日于南京

亲爱的费迪南德：

你来信说，你在办公室的工作很忙，还要出差，连出去喝啤酒的时间也没有。我十分羡慕你前面提到的三项活动。尤其是第一和第二项。从哲学原理来说，人只有在工作中才能找到人世上真正的幸福和内心的满足。至于喝啤酒的事，我已有一年半没有去过啤酒馆，何况这里根本就没有，所幸的是我“放下枪”以来过得十分平静。目前由于走上了新的岗位，我正忙于采购器械和书籍。

如果你在忙碌业务之余还有可能在国内代我采购并寄送如下书籍的话，我将十分感激。

1.物理。

2.化学。

以上两种书籍只要初级的，因为它们不是教学内容，只是附带接触一下。

3.三角学、几何学和算术课本的简要指南。

4.投影制图的简要指南。

5.透视法制图的简要指南。

最后两种小册子最好再给我买几本用于描摹的样本。我知道上述的几种书籍很难搞到。你可以向关心提高德国在中国声誉的教师咨询，也许他们能帮助你。

德国的上海总领事十分关心我在南京的活动，请我定期向领事馆报告进展情况，德国总领事也对我许诺将会来南京访问。

我想用这里的状况和观点回答你关心的政治和建造铁路的问题。你肯定知道我对德国政府给予李鸿章的极高礼遇持否定态度。这不是完全没有道理的，我惊讶的只是德国外交部似乎很不了解中国的情况，特别是对李鸿章的问题。此外，我并不相信李鸿章现在已是黔驴技穷，不能再有所作为了。中国这个国家的经济状况远远地落后于文明世界。中国官员由于无知和自大拒绝外国明智的帮助，他们顽固的排外思想对外国闭关锁国，只在对他们运用武力强迫签订协定时才开放门户。对中国的官员来说，迷信思想是他们拒绝建造铁路的一个借口，说是搅动了地下的鬼神会到地上来兴妖作怪，由此，将中国富裕的矿产深埋在地下。这实际上是中国对外贸易的一种手段，以此排除外国的影响。不过，坚持仇恨和鄙视外国野人——洋鬼子的原则与消极反抗的目的相反，只会有助于扩大西方的影响，欧洲给中国送来了自我保护的信念，使他们的地下资源不受干扰地沉睡在“潜伏力量”的保管箱内。

这时发生了中日战争，虽然中国遭到了严重失败，但对中国具有重大的意义。这场战争给明智的中国人——这种人现在越来越多，以及整个文明世界揭露了古老中国的欺骗性，中国的封建皇帝长期以来以此迷惑了全世界，人们甚至还对他无比敬畏。实际上中国的实力地位无法与现代国家相比拟，它的存在要归功于其他强国的互相争斗。不过，只要给中国以时间，消除它的混乱状况，实行新的政府体制，开发国内的巨大资源，它的 4 亿多人口具有接受教育的巨大能力，毫无疑问，就能成为令全世界肃然起敬的国家！

我高兴地注意到这个沉睡的巨人已开始觉醒，四面八方都在活动起来。新的陆师学堂就是产生于这个运动，我的学堂对面还有一所语言学校等等，甚至建造铁路的事也已在上海郊区由希尔德布兰特公司付诸实施，接下来还有俄国、法国、英国和美国筹建的铁路。这事对中国还不算太迟。

请你注意，我写的这些内容部分也参考了最近一期《东亚劳埃德报》的一篇文章，它符合我的观点。我也许会在适当时间对提高中国文化的总督大人提出一些很好的建议呢！

衷心地向你问好！

你忠诚的哥哥　罗伯特

# 骆博凯写给三哥卡尔的信

## 1897年1月22日于南京

亲爱的卡尔：

我觉得，你们似乎还未从我写回家的信中正确理解我的新岗位，安娜和赫尔曼尽管在信中提到了我的新职位，不过坦白地说，他们都没有对此讲出具体意见。对我来说，这个职位是一个很大的成绩，这里的许多人包括总领事在内都向我热烈祝贺。我的地位不能与德国军校校长的地位相比较，但我至少享有相当于上海吴淞部队司令赖岑斯坦因的威望。

赫尔曼开始时对中国的陆师学堂持怀疑态度是对的。尽管开始时也确有许多困难，但我满怀信心地希望取得成功。我相信，只要我的健康状况不出问题，我的意志力一定经受得起考验。至于我的身体情况，我是完全满意的！我的病痛已变成了慢性的，只要相应地注意自己的生活方式，就有希望坚持到底。

你在上次来信中给我提了一个宝贵的建议，对此我在去年12月6日给你的信中谈到了这个问题。对中国人也包括其他许多人无论如何必须说明，我不是为了钱而是为了帮助中国这个真诚的目的到这里来的。我也可以对你这样说，我不是为了虚荣心而是为了工作来这里的。我个人将努力履行我承担的义务，我一定会在陆师学堂坚持完成目前暂定为期3年的培训任务。

此外，想必你从我以前的信中看出我有结婚的意图。你也许会摇头吧？

我认为结婚对我有很大好处，因为我是一个有着很深家庭观念的人，在这里太缺乏家庭生活了。如果有了一个自己认真选择的妻子在我身边，我就可能在中国这里居留较长的时间。我现在已到了鲁道夫叔叔结婚的年龄。尽管我还没有成功找到一个结婚对象，但就年龄和身体状况来说，对我的生活已到了决定性的阶段。结婚还是不结婚？现在我已有能力给一个女人提供她所追求的东西：薪水优厚的岗位，一笔为数可观的存款，可以给妻子一个无忧无虑的幸福生活。如果结婚计划告吹了，那我 3 年后肯定会返回德国。

再讲一件有关中国人的事。中国人对任何一个外国人都有一种敬畏的思想，因为他们想象外国人都有某种魔力，能够给他们带来好处或坏处。这种情况有其好的一面，使他们对外国人保持克制的态度。但他们竟要求我的一位医生朋友使一个已死去几个小时的中国人重新复活过来。当他说明无法做到这点时，他们就对他十分粗鲁，认为他不肯施展他的魔力救活那个人。

目前我的生活十分舒适，能够喝到用冰块冷冻的香槟。这里的天气又变好了，夜里温度零下 3 列氏度，白天在太阳下 29 列氏度。

衷心地向你问好，也向妈妈和兄弟姐妹们问好。

你忠诚的兄弟　罗伯特

# 骆博凯写给大姐卡萝莉娜的信

## 1897 年 1 月 26 日于南京

亲爱的莉娜：

我在新的陆师学堂里被视为唯一的“红毛野人”，每当我和许多中国官员在一起议事时，心头就会生出一种异样的感觉。尽管我力图用英语、汉语或德语表达意见，但是如果我的译员不在身边——由于距离太远，他很少在我身边，那么交谈的绝大部分内容只能靠我自己猜测。我也习惯了每天在完全听不懂的吵吵嚷嚷的人群中做事，安排一些事情。这时我大多需要借助表情和手势语言，做得特别小心，避免产生误会。

由于中方建筑部门没有总的计划，我们的欧式房屋到了规定的期限还没有建成，也许还要 2—3 个月才能完工，为此陆师学堂开学也要推迟这么长时间。我对此表示坚决反对，希望能在 2 月 15 日举行落成典礼，总督大人可能也会大驾光临前来参加。诚然，还得委屈我们 3 位德国军官在开头这段时间安身在我们学堂里中国人住的过渡房子里。

这样，距我离开南京城内宏大的中国房子的时间越来越近了。正是这个原因，我产生了要给我原来的衙门拍照留念的想法。于是我请人拍了附在信里的这些照片。赫尔曼在以前的信里说过希望见到我穿着中国官服的照片。

你们看，我现在已是一名中国官员，身居要职，我身上穿的是道台官服。清朝的官帽上有顶戴花翎，官服是用厚厚的棕色丝绸料做成的，前胸有用

穿官服的骆博凯在中国住房内

金线织入的类似龙的图案。朝珠是纯正的珍珠和宝石，但给我的是玻璃的。高筒靴用的是厚实的黑色绸料，2 厘米高的后跟是纸板做的，右边站的是我年轻的译员，左边站的是仆人永富，手臂上是安娜给我的漂亮毛毯。我站在大厅中间有玻璃顶棚的第一进院子里，这个厅向左右两边伸展，比照片上显示的要大得多。我让人在台阶的两边竖立了路灯，可惜上面的字被摄影师搞模糊了。

我刚刚批评过我的译员，他说了一句不恰当的话，所以看上去我很严肃。尽管如此，我还是请你分送给兄弟姐妹们，让妈妈、埃玛和费迪南德也都能得到一张。

今年德皇的诞辰我只能单独过了，不过还是要喝香槟庆祝。为了庆祝，我取消了下面的汉语课，何况目前我的工作非常忙，不可能每天花几个小时学习汉语。那位年轻教师只会讲汉语，因此几乎无法给我讲解语法或是其他特别问题。待到我的工作走上了正轨，顺风顺水，那时我再把汉语学习的功课补上来。

仿佛是我带来了恶鬼，威胁着我的邻居。在快到新年前的这段时间里，道士们又忙起来了。如同去年这时那样，我的墙外又是放鞭炮，又是敲锣，吵闹不已，有时会把我从睡梦中吵醒。

前面提到的照片预计会附在下次信中寄出，因为我又交给摄影师去加印了。

衷心地向你，向妈妈和兄弟姐妹们问好。

你忠诚的兄弟　罗伯特

# 骆博凯写给大姐卡萝莉娜的信

## 1897 年 1 月 30 日于南京

亲爱的莉娜：

现随信附上 1 月 26 日我信中提到的照片，但愿照片上因信件原因导致的皱痕能恢复原状。

由于中国的新年，扬子江的轮船明天起将停航数天，不会有邮件到来。

新年过后这里也将设立一个中国皇家邮局，我很高兴终于可以结束邮件在南京的可怕传递状况了。我曾为此深受其苦，经常要派我的马夫骑马走很远的路还寄不出信或收不到信。家里的人能想象得到这情况吗？

今天就写这些，衷心地向你，也向妈妈和兄弟姐妹们问好，随信并附上我的新名片，有译文。

你忠诚的兄弟　罗伯特

# 骆博凯写给母亲的信

## 1897年2月2日于南京

我亲爱的妈妈：

中国新年的除夕之夜本应该值得高兴。我虽在一定程度上已经适应了这里嘈杂的和大声喧哗的情况，但中国城里除夕夜的情况超过了我能承受的限度，使我无法入睡。乱吹的喇叭声，急骤的鼓声，刺耳的锣声，噼里啪啦的爆竹声，老百姓的吵架声和叫喊声，充斥在每条街道上，通宵没有停息。我试图用坐在床上读书的办法度过这个不眠之夜，但没有成功，因为寝室里太冷了。次日早餐后，仆人都来向我拜年，或者说来要赏钱。诚然，我在几天前就给他们预付了工钱，使他们可以处理过年的个人事情。在我的前院和大厅里一直都点着香，插在专门设立的家庭祭台上奇特的容器里。我穿上了节日礼服，浅色的厚法兰绒裤子、燕尾服、皮衣和皮帽子。我于11时带着马夫上了马，由仆人永富作为旗牌官拿着我的名片骑着驴子走在我的前面。当然，我在出发去拜年前还必须在口袋里装满美元，亲手发给各处的门房和文书等，也是这次活动的一项主要工作。凛冽刺骨的西风——完全与我们家乡刮的干燥东风一样，使骑在马上的我冻得受不了，为此我尽可能缩短这项活动的行程。

我随信附上一张描述中国人庆新年的剪报，供你们参看。我想再补充说一下，按照旧例，年老的总督在除夕夜必须和他的高级官员们共同在一个冰冷的大庙里度过，表示对皇帝的尊敬，并为他祈祷。由于这位高官公务繁忙

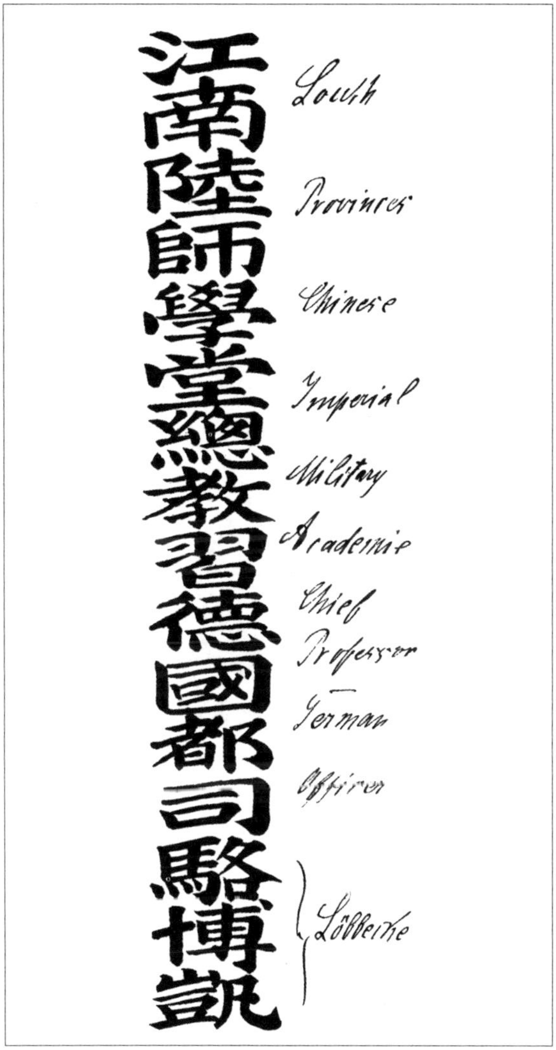
江南陸師學堂總教習德國都司駱博凱
South
Provinces
Chinese
Imperial
Military
Academie
Chief
Professor
German
Officer
Löbbecke

骆博凯的名片

骆博凯名片上的美女图

或是太疲劳，不接见前来拜年的下属，也不准一个外国人去见他的夫人，我只得在总督衙门里与其他一些高官互致祝贺，并递上我专为总督大人制作的形状像一本书的名片——这次署上了官名。这次总督刘坤一的正室不在南京，只和他的 5—10 个小妾们住在这里。尽管如此，我的美元还是送了上去。

我打算在一周后离开这处宽敞的房子，临时住到陆师学堂的一个两居室去。为了公务的需要，只得委屈自己一下。回顾我初到南京那段时间的情况，这只能算是区区小事。

1895 年底，当我带着在上海购买的应急用的家用什物到达南京时，什么都没有安排好，也不能指望依靠那时在南京的德国军官们。我把全部财产放在巷子里的地上，并赶走那些肮脏的看热闹的中国人，直到有位道台给我安排了一个十分简陋的住处，那对我来说真是一种极为狼狈的状况。幸好当时我在中国的职位不确定，这种情况磨炼了我的意志力，使我对这类次要的事情并不太在意。这个起初的困难时期终于过去了，现在有了一个受尊敬的职位，我为此十分高兴。绝对不会再有早期的那种困难处境。因此我也很喜欢陆师学堂的领导职位，这样我就可以安静地工作，不用从一个地方赶往另一个地方；和德国同事生活在一起，也就不再会受制于我的仆人，而是可以对我身边的情况进行比较。

衷心地向你亲爱的妈妈，和兄弟姐妹们问好。

永远感激不尽的儿子　罗伯特

# 骆博凯写给大哥赫尔曼的信

## 1897年2月8日于南京

亲爱的赫尔曼：

元月31日，有位在上海的德国商人来访，很长时间没有机会讲德语，这次痛痛快快地交谈了两天。我最后几天的独居生活似乎最糟糕。有许多公务要处理，唯一能讲几句破德语的教育道台这时又病了。我不知道他是否在有意算计我，对此我也不想知道，但这使我很为难。如果我在一年零三个月内学不会与中国人打交道，我作为一个新人在目前的岗位是站不住脚的。例如，我接见一位译员，想考察一下他是否适合岗位。我问他在哪里学的德语？学了多长时间？还受过哪些教育？从他的回答中我了解到这个人在天津读了7年铁路学校和陆军学校。但当我想进一步了解这个人的情况时，就不符合他中国人的常规，不行！现在这个人向我提了类似的问题，尽管我的回答十分简短，他却赞不绝口，说我受到的教育特别优秀。后来，我给他一篇我写的东西让他朗读。他在朗读之前，装出一副内行的表情，浏览了一遍那页纸，然后一脸严肃地对我说，我写的东西条理清楚，表达明确，反映了一种思想敏锐的精神。所有这一切并不妨碍他每3个词就要问我这是什么意思？如果我一开始就按照德国的方式把他打发走的话，那我想和作为译员的他建立良好关系的打算就永远不可能了。

其实，我与其他官员交往也不愿多费唇舌，经常会及时打断他们的中国式自负情绪。众所周知的中国人爱闲扯也使我很生气。有人告诉我，聘用的炮兵教官不会来了。当道台也如此对我说后，我赶紧打电话给驻吴淞部队的另一位军官，请他替代前来，同时从回答中获悉，前面的说法是不正确的。

我很高兴有其他两名德国军官在这里，我的脚跟站得更稳了。至少在必要时，我就可以和他们进行商量。在事情步入正轨之前，还有许多问题要解决，中国人对此是绝对不会理解的。

过去我对英国的评价很不好，现在到了国外，经过漫长的旅程，面对许多值得称道的事实，已经有了很大改变。不只是在传播西方文化和文明以及为我们的贸易开发海外市场方面，特别是作为无可争议的海洋霸主极为慷慨地让其他国家共享他的成绩方面，俄国或法国永远无法超越英国。

在中国贸易大都会上海的德国人住在英、美的租界里，享受着与英国人

骆博凯与友人骑马出游（摄于 1896 年）

同等的权利。德国总领事馆可能也享有这样的特权。德国在中国的贸易虽然已扎下了根，但它只是有了英国慷慨的保护才达到今天的程度。

衷心地向你，也向你的儿子们问好！

你忠诚的兄弟　罗伯特

# 骆博凯写给二姐安娜的信

## 1897年2月13日于南京

亲爱的安娜：

经过漫长的等待，南京的中国皇家邮局终于在2月8日开业了。从去年11月6日写给赫尔曼的那封信后，我在南京的生活和工作发生了许多变化。陆师学堂聘用的吴淞部队两名德国军官因邮运停航，于8日打电话给我，告知将于10日到达南京。这天清晨5时，我冒着严寒赶到下关轮船码头。虽然事先预订了一辆马车，但黑暗中在仆人的帮助下才套车出发。那两个坏家伙可能是为了报复我对他们的催促，套了一只脾气古怪的中国马，它先是走走停停，忽又向后倒退，然后疯狂地奔跑起来。这天我穿了皮衣，把身子紧紧裹住，坐在一辆小车里，时而驶向左边，时而驶向右边，摇晃得厉害，但没有翻车，终于到达了目的地，接到了两位同事。我帮助他们将马匹和家具从轮船搬到了岸上，返回途中指给他们看了新的陆师学堂，宏伟的外观似乎给他们印象甚是深刻。中午我请他们在我处用了午餐，席间对他们表示欢迎，并作了相应的情况介绍。

次日，我搬进了陆师学堂，40名苦力搬运我的东西往返走了3趟。因为路太远，他们一次无法搬许多东西，用了整整1天才全部搬完。为了抵御严寒，当天我就临时请人给我们所有房间糊了墙壁纸，晚上在寝室和起居室给炉子生了火，架好了床，这时的气温为零下8列氏度，我在新房间里冻得要命，因为中国的这些房间在冬天简直就像是露天一般。风湿病也展开新的进攻，是你了不起的毛毯打败了他们。

12日，我将家具和地毯进行了布置，使房间更为舒适。13日，中方举行了盛大的欢迎仪式。可怜的教育道台病得很重，因此我承担了双重任务。几位译员用标准的德语向我们介绍全体官员，他们是：2位督察，2位研究员（他们研究什么，当时我一点也不知道），1名医生，2名会计，1名秘书，6位中国教员，1名马匹管理员，等等，全体学员集合在大厅里，我率领全班人马走到那里去。为了欢迎我们德国人，没有用中国式的礼仪，我们的学员使用了另外一种欢迎方式，看上去就像是一套滑稽的体操。在最后的鞠躬完毕后，我向职员们和学员们讲了一些话，由站在我旁边的译员作了翻译。然后我在全体人马跟随下，检阅了全体学员。他们都穿着新制服，部分还做了持枪致敬，我竭力摆出一副严肃的表情，没有笑出来。

晚上，为高级职员和我们德国人举行了中国式的宴请。按照德国习惯我很想站起来即席讲几句话，但面对中国人用餐时令人反感的举止，我放弃了这个打算。这些中国人根本就不懂即席致辞或举杯祝贺之类的事，何况这次端上来的大量中国菜肴十分鲜美。此时必须阻止他们用自己的筷子将什么菜都夹着放到我的瓷匙里——这里是作食盘用的。宴请结束后，我们德国人还在我那里吃了一些冷的野鸡肉、腌黄瓜，喝了白兰地和啤酒，以除去中国菜肴过于油腻的口味。

目前，新的领导岗位对我很具挑战性，使我在今后一段时间不能有太多时间写信。我打算对通信往来的事一般只在星期日处理。

对课程的准备和采购书籍目前尚未完备，我决定今后的一两周时间主要用于办理实际的公务。这样做的好处是可以和译员们协调工作，尤其是可以适应周围新的环境。还有，陆师学堂的军马患上了严重的鼻疽病，有十多匹

江南陆师学堂全体教职员合照（摄于 1898 年）

马已经倒下了，其他病马和健康的马还都圈在一起。因为管理马匹的部门不归我领导，中国人虽然听了我的意见，但并没有照办。我只得听其自然。但我坚持要为我们的每匹马建造隔开的马厩。

明天早上寄走这封信后，我就开始上班，隐居的生活终于结束了。我的预定目标，有受人尊敬的职位和满意的工作，达到了，现在就“大胆地往前走”了。

衷心地向你亲爱的安娜，也向妈妈和兄弟姐妹们问好。

你忠诚的兄弟　罗伯特

# 骆博凯写给母亲的信

## 1897 年 2 月 21 日于南京

我亲爱的妈妈:

想必你从前次的信中已经知道，我的“军旅生涯”公务钟停走 7 年后重又拧紧了发条，有力地走动起来。过了这么多年非军事生活后，这项自己找来的有规律的工作对我并不轻松，但总的说来我把这视为是我的一大进步。这项有广泛权力的独立工作在德国是不会有的，我拥有很大的指挥权，在执行公务时必须摆正自己的位子。教育道台还一直患病在床，给他治病的美国牧师医生告诉我，他可能患的是癌症，整个管理任务由此落到了我的肩上。随着陆师学堂的开学，为了从一开始就树立德国人办事认真和准时的威信，我与中国人的观点相反，坚持严格按照先前宣布的时间开学。除了我们德国军官要暂时和众多中国人住在一起这点小困难外，其他许多事情一定要在正式上课以前办好。在和驻台湾德国领事馆的翻译作了很长时间的电讯磋商后，我决定聘用这位中国人做我的个人译员，希望他每天都在我身边。

这期间学员们的军事训练已开始，操练正步走时出现的滑稽景象远远超过了我们家乡训练新兵时发生的好笑情况。

在学员制服方面，士兵们穿一件黑色的“翻司”，辫子就藏在里面。帽子上的装饰物是一个红色的穗子，里面有一只小铃，每只帽子都会发出动听的声音!

几天前的傍晚，我取出自己的手风琴来玩，显然由于完全陌生的音乐，吸引来大批学员围观，其他中国人就站在我住房的院子里，不动声色地用蘸湿的手指戳破我的纸糊的窗户，偷看我拉手风琴。因为无法制止这种好奇心，我只能听任他们偷看。过了一些时间，就禁止他们进入我的院子，并让人将戳破的窗户纸再贴上新的纸。

有时我会厌恶地想起我在城里的住房。我在这里虽然只有几个房间，但我和大家住在一起，晚上睡得很安稳，没有可怕的喧闹声，没有老鼠的骚扰；特别是我找到了一张用午餐的桌子，又能让我舒舒服服地享受午餐时间。托普弗尔少尉的烹调水平很好，接过了我厨子的手艺，我们都十分满意。在此以前我只是靠吃牛肉汤、家禽、水果和土豆活命，现在却不断地变换菜肴花样。另一位军官冯·特滕博恩男爵因与留在上海的妻子分居两地有些不太高兴，但他还不得不再忍受一段时间，直到我们的欧式房屋建造完工。

衷心地向你亲爱的妈妈，和兄弟姐妹们问好。

永远感激你的儿子　罗伯特

# 骆博凯写给三哥卡尔的信

## 1897 年 3 月 2 日于南京

亲爱的卡尔：

春天的太阳在寒冷的 2 月只是时隐时现，使我患上了严重的感冒，还伴随有头痛，因为中国人的房间里太冷，虽有火炉和毛毯的保护，还是没能逃过这一劫。

陆师学堂的事情很多，至今还未看出有什么成绩。但我相信，与中国人合作半载后，定会有令双方都满意的成绩。

从城里搬到这里的生活改变是巨大的，我经常会从睡梦中醒来，认为这一切是一场梦。每当我想起过去独自生活在小小的城堡里——我以前的衙门，白天黑夜都处在喧闹不已的中国民众中间，四周环境既臭又脏，犹如是被放逐一般，真是可怕极了。现在我有了生活交际圈，特别是严格执行学校纪律，下班以后四周一片寂静。

陆师学堂的周围环境十分理想。距离学堂 500 米处就是我去年 3 月 17 日被当地民众用竹竿和砖头追打的地方，现在那里的农民似乎变得心平气和了。每当我经过那里，总会不由自主地想起那次的袭击。现在这个地方在碧绿的竹林之间有许多池塘和小溪，土地十分富饶，种上了花生和大豆。无论小山丘或平地都有可供人们悠闲散步的道路，附近还有供骑马行走的马路。尽管其他乡间道路荒芜不堪，四处散放着中国棺木，还有众多有头无脑的破陶罐。

但这种情况我们已是习以为常，见怪不怪了。

这里的欧式房屋有许多大房间，还有宽大的露台。我一旦搬了进去，是否就应该有个最贴心的人来共享我的地位和住房？我并不像赫尔曼和你的观点那样，仿佛我结婚的女人只是生理方面的需要，可以低于我的思想水平。我怎么会有这样的想法？

虽说我个人的志向和家族的威望有过某些挫折，难道我就应该突然改变我的生活原则？或者，如你所说，找一个“与我们家族不相匹配的女人”，或是优于我们家族的？即使是这种情况我也不会考虑。

在这里的乡下，道德观念不受重视，女人或少女经常像一头牲畜似的可用金钱买卖。人能这样生活吗？不，绝不！别人不可这样要求我！！！

昨天我们邀请了江南水师学堂的同行共进午餐，我的英国朋友距离这里只有 15 分钟的路程。我经常不参加打牌，也从不要求我的同事们这么做。

此外，我希望赫尔曼给我写信的地址不要再写“陆师学堂校长”，虽然赫尔曼在以前的信中提到过我会得到这个头衔的，但我自己并不相信，不知道他怎会这么写的？尽管按照德国人的观点，这样称呼是完全恰当的，但我为人不爱虚荣，宁愿将这个“校长”头衔加在我的教育道台钱德培头上。他才有权发号施令，而我只是处理训练和教学事务。这是我们的分工，因为除去总督大人外，我拒绝听从另一个中国人的命令。因此别人就称我“教授师父”，用英语说是“首席教习”或“总教习”。我这个小小的让步，对我有很多好处，就不用去管那些烦琐的事务工作。

衷心地向妈妈和兄弟姐妹们问好。

你忠诚的兄弟　罗伯特

# 骆博凯写给兄弟费迪南德的信

## 1897年3月5日于南京

亲爱的费迪南德:

我在1897年2月17日收到了你1896年12月27日的来信。根据你的提议,我在上次写给妈妈的信中画了一张纸贴窗户的草图。但愿她能理解，虽然使用了这种简陋的办法,不过这里的人还是知道有玻璃的。由于在炎热的季节里,所有窗户都是敞开的，大多用席子遮挡着，因此窗户很少装有玻璃。

这里在冬季很少关门，关门的动作令人相当不舒服。这里的门几乎都是两扇门，顶部和下部各有一个木榫头，门在钉牢的木块孔里移动，关门时将木制门闩推进钉牢的木楦里。我们家乡即使是马厩也有可以用来关门的活动机械装置，还有一把欧洲锁和按钮!

为显示我的房间与众不同，他们在我的几个房间里贴上中国人还很陌生的糊墙纸，只有木制门保留其本色。内墙的木板因天气炎热会收缩裂开，出现拇指宽的缝隙，我就在那些地方挂上中国画。这些房间虽然装饰美观，但太冷，欧洲人经常会感冒，我从2月12日搬到这里来后就已患过重感冒。

我们的欧式房屋正在加快施工，希望能在5月1日住进去。亲爱的费迪南德，有一件令我感到惊讶的事，赫尔曼和卡尔给我一个观点：以我现在的情况，我要结婚了！！！这是多么不同的声音。我期望你在下次来信时提出对我更好的建议。妈妈和兄弟姐妹们的观点来自赫尔曼和卡尔使我感到难过。

我也早已是头脑清醒的年岁了，还不解决问题，会显得太突出。何况是在中国，一切都能办到。假如你听到的不是更好的建议而且唱的也是这个调子，那你的胸中就会有恰当的答案。否则，我乐于听到你这个小兄弟更好更正确的判断意见。

此外，我迫切盼望收到在1月15日给你信中所希望的书籍，没有教科书，仅凭头脑贩卖过去课上学过的乘法等数学知识，组成一个理想的教程真是太难了。许多困难需要克服，至少我还担心我的专业课程。再说，我不会将我个人的健康置于陆师学堂一切专业课之上，两位德国军官似乎也同意我的观点。我们理所当然地会履行我们的义务。不过在我们的学员极不理解的条件下，会取得多大成绩，还需要耐心等待。

中国人为开办了一所在德国人领导下的陆师学堂感到自豪，我高兴的是找到了一个受尊敬的职位，拥有指挥权力和完全独立的工作。

学堂纪律要严格遵守。有两名学员在夜里从我的马厩里偷跑出去鬼混，立刻就被开除了，还要赔付在陆师学堂时的所有费用。其他轻微的体罚也被合理地执行。必须维持秩序！虽然这些学员的年龄只有14—20岁，但许多男孩子包括年龄最小的在内已经结了婚！真是中国式的！

衷心地向你问好！

你忠诚的哥哥　罗伯特

# 骆博凯写给三哥卡尔的信

## 1897 年 3 月 7 日于南京

亲爱的卡尔：

相对稳定的天气令人感到高兴，一段持久的好天气，一段连续不停地雨天。最近有三四天几乎不停地大雨如注。雨天不很热，今天下午太阳重钻出云层后，照在身上热辣辣的。环视四周，田地、森林和原野已披上春天的绿装，枝繁叶茂。陆师学堂里有 1 米宽盖有顶棚、铺着石头路面的长廊，我可以在那里长时间散步，不用担心会湿了鞋子。我坚持每天都锻炼，早上起床后和大家在一起做操很有必要。值得推荐！

爱德华生日那天，我邀请了几个同事一起喝香槟。可惜目前我储存的葡萄酒和矿泉水快喝完了，之前向上海订购的酒和矿泉水还未运到。南京还不是通商口岸，长江轮船只能将中国皇家的重要邮件运往开放的港口，我订购的货物要从下一个开放港口镇江——位于扬子江下游约 120 公里处，转运到这里来。因为上海的商人要尽可能避开昂贵的皇家邮件，宁愿将他们的木箱通过轮船公司从相邻的海关运去自由港。如此做法你几乎不会相信，因为这事只有在中国是可能的。

南京是过去的王朝古都和政府所在地，估计中国人还不想向洋鬼子开放。

衷心地向你，向妈妈和兄弟姐妹们问好。

你忠诚的兄弟　罗伯特

# 骆博凯写给二姐安娜的信

## 1897 年 3 月 11 日于南京

亲爱的安娜:

我以为，人性是脆弱的，无法遏制会生气。今天我在公务上却不得不咽下使自己伤透脑筋的愤怒情绪，绝不可让人觉察出你在生气。这个原则特别适用于中国。我想和你随便聊聊，借以消除和忘却令我无比恼火却又无法改变的事。

是呀，书面合同上同意欧洲人的一切要求，却又给他们承担甚少任务，中国人还有责任给予支持，支付高额薪水。人们把这些滑稽的约定称之为“合同”，对个人十分有利。但如果将许多人安排在一起集体工作，这个为首的人就必须以德国从来没有的小心翼翼谨慎地从事。

德国的士兵无论是年轻的军官或士官，在这遥远的外国是多么容易将国内的纪律弃之不顾，根据就是前面提到必须小心维护的所谓“合同”。驻上海吴淞的部队发生过几乎闹到动刀动枪相互威胁的事件。诚然，在我的管辖范围内要平静得多，因为我只是和两位年长的少尉打交道，其中一个曾长期担任团长的副官，另一位有妻子在身边给他定心。不过，在这儿和在德国军队里担任首长有很大的区别。——不，你对这类谈话根本不会感兴趣，还是谈别的事吧！

今天，教育道台钱德培，自陆师学堂开学以来终于第一次正式来看望我们。这个可怜的人疾病还没有痊愈，今天夜里就要代表总督从午夜 2 时起到相距很远的各个寺庙里去烧香拜佛，求菩萨保佑皇帝。

教育道台钱德培（摄于 1900 年）

道台患病期间，他的住房里设立了几个家庭香台，他的妻子和孩子们都在那里下跪，求菩萨保佑，却没有表现出任何特别的虔诚。这是古老的习俗。一个受过严格传统教育的中国人做出这类蠢事，自己却并不相信。作为欧洲人看到这种毫不虔诚的求神拜佛，感到十分可笑和滑稽，但切忌对此说三道四，进行嘲讽。

衷心地向你亲爱的安娜，向妈妈和兄弟姐妹们问好。

你忠诚的兄弟　罗伯特

# 骆博凯写给三哥卡尔的信

## 1897 年 3 月 14 日于南京

亲爱的卡尔：

陆师学堂开学不到一月，已引起派驻中国的各国外交代办机构武官们的极大注意。昨天有一位俄国哥萨克高级军官前来拜访，目的是打探情况。他还从上海我熟悉的朋友那里搞到了写给我的介绍信，以来南京游玩名胜古迹的名义进行活动。午餐时我用香槟松开了他的舌头，原来他是俄国使馆武官派来做前哨的。我带他看了学堂，因预先已觉察他的目的，我对此胡乱地吹嘘了一通。法国人、英国人还有美国人也通过他们的传教士向我刺探情况。为不让能干的德国人掉队，也因我答应过德国总领事写报告，一旦我认为有什么重要情况，应该及时上报。德国总领事还说今后要来探望我们。

我的朋友，这里江南水师学堂的一位英国同行，邀请我共进午餐，菜肴十分丰富。

天气持续寒冷有它的好处，我可以喝香槟和正宗的葡萄酒。不过，一旦天气转暖后，我就可以喝我喜欢的普通葡萄酒和酒水混合饮料，还有爱喝的茶。

我的来自台湾淡水的新译员昨天终于到了，刚接到他就给我相当好的印象，这在中国其他译员那里是从未有过的。

衷心地向你，也向妈妈和兄弟姐妹们问好。

你忠诚的兄弟　罗伯特

# 骆博凯写给大姐卡萝莉娜的信

## 1897 年 3 月 21 日于南京

亲爱的莉娜：

我从安娜和费迪南德的来信获悉，家乡下了很大的雪。我在《科隆日报》上也读到了这个消息。

我这里的公务非常繁忙，特别在实施时困难很多。不过中国的学员十分勤奋，特别机灵，大多数表现出很喜欢我们的课程。至于出现一些可笑的错误，如果了解中国学校的上课情况，也就可以理解，不足为奇了。还应考虑到上课要通过译员翻译的困难。先前不了解中国风俗习惯的人，肯定不久就会从教室里逃出来的，因为学员们不停地吐痰和中国人的许多坏习惯，令人反感不已。

上周我们这里连续下了两天春雨，不断地闪电打雷，大雨倾盆。但雨后的天气没有像往常那样变得暖和些。

今天夜里的气温还是零下 4 列氏度。外行的仆人们又不会正确使用装在大教室里的火炉，弄得大家束手无措。我在寒冷的房间里又患上了轻度的风湿病，因此最近上课时也裹着皮衣。安娜送给我的毯子，我的仆人也把它送到我的教室里来了。

这里农村通常的燃料是牛粪饼，它是用割下的稻草和牛粪混合在一起，再加上烂泥，做成有黏性的盘子般大的牛粪饼，然后贴在墙上让它在空气中风干而成。如果路过用牛粪饼烧火的地方，就会闻到浓烈的先前被牛吃进肚里去的干草味。这种难以言说的气味并不特别难闻，因为它已和周围的许多其他气味掺和了。经济条件比较好的人也有买价钱很贵的煤作燃料的。

衷心地向你，也向妈妈和兄弟姐妹们问好。

你忠诚的兄弟　罗伯特

# 骆博凯写给母亲的信

## 1897年3月28日于南京

我亲爱的妈妈：

今年3月份南京下了大量的雨，我在家乡从来没有见过像这里这么多的雨水，还下了这么长时间。春季也有过很大的雷阵雨。我利用这个机会给我的学员们解释了雷电的起源和作用。

3月22日，我们德国军官和江南水师学堂的英国朋友佩尼尔先生一起庆祝了我们开国皇帝的百岁诞辰。考虑到有英国朋友在座，我用英语做了一次爱国主义讲话，这是我作的第一次英语报告。

这个月的24日，我们庆祝了少尉托普弗尔的生日。他是我的邻居，房间挨房间，只有一墙之隔。凌晨7时，我用手风琴给他演奏了一首小夜曲。接着我让仆人永富燃放了中国焰火和爆竹，表示祝贺他生日。中午，佩尼尔先生也来共进午餐。我在热情的祝寿讲话中还提到了我们80岁的寿星老父亲，感动得他几乎掉眼泪。

星期一，格罗瑟博士通知我他将和他的夫人来南京玩，要在我这里住宿两夜。我乐意热情地招待这对夫妇，先替他们察看了这里农村普通的暂住房，周围没有饭店，没有酒馆，希望格罗瑟先生特别是他的德国夫人在我简陋的单身汉住房里能够过得去。我不认识格罗瑟博士夫妇，原则上只能在公务以外的时间接待他们。但我对能有机会认识一位勇敢的德国女士感到很高兴，因为在这个经济落后的国家里至今我只见过美国和英国的女士。

学员们十分尊重我们这些“洋鬼子”，经常发生一些可笑的事情。一旦有人生了病或是发生身体不适的情况，他们不去找学堂里的中国医生，却来请我们德国人帮助。然后我会带着体温计到病人那里去，给他们认真地量体温，再从我的家用药箱里开一些无关紧要的药给他。要是发高烧，就用奎宁丸；腹痛就给白兰地或苦味药，还有鸦片滴剂、蓖麻油，或是红葡萄酒加糖。这样，还没有用药，他的病就痊愈了一半。药是一定要给的，因为中国人坚信我们的药治病很有效。一名学员在做器械动作时肩膀脱臼，我把他送到了美国教会医生那里给他治病。他向我抱怨说，这位大夫什么也不懂，因为没有给他开什么药。

看到学堂里的事情已经走上了正轨，我很高兴。我们这里开始时只用英语作信号。我叫来一个号手，用手风琴给他演奏出我们德国很好的信号，现在校园里响起了清新而快活的号子声。虽然许多学员很用功也有天赋，但我上课仍需要有三样主要东西：一是耐心，二是耐心，三仍然是耐心！如果我教他们在石板上做计算题，为了解释德文的数字和计算方法，舌头都起了毛，我觉得我就像卡尔的朋友，那个和我们玩斯卡牌的牌友，嘴里唠唠叨叨地说个不停。

我的邻居教德语课，他在教室里让学员读字母，并将它写到黑板上。当他晚上在房间里写信时，门悄无声息地打开了，有个学员走了进去，没有说一句德语，只是将写好字的石板放到桌子旁边的一张椅子上，然后用奇特的中国方言大声拼读石板上的字，从上到下，一字不漏。真是奇观！然后，他又悄无声息地走出去了。——这时，千万不可嘲笑这个学员！

衷心地向你亲爱的妈妈，和兄弟姐妹们问好。

永远感激你的儿子　罗伯特

# 骆博凯写给二姐安娜的信

## 1897 年 4 月 7 日于南京

亲爱的安娜：

我正想给你写信时，收到了卡尔寄来的订婚喜帖。这封喜帖走了很长的路，先是到了天津，然后才到南京。要知道从天津到南京，等于是家乡伊塞隆到美国纽约的时间，就是说，迟到了很久。

如果说我今天“复活节快乐”的祝愿晚了一些，那我就衷心祝贺妈妈新添了一个媳妇，兄弟姐妹们有了一个新妯娌。

杰出的地质学家格罗瑟及其夫人从 4 月 2 日至 6 日来我这里做客。他们是来做学术考察的，从美洲到非洲，历时 15 个月，现在来到中国，还要继续去日本等国家。他的夫人是一位可爱的德国女士，令我特别高兴的是她是科隆人。我的一位同事冯・特滕博恩男爵突然患了重病，他给在上海的妻子打电话，他被接走了。我得以将他的客厅供这对学者夫妇使用。我利用空余时间陪他们看了南京的名胜古迹，星期日在明孝陵野餐。我还请他们吃了一次丰盛的中餐，专门请来几位陆师学堂的中国官员作陪。在对科学问题做认真交谈时，他年轻的妻子相当活跃，表现出对科学有深刻的见解，为此经常交谈到深夜，我还得用手风琴给他们演奏家乡的音乐和歌曲，他们似乎相当满意，而我却在早上履行必不可少的公务活动时显得精神不振。

关于我的现有职位，是压在我身上的一副重担，对我来说很不轻松。但

欧洲客人来访（摄于 1897 年）

明孝陵石像路（骆驼）

坚定的意志和力量定能帮助我，我一定会坚持下去，只要我的健康状况没有问题。几天前我们学堂里发生过一次小小的“学员叛乱”，中国人认为十分严重，我却看作是一件小事。两个为首的学员被开除了。是呀，真是不可理解的中国状况！

衷心地向你、妈妈和兄弟姐妹们问好。

你忠诚的兄弟　罗伯特

# 骆博凯写给大哥赫尔曼的信

## 1897 年 4 月 25 日于南京

亲爱的赫尔曼：

十分感谢家乡的来信，我为卡尔即将结婚感到非常高兴。你收到这封信时，估计新婚夫妇已在度蜜月途中。柏林、维也纳、巴黎或是意大利？

从下面每天的时间安排，你可以看出我的生活十分有规律：7 时起床，7 时半早餐，8 时至 12 时上课。为了解渴，我会在 10 点钟吃一个鸡蛋加白兰地。下午 1 时午餐，2 时发布命令和处理行政事务，3 时半至 5 时公务值勤，5 时至 7 时骑马散步，8 时至 11 时与译员备课和读报。这个紧张的日程由于每个班级有 3 天是重复课程内容，因而还可以稍有一些轻松的时间。此外我还必须以极大的耐心，容忍那些中国学员难以令人相信的“习惯”。

几天前，我在这里经历了一次十分少见的自然现象，他们把它称之为“灰尘雨”。我们被完全笼罩在一种极为细微的灰尘雾里，好似蒙上了一层薄纱，看不见 50 米以外的任何东西。这时，无论是在室内或室外，都会明显地感到被吸入嘴里的灰尘刺激得干渴。太阳光也无法穿透下来，只能见到色彩斑斓的灰尘雾。

前天我的厨子向我求救，他年轻的妻子已阵痛 48 小时，孩子生不下来。为了不使他对我这个十分重要的人失望，也为了避免转到外地检查，我倒了满满一酒杯的红葡萄酒，加入鸦片滴剂——肯定是安全的！再让他拿着我的名片去找美国的传教士医生，给了他一种药。此后不久他的妻子就顺利地把孩子生下来了。于是，我这个作为“精通医学”的外国人名声也得救了!

昨天很暖和，傍晚时我坐在房子前面的屋檐下，今天却又要生火炉和用上安娜给我的毛毯。

衷心地向你，以及妈妈和兄弟姐妹们问好。

你忠诚的兄弟　罗伯特

# 骆博凯写给母亲的信

## 1897年5月11日于南京

亲爱的妈妈：

远离家乡后有双重思念：一是信件往返时间太长，二是不能亲自参与家庭的喜庆活动，尤其是其间家里发生了很大变化，也不能参加卡尔的婚礼。我只能从迟到的信息中获得些许安慰。

你关心我学习汉语后是否能更多地离开译员独立工作？哦，没有这么快达到这个程度。在我这个年龄，学习一门没有规律的语言，没有一个使我回想起已知发音的语言，确是一个艰巨任务，何况目前的公务也要求我不要负担过重，学习汉语的事由此完全搁了下来。

遗憾的是我到现在对拖辫子的天子还热爱不起来。对我来说，他不仅本质和外貌可憎，而且首先是他的心灵很肮脏。这就是使我热爱不起来的障碍，我每天都在竭力控制自己，不要让自己的厌恶情绪流露出来。

我们的欧式房子仍然还没有完工，圣灵降临节之前还无法搬进去居住。因为那里不是我管辖的范围，我不能经常到建筑工地上去认真监督那些中国工人们的粗糙活计。我在上海购买的欧式家具，暂时还放在陆师学堂的一个仓库里。

目前我们正在陆师学堂的所有院子里搭建遮阳棚，做安度炎热夏天的准备。

衷心地向你亲爱的妈妈，以及兄弟姐妹们问好。

永远感激你的儿子　罗伯特

# 骆博凯写给大哥赫尔曼的信

## 1897 年 5 月 30 日于南京

亲爱的赫尔曼：

你 4 月 12 日和 13 日的来信及报纸已经收到，十分感谢。我和这里的德国人都很喜欢莱比锡霍尔斯特·科尔教授坚定有力的谈话。

我们这里的欧式住房建筑进度十分缓慢，现在终于完工了，我们可以在圣灵降临节前三天住进去了。房子的建造质量与我们的建筑工程相比缺陷甚多，外观看上去十分漂亮的房子内部却很粗糙，门和窗户关不上，部分安装不到位。我每天都听到两位德国同事的抱怨声，历数一系列的缺点，使我十分扫兴。与他们的牢骚满腹相反，我竭力将欧式新房的建成视为南京这里的一项成就，虽然我面对工程的缺陷不得不闭上眼睛，故作视而不见。

搬运家具和家用什物的事我委托机灵的仆人永富去办理，安娜给我的漂亮毛毯我将亲自带过去。傍晚我喜欢坐在露天阳台上观赏风景，因为 27 列氏度的天气在阴凉处并不觉得太热。

昨天我骑马经过一处长着大量深红色野草莓的地方，我下马采摘吃了许多。马夫见到后吃惊地大声叫喊："老爷，不要吃，这是有毒的！"我虽然并不相信他的话，但没有再吃，因为这种草莓很奇怪，没有什么味道。

由于公务繁忙，我把耶稣升天节都忘掉了！但圣灵降临节我们放假两天，中国人在圣灵降临节前两天庆祝端午节，去年我也参加了。因此我们学堂有

4天不上课。

我的计划遇到许多困难，看来只能放弃了。我只能以越积越多的医生处方单作为自我辩解。

上海这里发生的骚乱情况并不严重，起因是中国人要对独轮车收税，引起独轮车夫的反抗。上海目前有50万居民，其中只有5000名欧洲人和美国人，余下的495000人都是上海的民众。如果有6000名独轮车夫起来反抗，进行罢工，对外国的侨民是至关重要的。由于担心警察会对骚乱者进行镇压，租界里动员见习团部队严加戒备，外国军舰也表示声援。最终取消了对独轮车的征税。上海的居民十分激动，指责市政当局胆怯和让步。经过几次会议的激烈辩论，撤了负责官员的职。现在情况一切正常。

衷心地向你，也向妈妈和兄弟姐妹们问好。

你忠诚的兄弟　罗伯特

# 骆博凯写给母亲的信

## 1897 年 6 月 4 日于南京

我亲爱的妈妈：

今年 4 月的来信给我带来一个令人担心的消息，说你双脚肿胀，患了哮喘病。我希望，大自然欢乐的 5 月不仅战胜了冬季，也会完全赶走你冬天的病痛。

今天我搬了家，表现得很勇敢。我先在地板上钉上草席，然后布置好欧式家具，继而给 4 个通向露天阳台的大窗台和其他 5 个窗户挂上了漂亮的窗帘。这些力气活干完后，我吩咐仆人取来一瓶冷藏的香槟和一些糕饼点心，邀请与我同住的邻居，为安娜二姐过生日干上一杯。我那只笨重的皮沙发在宽大的房间里显得十分气派。对我这个年长的单身汉来说，要为这一切细小的事操心的确不轻松，因此我对住房进一步布置的事打算推到以后再安排。我也不想有太多中国的小摆设，所有无用的杂物待我的合同期满后都会留在这里。

厨房和仆人们的住房安排在后面一排房子里，通过盖有顶棚、铺着石子路面的廊道与主人的房子相连接。我喜欢继续保留自己的厨房，供我个人用餐，免得老是听与我同住的人的唠叨和抱怨，使我对欧式住房大为扫兴。每天下班后，我喜欢坐在宽大的皮沙发里，面前是一张欧式的办公桌，惬意地吸着长长的烟斗，一边休息，一边思考着给你写信的事。

天气十分炎热，阴凉处的气温为 28 列氏度。昨天夜里我大汗淋漓，根本

江南陆师学堂的欧式房子（摄于 1899 年）

无法睡觉。我的胸前和四肢都有红红的热脓包，奇痒难受。除去穿薄薄丝绸衬衫和热带外衣外，要避免到户外去做多余的活动，甚至不带热带凉帽让太阳照射在头上或颈脖上，也是有危险的。这时我喜欢喝的饮料是茶或者 1/4 红葡萄酒加 3/4 矿泉水。天气炎热时我从不喝稀释的酒。

我的译员刚才来过，告诉我他患了腺鼠疫！我当然对他说别开玩笑，但还是给他量了体温，给他开了大剂量的泻药。这个年轻人对我解释说，今年 2 月我往台湾淡水发电报要聘用他时，他儿子患这种病两天就死了。为了让他放心，我明天再送他到医生那里去检查。

到了现在这个季节，我终于可以将安娜给我的毛毯加上樟脑丸妥善地保管起来了。

昨天我参加了一次中国和欧洲混合风格的宴请，我们陆师学堂的中方校长钱德培宴请好多位道台。我吃了一份套餐。此外，新鲜水果中有草绿色的桃子，中国人喜欢吃没有完全成熟的桃子。

希望这封信能顺利地到达你的手里。衷心地向你，及兄弟姐妹们问好。

永远感激你的儿子　罗伯特

# 骆博凯写给母亲的信

## 1897 年 6 月 14 日于南京

我亲爱的妈妈：

现在对我来说，陆师学堂的生活和工作十分单调，没有什么令人感兴趣的事可以报告。不过，我也并不厌烦白天在陆师学堂的工作，因为我对中国的马路景象和南京民众的生活并无多大兴趣。

我在前次信中告知这里天气十分炎热，阴凉处气温 28 列氏度，现在虽然又降到了 24 列氏度，但由于地表已经晒热，夜里温度并未降到 18 列氏度以下。如此炎热使人疲惫无力，为此必须活动身体，进行体育锻炼，否则会病倒，使情况更糟糕。奇怪的是扬子江今年夏季发洪水，这里市区的所有河流和水塘都与扬子江相连通，因而目前水位都很高，甚至漫过河岸。人们担心扬子江上游的广大地区会遭洪水灾害，稻田被淹。随之会发生饥荒，主要粮食大米已由每百斤 2.5 美元上涨到 4.5 美元。假如这里真的发生了灾难，那 100 匹马也拉不住我再留在南京了，我会逃到上海去躲避灾难。

这时，我在弓形的露台入口处挂了大草席挡住太阳照射进来，并及时关上百叶窗，使我的房间保持阴凉。我的胃口在炎热的情况下减弱了。诚然，我在天气较凉时通过饮食保养得很好，现在足可以给我稍稍隆起的肚子减轻一些负担了。缺少活动和饮食问题始终是我的不足之处。假如我们德国人由于酷暑被迫停止上课——目前我还看不出有此可能，我一定再到日本去泡硫

燕子矶

黄浴！我的风湿病始终是天气变化的可靠前兆。我要将安娜给我的毛毯保管好，因为它能帮助我打退不时发生的十分难受的风湿病进攻。这个风湿病将是我对中国住房的一个令人苦恼的纪念品。我授课时鼻子上经常会出汗，滴下晶莹的汗珠，于是我会想起你下颌的那条手帕，你和爱德华也挺会出汗。

但愿这封信会使你高兴快乐，祝你夏天过得愉快，也向兄弟姐妹们问好。

永远感激你的儿子　罗伯特

# 骆博凯写给二姐安娜的信

## 1897年6月18日于南京

亲爱的安娜：

骄阳当头，还是挡不住我满脸汗水淋淋地给你写信。

在如此炎热的天气里，我习惯躺在露台上的一张长躺椅上。只要没有蚊虫或其他叮咬的昆虫来骚扰，我就会胡思乱想。我最喜欢想的就是家乡星期日的活动。我觉得孤独用餐的时间是一种折磨，幸好站在我身后服侍的仆人永富动作迅速，用餐时间很快就过去了。我们德国人明天将举办一次盛大午餐会，邀请了几位道台。午餐将是中西结合式的，半是中餐，半是西餐。我们给每位客人买了一把非常美观的扇子，背面写有道台的名字。

毫无疑问，在这个季节里如果能陪我去农村散步，你一定会非常高兴，特别是你会看到成片的田野里遍地是西瓜和黄瓜，后者挂在高高竹竿上的攀缘藤蔓上，就像我们家乡傍在木棍上的豆荚那样。藤蔓上挂着无数鲜嫩无比的黄瓜，我相信你会把它称之为长条黄瓜。可惜我害怕吃黄瓜，也非常小心，而且觉得它的汁液没有我们家乡的多。农民们在田间劳动时，大多只穿一条短裤，头上戴一只宽边的草帽，灼热的太阳将他们的两条腿和上半身晒得黑黑的，因此往往看上去就像是黑人。这里漂亮女农民裸露在外的两条腿同样也晒得黑黑的。但与日本人相反，他们上半身和脑袋藏在一层薄薄的披肩里。孩子们都是一丝不挂地到处乱跑。当然现在骑马出行对我和对马都不适宜，可怜的马匹会被可怕的苍蝇和其他昆虫叮咬伤的。

最后，我要告诉你虽然天气炎热，你的漂亮毛毯还一直在我身边，必要时准备随时为我服务，成了我不可分离的“女友”。现在我把它放在蚊帐内，防止炎热和昆虫损坏它。庆幸的是“老鼠音乐会”现在没有了。

衷心地向你，也向妈妈和兄弟姐妹们问好。

你忠诚的兄弟　罗伯特

# 骆博凯写给大姐卡萝莉娜的信

## 1897年7月8日于南京

亲爱的莉娜：

全体兄弟姐妹们都给我写信描述伊达和卡尔在卡塞尔举行婚礼的盛况，遗憾的是我不能参加，也无法弥补。我只能遥祝卡尔夫妇新婚幸福美满。

长时间受着酷暑的煎熬，确实是挺不好受的，例如温度计在夜里从没有降到20列氏度以下，昨天夜里就是如此。如果可能，我计划这个月底再次到日本去泡硫黄浴，以摆脱卑鄙的风湿病对我的折磨。

我在桃园大酒店和中国人及3位德国人庆祝了我的生日。不久前我送给道台一箱香槟，他送给我中国茶叶和一条丝绸桌布。中国人给我送来了一桌精挑细作的菜肴，装了好多碗，将我的两张写字桌摆得满满的。幸好他们让我和一位英国朋友单独享受，我也得以将整桌的佳肴给了我的佣人们。

我的道台今天升了官，得到了红顶翎花。上午7时半，全体官员包括中国教员和译员穿了宽大的漂亮官服集合在陆师学堂向他祝贺。道台同样穿着他最好的官服，但他并不亲自接待来祝贺的人，而是派他的亲随表示感谢人家的盛情，并说他感到不值得大家穿了如此隆重的礼服亲自来祝贺。那些官员对此非常高兴，赞赏我们的道台是个高尚的无比谦虚的人。典型的中国式！由于中国官员们要去换了衣服后才会来上班，我利用这个时间，穿着我的工作服，按照地道的德国方式，直接到他的办公室亲自向他道贺。

酷暑和蚊子真可恶！

衷心地向你，及妈妈和兄弟姐妹们问好。

你忠诚的兄弟　罗伯特

# 骆博凯写给二姐安娜的信

## 1897年7月12日于南京

亲爱的安娜：

衷心感谢你祝贺我生日！

目前我的夏季作息时间安排是这样的：每天早上5时起身，6时至7时上第一节操练课，8时至11时在教室上大课。下午4时至5时半重又回教室上课。天气炎热时，我和译员在一起备课，是很累人的。我每次出操回来，手帕都浸满了从我脸上、手上和短头发上擦下来的汗水，必须使劲绞干。

酷暑难受，促使我决定不再等到我病倒，而是在星期四即本月15日就从这里直接到日本去。日本的高山气候及其硫黄浴一定会增强我继续工作的体力。旅途往返需要两周时间，我可以在那里疗养两周。如果这期间收不到我的信，你就知道是上述的原因了。你收到这封信时，我可能已经又回到了南京。炎热使我几乎不知道怎么才能解决口渴问题。现在我已像中国人那样喝热的蒸馏水。

衷心地向你，及妈妈和兄弟姐妹们问好。

你忠诚的兄弟　罗伯特

# 骆博凯写给二姐安娜的信

## 1897年9月24日于南京

亲爱的安娜：

虽然妈妈在信上告诉我你给我写了信，估计会在下一班邮轮才到达，但这并不妨碍我今天给你写信。

今天我的学堂结束了为时10天的考试，总督刘坤一派了一位道台作为他的监考代表。这个不学无术的道台很精明，考问学员时因我们德国教师不在场而竭力炫耀自己。尽管如此，大教室和接待室之间有个房间，里面的家具都装饰了红布，还有一张同样铺着红布的大办公桌，上面放着表示中国威严的惩罚标志物——一个大锡制筒里标有中国文字的箭形物。

如果道台取出一支箭扔到地上，意味着要立即执行箭上标明的刑罚，如用竹板鞭打或是其他。不仅是学员，每个中国人从这个象征权力的箭筒旁经过时，都表现出极大的恐惧。还有，处以较重刑罚时也使用这种箭，如死刑、酷刑等。

总督代表的贵宾席上空着，绝大多数穿着宽大官服的陆师学堂高级官员都在这个装饰隆重的房间里就座。我们则在隔壁教室里和有关的译员们忙碌着。要以这种烦琐的方式对120名学员的两个专业进行考问和评分，确实不是一件轻松的小事。忙碌到傍晚，我已是精疲力竭，还感到有轻微的头痛。幸好我骑马作了较长时间的散步，才重又恢复了精神。

中国的气候必须亲身体会才有发言权。新来者在第一个夏天时，看到清澈明亮的天空，灿烂的阳光，一定会兴奋地迎着太阳，跑东奔西，去参观名胜古迹，还笑着对疲惫不堪的中国人解释这种天气好极了。可是到了第二年，太阳还是和第一年那样灿烂无比，立刻就会对中国人承认气候使他感到精神不振。如果没有必要，夏天他不会再在白天出门去。中国的夏天不仅使身体也使精神感到疲劳。

考试结束后，我们的教育道台宴请了大家。我安排我的厨子去帮忙。这个厨子现在和今后都是我有时会发火的起因。不久前，我通过译员给他讲解了我的烹调手册，要他记住怎样煮鸡汤，还告诉他不要和以前那样留着家禽的头和脖子。现在，当我从汤里将鸡捞出来时，厨子并没有将鸡头砍去。那只鸡竟瞪着呆滞无光的令人恶心的眼睛瞧着我。要是在别处而不是在中国，我会再也没有胃口，立刻摔碗而去。

昨天给我端来一只中国烤鸭，油腻腻的，不知是用的猪油还是素油。我看到鸭嘴半已烤焦，立刻不舒服起来。我没有用晚餐，喝了热的红葡萄酒，提早上床休息，精神才恢复正常。幸运的是现在南京港有家商店也经营一些欧洲的美味食品，当然都是听装的。我买了一听奶酪和一听香肠，我高兴极了。

此外，我现在还向上海预订了北德劳埃德公司进口的火腿和一大钵腌黄瓜。如果天气不影响运输这些美味食品的话，我就可以尽情享受了。这里的水果品种很多，没有什么可抱怨的。我最喜欢生吃水果，每天要生吃许多水果。可惜我不得不将吃过一半的西瓜扔掉，因为我不想吃剩下的水果，但香蕉我一下子就可以吃光。苹果和梨大多来自美国，很少出现在这里的市场上。葡萄的口味非常好，只是食用前必须认真洗干净。我也很爱吃外国来的水果，如香蕉、李子、杧果等。虽然我经常想念家乡的食物，但我从没有挨饿。众所周知，饭食、饮酒保健康。两者我每天都需要，因此我在天气凉快时就补足夏天少吃的东西。

衷心地向你和妈妈及兄弟姐妹们问好。

你忠诚的兄弟　罗伯特

# 骆博凯写给母亲的信

## 1897年10月1日于南京

我亲爱的妈妈：

今天上午我加快了上课的进度，10点钟就结束了课程。于是我吩咐备马，及时赶往附近的电报所，给你发了电报——“伊塞隆骆博凯家：妈妈万岁！罗伯特。”由于中国人办事草率，我亲自站在电报机旁等回单，还及时改正了一个字。

中国这里从现在起是最舒适惬意的3个月：10月、11月和12月。此刻我的气温表显示夜里12列氏度，白天19列氏度，太阳下面37列氏度。

这里的人对我说，9月是最危险的月份，气温会突然发生变化。这种顾虑在我们家乡会被认为是多余的，但在这里的外国人都很小心对待。虽然我自己的身体感觉很好，但我看到学员中有许多人患了病，看来9月对中国人也不庇护。一个班40名学员，经常只有18—24人来上课。

新来的厨子也向我告病假，今天我不得不派人送他回到上海家里去。在另一个厨子到来之前，只得由我的仆人永富照料厨房的一切事情。今天他给我做了意大利的皱叶甘蓝菜，这是他从上海采购来的，使我胃口大开，美美地饱吃了一顿。

衷心地向你，也向兄弟姐妹们问好。

永远感激你的儿子　罗伯特

# 骆博凯写给兄弟费迪南德的信

## 1897 年 10 月 5 日于南京

亲爱的费迪南德：

你 8 月 13 日的信是在 11 月 24 日收到的，非常高兴。许多消息我已从兄弟姐妹的来信中听了许多遍，不过互通信息是最重要的。

谢天谢地，这里的酷暑天气终于过去了。在舒适的微风吹拂下——它将持续到这个年底，被酷暑折磨得软弱无力的精神重又振作起来了。除去全力投入陆师学堂的教学和行政工作外，也为我自己生理方面的需要做了安排，购买了一个华南来的姑娘作为小妾。因为在食欲大增以后，加上气候适宜，我认为加强新陈代谢是绝对必要的。我不喜欢这里当地的中国姑娘，因此花大钱找了个外地的姑娘。为了安顿中国新娘，我在陆师学堂附近找了一处适合我的中国房子。清除了垃圾，铺设了地板，安排窗户和贴糊墙纸等。室内布置也花去我许多钱。住房安排好后，把姑娘接到了我身边。我的那位已婚邻居冯·特滕博恩男爵也动了心，也想仿效我的做法。他在征求自己妻子的意见时，挨了一顿狠狠的责骂，大吵了一通。我对这里的中国人没有作任何隐瞒，他们都祝贺我有了一个伴侣。

衷心地向你问好！

你忠诚的兄弟　罗伯特

# 骆博凯写给二姐安娜的信

## 1897 年 10 月 14 日于南京

亲爱的安娜：

今天是我们陆师学堂大喜的日子，总督亲自前来视察。毫无疑问，南京的总督是中国 18 个总督中最有影响的地方长官。如果是这样一个地位如此高的地方长官作正式视察，用我们的概念来看确是一年一度的“盛大喜庆日”。

从早上 7 时起，中国的高官们就集合在陆师学堂前面的广场上。我们只要想一想，每位道台和将军都带有一批随行的下级官员和仆人，就可以想象得到广场上足有数百名穿着各种华丽服饰的人。大部分是坐马车来的——南京马车不多也不华丽，一部分是坐着由四个苦力抬的轿子慢慢走来的，还有的是骑着矮种马、驴子或骡子来的，集合在一起，汇合成一幅色彩斑斓的图画。学员们沿着道路两旁排队站立，穿着他们最好的制服——由于持枪操练已经有些磨损，头上戴着大草帽，陆师学堂的所有官员们当然也都穿了官服礼服。我们 3 个德国人都是穿燕尾服，我的胸前别着几枚勋章，引得许多官员惊异地看着我，纷纷向译员打听勋章的来历。将近 12 时，人群中有了动静。陆师学堂的官员和那些高官排成了夹道欢迎的队列，全都保持肃静，不出声息。走在总督大人前面的是贴身卫队，穿了鲜红的长袍，手里举着戟、钺、长柄斧、刺棍、长剑、三齿叉等古代武器，全副武装。车子走近时，全体学员持枪致敬，右侧的一名号手努力吹奏起《迎宾进行曲》，声音十分刺耳。两名贴身仆人帮助总督下了车。按照中国的习俗，他们并不离开而是一左一右站立，扶着总督走上台阶。这位年迈的总督比他周围的官员高出半个头，他的身子站得笔直，这时所有的人全都深深地朝他鞠躬，只有我们德国人是例外，我们得以亲眼见到了这一场景。

进入接待厅后，总督大人先把我们德国人叫去，对我们说了一些热情感谢的话。他特别对我强调说，他因公务繁忙，不能更多关心陆师学堂的事，但他看了第一次考试的成绩非常高兴。他感谢我们做了十分出色的工作。我们的教育道台将译员推到身后，扮出一副精通德语的样子，用可怜巴巴的德语自己给总督当译员，我只听懂一些大意，却装作完全理解的样子不停地点头。

这位总督大人也和其他官员谈了话，参观了学堂的部分设施，匆匆看了一眼购置的教具和器械，就告别离去了。我听说，总督给成绩优良的学员留下了一笔赏钱。总督府的总管分发了总督的名片，我也发到一张，随信附上让你们欣赏一下。

我相信，总督的这次视察，一定花了我们道台一大笔钱：他不仅要请高官们用餐，那些下级官员和亲随仆人也要陪餐。而且，这种场合发的赏钱不可避免地也要由道台掏腰包。

在这个舒适的季节里，我的身体理所当然地很好，经受过酷暑后食欲大振，胃口很好，何况我的第三任厨子烹调手艺是一流的。看上去我开始胖了，我那长长的小胡子简直可以绕到脑袋旁的耳朵后面了。

夏季受潮的烟叶经过太阳晒干后，我又可以用长烟斗吸烟了。

衷心地向你及妈妈和兄弟姐妹们问好。

你忠诚的兄弟　罗伯特

# 骆博凯写给大哥赫尔曼的信

## 1897年10月26日于南京

亲爱的赫尔曼：

我在中国祝你生日快乐！按照德国良好的祝贺习惯，我应该美美地喝上一杯，并与你碰杯，但在遥远的中国，我只能在信上祝我的大哥长寿！健康！

几天前，这里的总督大老爷通过道台向我致以亲切的问候，虽说这种问候没有多大实际意义，但也给我传递了这样的信息：他对陆师学堂十分满意。

我给你寄去了上一期的《东亚劳埃德报》，报上有多篇关于中国的文章。你还可以读到我写的一篇关于陆师学堂的文章。我写这篇文章是为了防止不了解内情的传教士作歪曲报道。虽说“乱弹也是一种手艺”，但必须努力提高德意志民族在英语国家的声望。

明天我就跨入合同的第三年了，直到今天我还没有决定是否延长合同。

衷心地向你及妈妈和兄弟姐妹们问好。

你忠诚的兄弟　罗伯特

# 骆博凯写给二姐安娜的信

## 1897年12月3日于南京

亲爱的安娜：

寒冷的冬天加上刺骨的西风，使得我令人无比苦恼的风湿病又发作了。由于晚上无法睡觉，我就将两条腿裹在你给我的毛毯里，可恶的进攻就被打退了。

虽然我知道你对政治并不特别感兴趣，但我还是要对你谈谈有关这方面的问题。中国人已逐渐认识到他们受到了德国何等可耻的对待，后者竟然抢走了他们的一个大海湾！一个文明国家在和平时期怎么可以占领别国的领土，而且是发生在我们这个世纪，这是野蛮行为。因此，明智的中国人也认识到，德国人就像对黑人或野蛮部落般地对待他们。由于他们现在海上和陆上都缺乏抵抗能力，他们只得强忍愤怒情绪。

今天我肩负某种程度的外交任务，以总督的名义，与我们的一位德国军官谈判延长合同事宜，这时我也明白了总督的意图。他对国家的前景忧心忡忡，认为中国有可能会被大国瓜分掉。在这种情况下，他担心费用巨大的新的教育机构有面临停办的可能。中方想在合同上加进这样的条款：在发生学堂停办或出现经济不能维持时取消合同。我当然反对这样的条款。我们必须等待。无论如何，今后在延长我的合同时要特别小心，我打算这次要正式与中国当局及我们总领事签订这样的合同。在经济方面，在与中国人拟定条款时我当然更重视实际的价值，而不是漂亮的词语和套话。

因为我对现在的职位是满意的，如果达不到更好的结果，我将争取对原有合同不做改变。当然我绝不会同意比目前的状况更差。我认为这是唯一正确的立场。

衷心地向你，向妈妈及兄弟姐妹们问好。

你忠诚的兄弟　罗伯特

# 骆博凯写给大哥赫尔曼的信

## 1897年12月4日于南京

亲爱的赫尔曼：

你一定已经收到了我10月26日的祝贺以及同时寄出的《东亚劳埃德报》，上面有一篇关于“江南陆师学堂”的文章。

从那时以来，中国上空出现了厚重的政治乌云，并已开始给我的学堂职位投下了阴影。毫无疑问，我们目前还生活在这个伟大的时代，尽管对中国来说是十分不幸的时代。一个认真思考的政治观察家定会再次承认这句话的正确性：世界史就是世界法庭。

世界上一个最伟大的民族濒于崩溃的危险，因为它迷恋于过去的辉煌，不能摆脱一切陈旧的过时的传统。实际上，中国的伟大繁荣时期已落后我们约有1000年[①]，但它还以错误的顽固的保守主义致力于在所有领域恢复古代的繁荣。

如果说，那时的停滞——具体说，是整个民族的——已意味着落后，几百年来，在没有正确引导和追求的情况下，越来越深地落后于它过去的繁荣时期。这一点在多大程度上符合中国的情况呢？

当这个天子之国现在面对无法抗拒的时代发展潮流，不得不向四方强国部分地放弃它与世界隔绝的状态。北京的总理衙门（外交部）立刻认识到，

① 原文如此。

与世界其他大国的军队和舰队相比，中国的军事力量是微不足道的。但它具有先天和后天养成的欺骗特性，善于通过它的外交手腕掩盖其束手无策的状况。是中日战争使欧洲惊讶地睁开了眼睛。

一个国家只有依靠强大的陆军和随时准备作战的舰队，才能贯彻目标明确的独立自主政策，才能实现它的要求。由于整体的虚弱无力，中国几十年来执行的是可怜的政策，它的存在要归功于其他大国之间的不和，通过时而对这个强国作出承诺，时而又对另一个强国作出承诺，得以为自己的生存赢得时间和空间。上次的中日战争以后，看上去仿佛是要给中国以重组其军事力量的时间。在这个阶段，中国聘用了许多德国军官和士官培训一支勇敢善战的国家部队，同时仿效英国的榜样努力培训舰队。还建立了无数的学校，学习语言、技术和军事科学方面的西方文化。

现在到了 1897 年，仍然根据上千年的悠久传统，举行了每 3 年一次的科举考试。如同往常那样，今年仍有成千上万名书生涌进这处专门为此目的建造的考场。据说许多省会城市都建有这种考场，例如在南京的这个考场可同时容纳 24000 名考生。按照欧洲的概念，这次考试的结果是相当可悲的。这种国家考试，严格按照以往的传统，只考文章的写作，只要求考生以学得的中国文学知识和写作技巧表达中国风格的复杂思想。国家官员都是文人，并无任何治理国家的专业知识，按照我们的概念，是无法将国家领导和治理好的。中国的民众非常善良和爱好和平，对文人无比敬重，按照孔夫子的学说让他们治理和管理国家。但在这些文人出身的官员头脑里，他们关心的当然是要使民众永远迷信和愚昧，永远盲目地服从他们。

我们徒然地试图解释，为什么经常有 70—90 岁的秀才还要参加每 3 年举行一次的国家考试，难道是为了让短暂的晚年生活罩上一层光彩，获得更高的文人等级？

江南贡院（摄于 1899 年）

1897 年的国家考试清楚地表明，中国并未认真采用西方文化，仍按照它的惯例行事，世界强国似乎终于看清了这点。在其他大国默认下，德国利用一起当时发生的事件——两名德国传教士在山东被杀，加入了大国瓜分中国领土的队伍。虽然德国舰艇对中国的水师发出过警告，但我还是无法相信德国的这个行为事先会没有与其他强国做过约定。

作为自己粗暴行为的借口，德国对在山东发生的谋杀事件向中国要求巨额赔偿，并占领了胶州湾，以便对中国施加必要的压力。德国人不再把中国视为大国，而是一群没有开化的人，知道他们无力对抗就直接采取了行动。许多中国人对此感到非常痛心。他们理所当然地对未来忧心忡忡，因为其他世界强国似乎不再支持中国对抗德国，由此担心不久俄国会将华北、法国将华南、英国和德国会将华中占为己有。

中国的自负还在作祟。北京的天子，即过去最强大的皇帝，他还在宣称：“如果德国人以其强盗行径在和平时期继续占领着中国的海港，就根本无法同他们进行谈判。”他还说，他绝不会接受德国对领土的要求，也不会同意德国的所有赔偿要求，即使牺牲他的生命和皇位。没有军事实力这些全是空话。你可以想象得出，目前全国民众的情绪会有多么激动。

今天上课时，甚至有一个很聪明的学员问我德国人占领胶州湾的事，对这个问题很难作出所要求的回答。亲爱的赫尔曼，我今天对你说了这些话，才使我的政治良心轻松一些。由于无法作出正确的回答，我只得以书面方式求得解脱。

这些天来，我在等待总督大人对陆师学堂开学一年举行考试的命令。很可能圣诞节和新年的这一周我正忙于考试。1898 年 1 月 23 日是中国的新年，我们有 3 周假期。我还没有决定怎样度假，因为冬季不适合在中国旅行。

衷心地向你，向妈妈和兄弟姐妹们问好。

你忠诚的兄弟　罗伯特

# 骆博凯写给三哥卡尔的信

## 1897年12月9日于南京

亲爱的卡尔：

东亚一定是目前德国最优先考虑的政治问题。现在我可以肯定地说，我的合同期将只延长到第一期培训班结束，即到1900年3月为止。在中国这个艰难的政治时期，还不能完全肯定德国人领导下的陆师学堂是否能坚持到上述时间。具体地说，如果英国进一步抢夺中国的领土，无疑会将包括南京在内的扬子江三角洲置于他的势力范围，这里就会成为听任大国即英国摆布的一颗棋子。在这种情况下，如果中国不能继续提供维持陆师学堂的经费，德国人领导的陆师学堂很快就会被英国人接管。

昨天冯·特滕博恩给他的小儿子洗礼，尽管我并不喜欢与这个家庭交往，但作为他的邻居还是被拉了去。洗礼是由一位传教士兼医生的美国人进行的。他单调地念诵着英文祈祷词，请来的女传教士们则跪在地上祷告，双手举到眼睛前面。后来用餐时，给传教士端来了水，他对着水说了许多祝福受洗礼者的话。我们德国人毫不顾忌美国传教士的习俗，喝着香槟。我们的教育道台也应邀来了，与他根本无法进行热情的交谈。我很高兴洗礼仪式终于结束了，在场的人都吻了受洗礼者，我只简单地摸了一下他的小手。因为我更多是把他看作一个爱吵闹的孩子和骚扰邻居家安静的捣蛋鬼。

总督大人许诺不久要到陆师学堂来视察学员们的操练。按照地道的中国方式，我们的操场上搭了一个检阅台，使大老爷能够舒服地坐着喝茶、抽烟、观看操练。是呀，和狼为伍就得学狼叫嘛！

我希望不久就能收到举行考试的命令，很有可能就在圣诞节和新年之间，这个星期也是最忙的时候。我打算在元月初坐轮船到扬子江上游的汉口去，是朋友们邀请我去的。此外，我也许会利用陆师学堂的假期，在中国新年期间，于 1898 年 1 月 23 日到上海去。因为气候原因在中国旅行很困难，我不打算出去做长途旅行，甚至到胶州湾短期旅行的机会我也可能会放弃。我担心在那里以我这个工程军官的身份会涉及那里的要塞工程，而这与目前中国政府聘用合同中我的职位是不相容的。

我的马已不再适合我，它们对我来说太老了。因为中国的矮种马很快就不顶用，我打算到春季购进两匹坐骑，但必须是以后适合部队使用的。

衷心地向你，向妈妈及兄弟姐妹们问好。

你忠诚的兄弟　罗伯特

# 骆博凯写给母亲的信

## 1897 年 12 月 18 日于南京

我亲爱的妈妈：

今天我想再通过书面方式与你说说我的心里话。

我知道你对我在中国的经历很感兴趣，可惜我与其他两位同事关系并不融洽。相反，为了不在中国人面前影响德国的威望，我经常不得不强压怒火竭力不让别人察觉。如果我没有坚强的意志，这种生活是有害的，我担心神经会承受不住。

诚然，在目前十分美好的气候条件下，我感到身体非常好，胃口特别好，比在家乡时还要好。大概是因为凡事都有一定的限度，我的老毛病仍然没有好转。

对我来说，第一学年的工作今天有了一个十分圆满的结果。总督大人来检阅了学员们的操练。这位大老爷已届 70 高龄，他对自己身边的人说，冬季他在室外停留时间太久，会受不了的。但德国人十分卖力，我答应了他们，就得履行自己的诺言。总督大人骑着高头大马到来时，响起了鼓声和号声——是我们陆师学堂乐队的两名号手和一名鼓手，后者已把购置的第二只鼓敲破了！学员们持枪向他致敬。大老爷后来坐在我们陆师学堂装饰漂亮的接待室里喝茶，先对我们德国人然后对学堂的官员们说了一些表示感谢的话。

这时，在我们的步兵教习冯·特滕博恩男爵指挥下，学员们已在操场上整好队伍。特滕博恩今天穿了富有表现力的彩色制服，佩着宽阔的将军绶带，显得十分精神。他骑着一匹上海剽悍的赛马走来，以一名完美骑手的姿态站在队伍前面，呈现出一幅威武雄壮的景象。我们为总督大人在操场上搭的检阅台已用红布装饰一新，显得气派和美观。总督首先对学员逐个点名叫到自己面前，以此检验陆师学堂的实力和各个学员的举止，然后由冯·特滕博恩率领学员们列队，每 115 人为一个连，表演队形操练和战斗操练。诚然，表演十分成功，超过了所有人的期待。如果想到这些年轻人才由我们的军官训练了 9 个月，没有士官们的辅导，除去军训外，还要上其他知识课学习，这个成绩是值得称道的。接着演习用空包弹的火力战斗。最后是向完全动摇的敌人——靶子和圆盘发起冲锋，结束演练。支援部队完成最后一个行动时，中国人全都“惊讶”不已。我们的乐队立刻奏乐，使劲击鼓和吹号，几乎盖过了冲锋战士们呼喊的“乌拉”声。

表演取得了完全成功，美好天气也提供了有利条件。总督一再感谢出色的演习。中国的将军们及其众多随从军官显然也十分满意。

明天虽是星期日，但从这天开始，就是第一学年的考试了，并要持续到我们的新年。由于我的译员要去广东接他在香港的家眷到南京来，提前请假 14 天。因为译员不在场，我会什么事也做不成，为此我的专业提前进行了考试，今天就卸下了这个重担，明天要给 115 名学员的评分进行统计，然后再写几份公务报告，希望能在本月 21 日开始去度假。

中国的新年是 1898 年 1 月 23 日，同时有 3 周假期，大多数学员得以有机会一年一度地回去探望他们的家人，有几名学员在这 3 周不能回家探亲，必须继续留在这里值勤。

我先去汉口，那是来自比勒费尔德的同胞莱姆克先生的邀请，我希望能和霍夫曼少尉一家共度圣诞节。

我的假期可以持续到 1898 年 2 月 15 日，由于我不喜欢这个季节出去旅行，可能会有更多时间留在南京。如果有友好的旅伴到日本去，我不可能拒绝同行。

衷心地向你和兄弟姐妹们问好。

永远感激你的儿子　罗伯特

# 骆博凯写给母亲的信

## 1898 年 1 月 8 日于南京

我亲爱的妈妈：

今年第一封信写给你，我亲爱的妈妈，我认为有责任首先向我们家庭的总部作报告，然后才是感谢兄弟姐妹们的来信。

我们家庭姓氏的发音对中国人来说很难，因此我常被称作“罗伯特先生”或是“骆先生”。

我于 12 月 22 日出发去汉口。轮船开出的时间是确定的，但何时到达就难说了，我估计会是午夜 12 时或下午 2 时。晚上 11 时，我花 1 美元溜出了关闭的城门。我先在轮船码头附近找了一个小房间休息，虽然没有暖气，但至少可以挡住寒风的侵袭。凌晨 3 时，我们的轮船终于到了。我带着行李和仆人上船找好舱房，安顿好后，中国人也开始上船下船，其混乱情况简直难以言表。好在我已不是第一次见到这种情况。这时船长走来对我说，我不能坐他的轮船走，因为著名的陈道台为他的妻妾和仆人包下了全部外宾舱房和会客室，连船长自己的舱房也已让给了一位小姐。我坚持要坐他的船走，只得转移到中国人的舱房去。我派人去认真打扫了一番。这艘船上的人除船长、大副、机械师、领航员单独用餐外，都是集体用餐。我宁愿让仆人取来在自己的舱房里用餐。

道台的妻妾们都是十分漂亮的少女，有 10 多个老妈子，还有许多服侍的仆人。她们的特别之处都是小脚。尽管客厅的窗户挂着窗帘，但当我经过那里时，她们都会惊讶而又好奇地注视着我。她们鲜艳的丝绸衣服上缀有许多珍珠和宝石，可惜我说不出名称。还能嗅到可怕的鸦片夹杂香水的气味。

我们的“江油”号轮船是扬子江上最快的轮船之一，船长还得到了要他再加快船速的命令。在领航员的帮助下，轮船日夜兼程全速航行，超过了一艘两天前从上海起航的轮船。瞧，扬子江，这是一条多么了不起的江河，虽然正是低水位季节，但两岸之间仍有 2000—5000 米的距离。如果我们德国有这样一条江河，可以为之无比自豪地颂扬不已。扬子江虽然养育着千千万万的人，但在夏季发洪水时，也使成千上万的人丧失生命。汉口位于上游 600 英里处，海轮可以到达那里。

我是于晚上 10 时左右到达汉口的，德国领事亲自来接我，并把我送去目的地。我的朋友莱姆克是阿尔诺德公司的经理，还在公司里忙碌。我坐在他宽敞的大房间里等他回来，要了一大杯勃艮第葡萄酒。莱姆克回来后，我们坐在跳动着火焰的壁炉旁交谈到深夜。

次日，我们的同事霍夫曼来接我到他家去共度圣诞节。他家在长江对岸的武昌。和去年那样，我和霍夫曼全家度过了一个愉快的圣诞节。晚上，我们去了一个邻近的美国传教士教堂，那里正有中国人在做礼拜。但我一点也看不懂，我不喜欢总是重复着起立、下跪和坐下的动作，但也不得不跟着做。在接下来的几天里，我被一个又一个德国家庭邀请去午餐或是晚餐。后来我不得不声明哪家也不去了，免得我的名片在这里传来传去。我自己还有事要处理。

我的第一个任务是了解进出口贸易。基辛·莫尔曼公司的长处是多方面的商品交换，但销售额很难扩大。这里各家公司每年销售的丝绸、茶叶、皮货、花生和植物油达数百万马克。这里的仓库，叫作货栈，十分出色，是用机械操作的，我对此特别感兴趣。了不起，了不起，我常暗自想道，这是多么了不起的商业进步！此外，还有政府采购，例如有事业心的总督就向一家公司订购了一个钢铁厂，或一个大型棉纺厂，或一个纺织厂。我在汉口这几天，我的朋友就签订了两份供货合同，一份铸造银币的设备，另一个是大型织布厂的设备。哇，这两份合同每份都超过50万马克。虽说公司在中国企业方面的开支也很可观，但毕竟是狠狠地赚了一笔。

我在汉阳钢铁厂又听到了第一个火车头的汽笛声，我高兴极了，因为我已两年半没有听到这声音了。参观拥有先进机器设备的棉纺厂时，我竟然顿时忘记了自己是在中国。我的朋友鲍曼斯特·格鲁贝正在汉阳钢铁厂进行汉水堤岸的加固工作，任务十分艰巨。因为这项工程是在我的职业范围之内，我有过这方面的经验，得以提出一些有益的建议。

我匆匆参观了大兵工厂，包括一个火炮厂和一个枪械厂。这里聘用有一名德国工程师和两名技师，我也去拜访了他们。

汉口连同扬子江对面的武昌和汉阳估计有150万居民。我看到这些大型企业，立刻使我想起这正是中国人所追求的目标，但到企业里仔细观察后，立刻明白所有这些中国企业的工厂意味着不断地巨资投入，却没有达到他们的预期要求。

汉口是第一流的商业城市，如果与北京、南京、上海和广东有了铁路联系，它的重要性还会增加。除去英国人外，俄国人和法国人最近还有德国人也在这里有了租界。德国的租界目前还没有建筑物，发大水时还淹在扬子江的洪流里。但数年后终究会成为一个十分重要的殖民地。诚然，这个地方的生活与我在僵滞的南京隐士生活是完全不同的。年轻的商人们在汉口过着一种无比自由的生活，有他们的俱乐部，除去喝酒和玩乐外，也不忘活动身体，具体地说，都爱好骑马。我的朋友莱姆克是骑马能手，有一匹最好的赛马。我

骆博凯寄回家的明信片

去拜访他时，他邀我一起骑马出行。我骑上一匹中国的赛马，立即就飞奔起来。我任由它扬蹄奔驰。后来觉得有些不舒服，立刻让它停住并下了马。我不想让这匹好马因我而被人误解。

我于本月 4 日从汉口返回南京。途中，从镇江给卡尔写了一个明信片。到达南京时下着大雪，扬子江的风浪很大，登陆艇颠簸得十分厉害。

我原打算不久就从这里到上海去，但因为感冒和有公务要办，就取消了这个计划。但愿这封长信不会让你感到无聊。

衷心地向你，也向兄弟姐妹们问好。

永远感激你的儿子　罗伯特

# 骆博凯写给二姐安娜的信

## 1898年1月21日于上海

亲爱的安娜：

轮船从南京驶到下游的上海通常只需要24小时，但我上次到上海去时，不得不与航行最可恶的敌人——大雾作斗争，航行了3天2夜才到达。我在船上发现有一对美国夫妇，他们打算用9年时间愉快地游遍全世界。年轻的妻子非常漂亮，很有魅力。

在上海生活的人与来自世界各国的人交往十分频繁，这里有澳大利亚人、日本人、印度人、波斯人、英国人、西班牙人、俄国人、法国人、挪威人等等。这种或多或少具有世界性的交往对我这个独自生活在南京的人有很大吸引力。

作为一名在中国任职的官员，我暂时可以到胶州去。作为一名工程军官，为了要塞工程也许会找我咨询，我在这种情况下才有可能到那里去。

我已好久没有收到家里来的信息，但愿回到南京能收到你们的来信。

衷心地向你问好。

你忠诚的兄弟　罗伯特

# 骆博凯写给母亲的信

## 1898年2月9日于南京

我亲爱的妈妈：

费迪南德和埃玛来信叙述了家里过圣诞节的盛况。卡尔还说，圣诞老人也亲切地提到了我。请允许我对此表示衷心的感谢。

许多朋友和熟人给我寄来了各种报道有关我在这里工作情况的报纸，有些完全不认识的人也来信祝贺，并希望得到邮票。还有些军官、技术人员和教师请我给他们在这里介绍工作。这些请求我不得不回信拒绝，但也由此占用了我给家里写信的时间，因为我必须小心对待。

德国一些报社希望我继续给它们寄去文章，它们乐意在报上空出版面刊登我的文章。还有一些报社表示愿意给我的文章支付高额稿酬。不过，目前我对此毫无兴趣。

在汉口和上海愉快地休假后，我终于又高兴地回到了南京，开始了正常的工作。

陆师学堂在这期间添置了许多教学用品。我们得到了一个连队的6门山地炮，这些火炮可以挂在牵引车上，也可以由驴子、马或人力运送，必要时还可以由役畜驮运。我们的学员领到了梭镖，已动手建造一个跑马场，之后就可以进行实际的操练。克虏伯公司还送给陆师学堂一批拆卸成部件的大炮供教学使用。我也让人制作了用于几何学教学的仪器。打靶场也在建造中。列举这一切

克虏伯公司大炮工厂

很容易，但要做成可不是轻松的工作。特别是实用几何学的仪器要绘图，必须对中国人讲解清楚。我要为第二学年做好相应的准备，我们的工作十分忙碌。还有，总督大人给一名最优秀的学员颁发了一粒金纽扣（帽子上的装饰物）和6个银圆的奖励。接受总督检阅的全体学员得到一枚随时都佩戴着的银质奖章。这似乎表明，这样一位中国的高官本人对此重视的程度。

重又回到孤独的生活，适应南京的饮食，我感到真是无可奈何。今年冬天我似乎上了一个大当。这里虽然零零星星地下了一些小雪，气温计有时也降到零度以下，但总的说来春季的天气非常好。中国人从不生火炉，而是将所有的衣服都穿在身上，但在这种天气里仍然冻得很厉害。学员们好似对房间里和室外的风毫无知觉，所有的门都敞开着，使我不得不按照中国人的方式，把皮衣也裹在身上，才得以坚持得住。

衷心地向你亲爱的妈妈，以及兄弟姐妹们问好。

永远感激你的儿子　罗伯特

# 骆博凯写给三哥卡尔的信

## 1898 年 2 月 13 日于南京

亲爱的卡尔：

每当我从陆师学堂出来，总会有这样的印象，仿佛我是生活在无数衣衫褴褛的吉卜赛人中间。尽管我已对中国民众的习惯不再介意，但还是不能适应周围环境的气味和震耳欲聋的叫嚷声、吵架声、骂人声。每当我经过一个

南郊的功德碑

村子时，马夫不得不一路吆喝，使劲挥动马鞭为我闯开一条路，尽快从乱哄哄的男男女女和孩子们的旁边走过去，令人十分讨厌。他们总是无所事事地站在路边上。

今天是星期日，我在两只中国狗“托米”和“弗洛克”的陪同下，到乡下作一次较长时间的散步。我从狭窄的路上，有时根本就没有路，走上山去，除去看到散落在各处的棺木外，也见到一些十分漂亮的墓碑。以往我也在离陆师学堂很远的地方遇见过拾柴的女人和孩子们，见到我时会大声叫喊着逃走。这次有一个女人留了下来，我问了她几句话，然后给了她一些小钱，却立刻引来一大堆人，全都朝我伸过手来讨钱。

向你致以衷心的问候！

你忠诚的兄弟　罗伯特

# 骆博凯写给二姐安娜的信

## 1898 年 4 月 18 日于南京

亲爱的安娜：

请允许我从遥远的中国第三次给你祝贺生日！

陆师学堂由于举行春季考试，重又忙碌起来。为了不让口试占用我太多时间，昨天还去学员那里查看了一遍。上天似乎对这个星期日很生气，响起了隆隆的雷声。

上周我们有几天十分暖和，白天阴凉处达到 27 列氏度。为此我很快取出了热带穿的衣服，戴上了保护眼睛的太阳镜。我又预感到了酷暑炎热的可怕，胃口也随之下降，坐在灯下无法工作。但愿我在冬天堆积起来的脂肪能在夏天消失。我不得不坦然承认，我在春天有了一个小肚子。不足为奇！我经常每天要吃一只野鸡，虽然体力活动很多，但也不能逃避身体肥胖起来。可惜我不得不将喝啤酒换成威士忌加苏打水。除此以外，我在夏季只喝冷茶。

我听说，驻吴淞的德国军官和士官们 3 年合同期满后就要离开中国回去了。没有德国人带领，受过严格训练的部队不久就会重又回到懒散状态。许多军官曾努力争取延长他们的合同，但没有成功。我现在可以估计，中国人是不会让我走的，但我最多在这里留到 1900 年春。

再次祝贺你生日快乐，衷心向你和妈妈及兄弟姐妹们问好。

你忠诚的兄弟　罗伯特

# 骆博凯写给母亲的信

## 1898 年 5 月 22 日于南京

我亲爱的妈妈：

我现在的身体很好。总的说来，我对自己的职位也是满意的，我对中国各种讨厌的现象已逐渐适应，不再像开始时那样感到厌恶了。

意大利的“马可·波罗”号军舰目前正停在这里的港口。星期五我去拜访了它的指挥官，邀请他于星期六来我处共进午餐并参观我的陆师学堂。这个可怜的人在夜里发了高烧，给我送来一封道歉信，派来了他的 7 名军官。我招待他们喝了葡萄酒、啤酒和香槟，领他们参观了陆师学堂，然后安排 3 辆马车陪他们到明孝陵去玩。马车在马路上行驶 3 刻钟后，我们还得下车步行 4 个小时。几位海军军官雇了驴子或中国的矮种马，我则宁愿试试我的步行能力，结果非常成功。我派我的厨子送来了在下关码头处买的几听美食，除面包外，还有鸡蛋、意大利香肠、鹅肝酱馅饼，加上桃子、梨和巧克力，配上饮料、啤酒、红葡萄酒、荨麻酒、咖啡，吃了一顿丰盛的野餐。大家吃得非常满意。我还和他们用一半英语一半法语夹着几个意大利单词交流了一会儿。在香槟的作用下，情绪振奋，我和这些军官唱起了德国、意大利和法国的国歌。

我预订的马车到了。我们动身返回时，他们对我表示十分感谢，并邀请我次日到他们军舰上共进午餐。

观音庵（摄于 1888 年）

如果说，我们昨天去郊游是热带炎热天气，今天却既刮风又下雨，坐着一艘破旧的舢板到“马可·波罗”号军舰上去并不令人兴奋。扬子江上风浪很大，水流湍急，到了军舰上我随即声明说，回去时要用摩托艇送我上岸。指挥官感到身体还不舒服，没有一同参加用餐。但他答应我明天返回汉口后再回来时会来拜访我。我们在军官餐厅里用餐，有 28 人。意大利通心粉好吃极了，香槟口味一般。他们带我参观了整个军舰。我还从来没有看过这样一艘装备着一切现代先进设备的军舰。后来，取来了音乐带，在甲板上响起了动听的意大利音乐。

下午 4 时，军舰的摩托艇将我送上了岸。昨天的气温是从 23 列氏度降到了 9 列氏度，因此虽然已是 5 月 22 日，我房间里的壁炉还是生了火，使我在星期日快活的情绪中为下周教学备课时不会挨冻。

我们原来的总督张之洞在去北京途中路过南京，还没到上海，他所在的省就发生了骚乱。据说这位果断的总督也十分担心，立即坐船回去了。肯定有一部分人会被杀头，因为杀头在中国是迅速稳定局势的最有效手段。

但愿你收到这封信时身体十分健康，衷心地向你和兄弟姐妹们问好。

永远感激你的儿子　罗伯特

# 骆博凯写给二姐安娜的信

## 1898年6月10日于南京

亲爱的安娜：

高兴地获悉你们那里目前气候尚不炎热，我们这里已是令人感到苦恼的时候了。

我的头发让人剪短了，以便不时用浸湿的大毛巾放在前额和头上凉快一下。此外，我穿的是中国衬衫，戴上一顶热带凉帽和保护眼睛的太阳镜，再加上一件很薄的黄色或白色外套。尽管有如此谨慎的装束，欧洲人在这里仍然甚感慵懒，不像在上海或有些城市可吃冰激凌等降温，我们在南京只能听任骄阳的煎烤。业余时间我大多躺在一张长躺椅上，摇动扇子扇风纳凉。晚上一旦点了灯，我就打瞌睡，或是玩单人纸牌等，因为苍蝇和蚊子成群地围在灯的四周飞舞，根本无法读书或写东西。这时，我通常喜欢把躺椅放到露台上，躺在那里吸着长烟斗，观看天空的星辰，脑子里回忆着过去，落脚在今天，展望着明天的空中楼阁，直至深夜。今天上午我提前在6时就上课了，相应地提早半小时下课。我在傍晚骑马出去散步，大多任由它慢步行走着，因为它也受着酷暑之苦。使我能保持良好精神的只有公务活动和在寝室里做器械体操活动，锻炼身体。我的胃口至今仍然很好，只是十分口渴，我最爱喝的饮料是冷茶，红葡萄酒兑水和威士忌加苏打水。如果夜里的气温还比较凉快，我的感觉就很好，只有夏季的后期有些不好受。今年至今我还没有打算到日本去，但如果有合意的旅伴到那里去，也许我会改变计划。总的说来，我对炎热比对阴郁的寒冷更能承受一些。

这里吃豌豆和青豆的季节已经过去，桃子和西瓜快成熟了。由于这里有个别地方发生了霍乱和瘟疫，我吃这些东西要小心一些。

但愿这封信能安全地到达你的手里。衷心地向你，向妈妈和兄弟姐妹们问好。

你忠诚的兄弟　罗伯特

# 骆博凯写给二姐安娜的信

## 1898年6月23日于南京

亲爱的安娜：

感谢你给我寄来了5月9日和12日的两份《伊塞隆日报》，我饶有兴趣地读了我朋友保尔·林登贝格写的关于南京的游记。

今天6月23日是中国农历的五月初五。根据农历，这里今年有13个月，闰三月。也就是说，有两个三月，即第一个三月和第二个三月。今天是中国盛大的端午节，两年前我是在河上与中国人共度这个节日的。今年我却留在家里与你聊天，这个节日过得更为愉快。

陆师学堂对面的一个小山上有座菩萨庙，今天和明天庙门前都会演大戏，有数千人赶来观看，几乎可以说有成千上万的人。演出于中午开始，要一直延续到深夜。

中国的新年过去后，端午节是第一个大节日，我们的学员为此放两天假。我认为，让这些年轻人放松一下是应该的，因为他们在星期日及平时都要值勤。

目前这里的天气很炎热，我把自己安排得舒舒服服地。身上只穿一条薄薄的内裤，披一件日本和服，脚上是日本的木屐，长长的烟斗赶走了苍蝇。天气暖和时，我发现皮家具会掉色，来访者和我自己坐在上面都会被染上难看的红斑点。为解决这个问题，我不得不给所有的椅子、软椅和沙发加上一个外罩，花去我 26.40 美元。我根本不喜欢这些外罩，但也没有其他办法。

但愿家里的人身体都很好。衷心地向你，向妈妈和兄弟姐妹们问好。

你忠诚的兄弟　罗伯特

# 骆博凯写给母亲的信

## 1898 年 7 月 8 日于南京

我亲爱的妈妈：

7 月 5 日是我的生日，十分感谢你和兄弟姐妹们来信祝贺。这天，我邀请了两位女士和 7 位男士与我共同进餐，我们 10 个单身汉在一起吃了相当丰盛的午餐。桌上摆放着鲜花，每个客人的胸前别着一束小花。我给每个人买了一把漂亮的扇子，最后在每人的餐巾前放了一片新鲜的菠萝，喝了香槟。你瞧，虽然妈妈你不在我身边，我对自己的生日安排得也很周到，甚至我用英语作的生日致辞也很流利。

你提醒说到今年 9 月 21 日我已离家 3 年了。妈妈说得对，我在这里不是一个人，我和许多中国人生活在一起。如果我在这里坚持到 1900 年，也是经过我认真考虑的，首先我不想对预期 3 年的工作没有完成就弃之不顾，这会有损德国人的信誉。其次我的健康状况坚持到 1900 年不会有问题。最后，从经济方面来说，我和已故亲爱的父亲一样，对此是讲究实际的。我经常会产生很生气甚至某种绝望情绪，那是因为我承担的工作太艰难，直到今天还时而会有这种情绪干扰。

我们的教育道台被总督派到了一个很远的穷困地区去抓农业生产。他可能在 3 周后回来，我要去和他把延长我的合同期的事最终敲定下来。我会告诉中国人，没有我他们可以为陆师学堂聘用一个薪水比较低的人来执教。因为，我的月薪是1600马克，而我的两位德国同事月薪只有1000马克，使我感到很不愉快。当然我不会同意给我减薪。我不想让我的合同中断较长时间，因此我放弃去日本休假。不过，整个夏天都留在南京，我担心会受不了，因为炎热有时会令人窒息得喘不过气。除去学堂的工作外，这种气候会使我变成一个大懒鬼。胃口也明显地减退了，口渴得特别厉害，饮料是冷茶和威士忌加苏打水或红葡萄酒兑2/3的水，但我又不敢喝足，只喝到能补充流出的汗液为止。如果喝得太多，就会汗流不止，在房间里我已不用手帕，改用毛巾擦汗了。夜里我只束一条腰带，拿着毛巾爬进蚊帐里。我经常是在汗渍渍的床席上辗转反侧，无法入眠，直到凌晨3时才能睡上片刻，只得在白天补睡。

昨天我们这里下了雷雨，气温由27列氏度下降至19列氏度。我利用这个凉爽的时间写了这封信，衷心地向你亲爱的妈妈，和兄弟姐妹们问好。

永远感激你的儿子　罗伯特

# 骆博凯写给母亲的信

## 1898 年 7 月 17 日于南京

我亲爱的妈妈：

目前我正生活在无比炎热的天气之下，白天和黑夜都在思考怎样才能摆脱十分难受的晒斑。由于气候异常炎热，骄阳似火，原打算第一次留在南京过夏天的计划很难坚持了。

陆师学堂的所有庭院都盖上了顶棚，挡住太阳光的直射，大教室里的门完全敞开着，相互对应的窗户都向上推起，使空气对流，让凉风吹进来。在我抬高的座位上方装有一个晃动的大“风扇”，由一个苦力牵着前后晃动扇风。学员中每人都备有一把扇子，用它不停地扇凉风。这时你可以想象得出他们都穿了最少的衣服，头发剪短到只有几毫米长。

从住房到去大教室的路上，我戴一只很大的热带盔形凉帽和深色的太阳眼镜。这一切装备我在讲课时也不拿掉，还得用一块丝绸手帕不断地擦去脸上和头发上渗出的汗水。诚然，学员们脑子的接受能力也由此变得日益迟钝，1/3 的学员病倒了，中国人在没有我催促的情况下，今天终于自己想到给学员们放 3 周假。现在有了 3 周高温假，我不知道如何安排。在南京，我几乎难以避开不舒服的气候，旅行去日本又嫌时间太短。四面楚歌啊！仆人们的住房就在厨房那里，夜里也热得无法睡觉，都躺在室外的椅子上。马匹也在晚上喂过饲料后拴在室外，因为马厩里太热。我自己则躺在蚊帐里，用一把

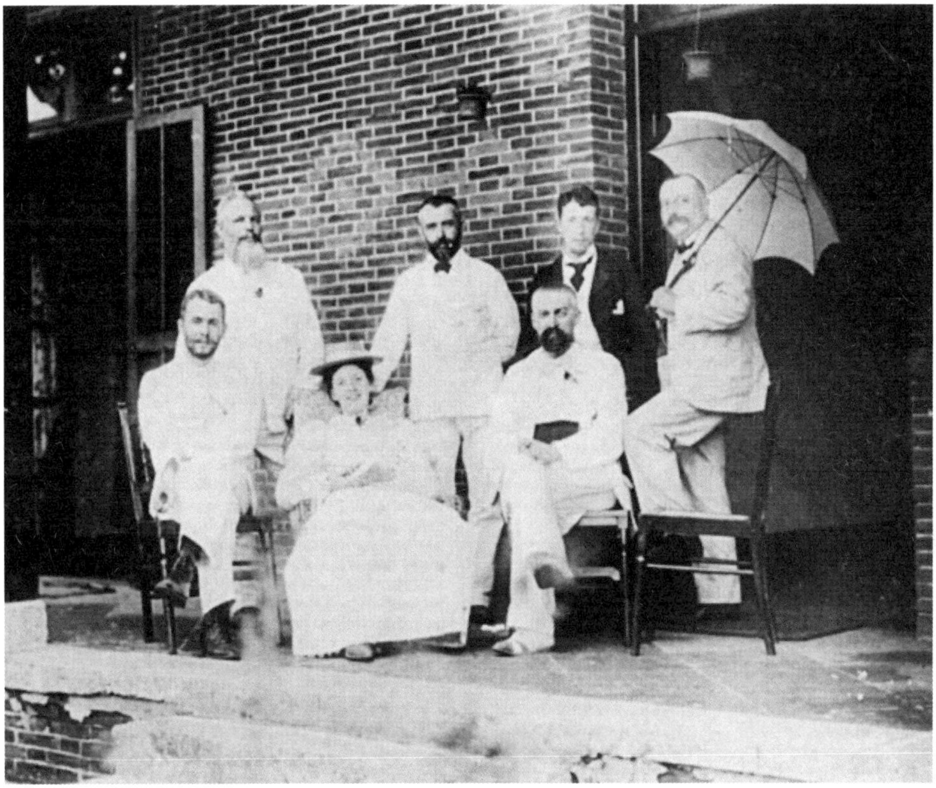

在美国传教士家做客（摄于 1888 年）

大扇子给自己扇凉风，直到凌晨才能打个盹。

对我的厨子来说，现在要使我吃得满意无疑非常困难。我的胃口大大减退，他储备的食物和肉很快就会腐败，食用新鲜蔬菜和西瓜、桃子等水果要特别小心，他们都是在肮脏的市场上买来的，这时的南京正不断发生霍乱病。

本月 4 日以前，全体传教士都已带了全家老小到桂林山区避暑去了。这里没有冰激凌，连医生都跟着传教士离开了。一旦因高温生病，就要看这个人能否经受得住坐轮船到上海去治疗。今天就有 1 名英国人为此被送到轮船上去了。更令人生气的是轮船公司不肯给我们欧洲人从上海运送任何东西到这里来，因为南京还不是开放口岸，我直接给总督写了一封有陆师学堂和水师学堂外国人签名的请求信，他答应给予帮助。但现在过去了 4 个星期，当我试图要上海运矿泉水来时，上海的商人仍写信告诉我，轮船拒绝接受托运，他无法发货。当然我现在不能让步，一定要总督指示他的官员们进行干预。但我现在的身体感觉很好。

衷心地向你亲爱的妈妈，和兄弟姐妹问好。

永远感激你的儿子　罗伯特

# 骆博凯写给二姐安娜的信

## 1898年9月9日于南京

亲爱的安娜:

几天前我患了严重的疟疾病，8天后直到今天还感到四肢虚弱无力。目前的气候早晚温差很大：夜里15列氏度，中午25列氏度，太阳下40列氏度。就是说，晚上变凉了，要穿得暖和些，谁要是图舒服或懒得加衣服，就会患病！我卧床时发烧到105华氏度(41摄氏度)。当时我非常担心，幸而后来就退烧了，我逐渐重又能起床，只是有好多天还感到身体不舒服，那是这种病必然的后果。

昨天我收到作家保尔·林登贝格的一封信，他告诉我他的著作《周游世界》即将出版，书里有对南京的详细描述，还收入了一幅我在大教室里给中国学员讲课的照片。只是我现在没有以前那样有耐心了。我相信，如果我再在这里工作3年，不是我发疯就是中国人成了疯子。

现在，最糟糕的季节和最坏的烹调季节幸而已过去了。明年夏天我不会再留在南京，这是肯定的。

衷心地向你，向妈妈和兄弟姐妹们问好。

你忠诚的兄弟　罗伯特

# 骆博凯写给二姐安娜的信

## 1898年10月2日于南京

亲爱的安娜：

9月30日我送德国同事托普弗尔去下关坐轮船到上海采购东西，为次日没有一位同胞和我一起庆祝妈妈82岁生日感到遗憾。他知道后立刻派人送来一瓶香槟，提前为庆祝妈妈生日而干杯。

10月1日上午，我去这里的电报所发电报，原以为这是轻车熟路的事。情况却并非如此！我们根本不能理解中国电报所的职员如此笨拙。我将电报内容的德文事先译成了英文，他们却问我德国是在欧洲还是美洲？后来我发现每个字要2.8美元，也就是5.6马克，为了节省费用，我删去了带诗意的表达，只留下必不可少的内容，只要让妈妈知道就可以了。我亲自在电报机旁，查看电文是否正确。这里是上午11时发出，估计伊塞隆上午10时就收到了。

尽管今年的季节提前了，我们的花园里还是鲜花盛开。我想，你一定有兴趣看一下这个花园里你不认识的植物。首先映入你眼帘的是硕大的香蕉棕榈叶，长1.5米，阔0.5米，汁液充盈。然后是园艺工种植的各种中国的和日本的观赏植物及花卉，其名称我说不上来。按照中国的方式，园艺工不用多干活，他最喜欢的工作是：每隔14天用一台割草机在草地上滚动一遍。诚然，我们的草地是唯一管理得最好的草坪，没有杂草，修剪得很短，始终是绿油油的。哦，维持一块好的草地要比花坛花费更多的钱。

此外，园艺工还能用竹子编成各种可爱的座架和笼子，现在它们上面都长满了娇嫩的攀藤植物，开着美丽的花朵，花园就像是神奇的仙境。房子前面除了宽阔的石板路，还有一条仆人们到井边汲水的小路。花园里没有小道，只有绿油油的草地，为了爱护它，我们都赤着脚走上去。水井位于花园的一个墙角处，盖有一个顶棚，上面同样长满了漂亮的攀藤植物。可以把它看作是花园的一个装饰品。

在中国，外国人对水井十分爱护，不让垃圾等脏物掉下去把水弄脏。中国的花虽然色彩鲜艳，但也有其缺点，只有很少的花有我们喜欢的香味。肯定也有香味浓郁的植物和鲜花，但以我们的爱好来说，都比不上我们的玫瑰花香。

若你现在随我走出花园来到野外，就会发现这里的农田也与我们有很大不同。高高的玉米茎秆遮蔽了整块田野，目前已收割。现在最引人注目的是地里的向日葵，茎秆上只长着一朵很大的花盘，直径有我们的平底煎锅那么大。中国人吃葵花籽，据说也用向日葵制成鸦片。真有这等事吗?

然后可以看到攀缘的丝瓜，约有 2 米长，大拇指粗，就像从上面挂下来的长绳。蚕豆也是长在茎秆上的。这里也种很多辣椒。西瓜长得很大，10 多斤重一个并不少见，已在夏季收获完，现在看不到了。这个月底就要种蚕豆了，它是越冬植物，次年春季的四五月份成熟。

中国还有许多其他农作物，我说不出它们的名称，因为散步时仆人的回答大多说得含糊不清。在散步的路上，你的嗅觉器一定会受到某种干扰。你要知道，中国人在每块田地上都挖有一个粪坑，把人的粪尿储存在里面，用来给他们的土地施肥。这种难以忍受的臭气只在夏天才有。我相信，这时我如果给你一支烟，你虽不会吸烟，一定也是不会拒绝的。

我最近骑马到下关去玩。让人将桌子和椅子搬到扬子江的岸边，喝上半瓶日本人的蹩脚啤酒。这时，肯定立刻就有一批看热闹的中国人走来，围在我的身边。他们想看这个“洋鬼子”奇怪的头发，看他穿的衣服，看他捋那极不平常的小胡子，看他用从未见过的玻璃杯喝不认识的东西——“啤酒”。总而言之，想看外国人的外貌和一切行为举止。

开始，围在四周的人还与我保持一定距离，后来中国人越来越多时，他们的胆子大了起来，有些人甚至来摸我的靴子和衣服。这时我感到讨厌这些人了。我说了一句中国的笑话，引得他们哈哈大笑。我喊来商店营业员把围在我身边的人赶走。我对这种一再出现的现象也已经习惯了。

最近，我还在这个地方亲眼见到一次唤神驱鬼祛病的过程。就在商店附近有一个无固定住处的中国家庭，住在一个用芦苇搭的茅草房里，泥土砌的墙用以遮风挡雨。全家好多口人都住在这个茅草房里，既是卧室、起居室，又是厨房，当然很臭。这个茅草房里躺着一个患重病的人。为了治好他的病，请了一个女巫师来。根据中国人的民间迷信，认为每种疾病都是恶鬼作祟，只有善鬼能治好病。这个巫婆先是胡乱闹了一阵，又敲锣鼓又蹬脚，声称将恶鬼赶跑了，然后请来善鬼，为此点燃了许多蜡烛，烧了纸钱和破烂衣服等。最后巫婆用沙哑的声音，念念有词。这时的茅草房看上去就像一只大焚香炉，开始从各个缝隙里冒出浓烟来。太令人恶心了，我就没有再继续看这个巫婆的装神弄鬼。据说在这种浓厚的烟雾和嘶哑的叫喊声中，那个重病的人就能被治愈。中国人的神经与我们完全不同。至于这次请神驱鬼的结果如何，我留待下次再向你报告。因为这个非基督教的活动还在继续进行中。

衷心地向你，向妈妈和兄弟姐妹们问好。

你忠诚的兄弟　罗伯特

# 骆博凯写给兄弟费迪南德的信

## 1898年10月9日于南京

亲爱的费迪南德：

星期天，我一般会带着那只中国狗——“弗洛克”去没有道路的林间散步一个半小时。不久，我就要开始正常的生活了，单调而无聊，我多么想有会说德语的人来访。在这里，找会说英语和法语的人聊天很容易办到，但不会使我感到激动。

在远东的中国这里，目前正在推行一个让上帝也会怜悯的政策，这也成了19世纪末的一项丑闻。中国的皇帝似乎对他大胆的改革计划操之过急，没有被中国人正确理解。那些中国人习惯于混日子，被称之为极端的保守主义者！为了能放开手脚干，皇帝罢免了李鸿章的一切官职，后者是全世界最富有的人之一，用他的财富可以摆平一切事情。皇帝想把他遣送回他老家，但这个最狡猾的老狐狸在玩弄阴谋诡计方面超过皇帝的那些追随者，策划了一场东方可怕而残酷的“宫廷革命”，谁都不知道可怜的皇帝是被绞死了？是自杀了？还是正蹲在监狱里被严刑拷打？9月22日以来，各家报纸对此每天都有新的谣传。我只是不明白，世界各国驻北京的代办们怎能容忍这个阴谋得逞？按照我的看法，这些代办们都是派驻在皇帝身边的，至少会从每个搞阴谋的人那里得到这方面的消息。这封信到达你那里在路上要走6个星期。这期间许多高官一定已被

下关（摄于 1888 年）

残酷地处决了。

衷心地向你问好，也请代向胡戈·维佩尔曼先生问好。

你忠诚的兄弟　罗伯特

# 骆博凯写给母亲的信

## 1898 年 10 月 27 日于南京

我亲爱的妈妈：

今天是我 3 年前到达上海的日子，因此我的新合同今天才开始。为了庆祝这个日子，我邀请了水师学堂 3 位男士和 1 位女士共进午餐。正当我们用餐后在享用真正的摩卡咖啡时，我们的道台穿着十分庄重的朝廷官员礼服，在我们学堂乐队——两名鼓手、两名号手的音乐声中，带着大批随从人员走来。是给我的同事托普弗尔和冯·特滕博恩送达一枚中国最高勋章的。这两位先生已在中国服务了 3 年半。道台告诉我，他也盼望我圆满完成 3 年服务期，以便根据我的总教习职位向北京的皇上给我申请一枚勋章。我希望约在 6 个月后也能在我的脖子上挂一枚双龙勋章，也许会在胸前别上一枚很大的星形勋章。今后在家乡可能会有很多关于这枚异国大勋章的评论。但我认为，它是对真诚工作的表彰，是理应获得的。我将自豪地佩戴它。

这里天气一直很好。现在这个季节膳食相应地更好了，刚才晚餐时我吃了整整一只野鸡，它在这里的价格是 12 美分等于德国马克的 24 芬尼。真是美食！不用调味汁也鲜美。目前我确实感到身体很好，虽然每天都骑马出行或是散步，却变得越来越胖了。我有许多公务要做，无法避免的小烦恼使我头脑清新。

但愿这封信顺利地到达你身边。衷心地向你，也向兄弟姐妹们问好。

永远感激你的儿子　罗伯特

# 骆博凯写给二姐安娜的信

## 1898 年 11 月 9 日于南京

亲爱的安娜：

我给家里人祝贺“圣诞快乐”的时间就要到了。我相信，由于亲爱的妈妈不久前去世，今年圣诞节全家人将会聚集在一起为妈妈虔诚地祈祷。对你和莉娜来说，妈妈的去世定会令你们感到极大的悲痛。你在家里一直是妈妈的好帮手，全力照顾妈妈，现在你们更多要面临对自己生活的挑战，肯定经常会悲痛地想起我们亲爱的妈妈。

我本人的情况一切很好，这里的天气依然是想象不到的阳光灿烂。我的园艺工在我的露台四周摆满了极为美丽的菊花，使我坐在露台上以为是在最美丽的玫瑰花坛上。这种菊花因为气候适宜，长得极为茂盛，秋季开花，颜色鲜艳娇美，呈现出一种真正迷人的景象，只是香味不如我们的玫瑰，因为它根本就不散发芬芳的香味。

这时的中国人还在田里摘棉花，他们从低矮的茎秆上摘下棉花放进篓子里。不过，大多数地里这时又是一片绿了：白菜、蚕豆、萝卜、辣椒等，长得欣欣向荣。

我的家里又换了一个厨子，新来的厨子什么也不会，我在两天后就打发他走了。我这里养了这么多仆人，少不了不时会有令人恼火的事。据说生气会助长消化？这里的中国人表面上老是鞠躬，对一切都说“是”，但他们的想法和行为完全不同。我相信，要是没有这些令人刺激的不愉快小事，仿佛每天都是宁静的田园生活，也会使人变得迟钝和平庸。

衷心地向你和兄弟姐妹们问好。

你忠诚的兄弟　罗伯特

# 骆博凯写给二姐安娜的信

## 1899年3月31日于南京

亲爱的安娜：

今天是星期五，我没有和其他两位德国军官一起讨论公务，是想利用这个安静的上午与你聊聊。虽然并没有震惊世界的大事报告，但对我来说却是一个十分令人痛心的时刻。

事情是这样的，我在中国这里最好的朋友，就是那只对我最忠诚的中国狗“弗洛克”，由于可怕的狂犬病死了。这条狗是在上个星期日上午开始拒绝进食的。它走到我身边，似乎来对我哭诉它的痛苦，顺从地让我抚摸它的脑袋。不久就出现了可怕的狂犬病症状。它变得很烦躁，张口去咬陌生人，失去了往日的步态，还啃咬木头和地毯。我深感不安，便把它关在我的露台上，以便我随时都能观察它的状况。我不让其他人接近它，只有我能去看它，因为它还认识我，听我的话。到星期一傍晚疾病加重了，它的后腿已不能站立，乱咬周围的东西，直至终于在痛苦的嘶叫声中倒下死去。但愿它不会再有其他的痛苦。

这事使我十分伤心难受，因为“弗洛克”的死使我失去了很多很多。往日，如果我因生气心情不好，它会跑来与我亲昵，使我高兴起来。我出去散步时，它一直是我忠实的陪同者。我亲自管理它的饲料，为它的强壮和勇敢感到高兴。它能打败所有其他中国的狗，即使5—8条狗一起向它进攻也毫不畏惧。失去这样一个好朋友使我特别痛心。

目前这里已是一片春天的气息。花朵和枝叶逐日生长增多，大自然愈来愈明显地披上了美丽的春装。桃树和李树上鲜花怒放，马路两边种植的无数杨柳绽放出碧绿的嫩芽，长满了柔荑花序。冬日里竹林美丽的绿叶已显得深暗，让位于新生的叶苞。田里的蚕豆花盛开。法国基督教传教团的牧师们给我送来了一大篮漂亮的卷心莴苣。要是我会讲流利的法语，一定会和这些有教养的神职人员经常交往。可惜法语被我冷落了，因为我几乎只需要用英语，没有时间两者兼顾。

我的专用坐骑“马克斯”已不能再工作了。它太老了，两腿站立不稳。但我不想将这匹好马交给中国人处理，因为它为我服务了 3 年多，在 1896 年 3 月 17 日遭到中国人袭击时还救了我。

衷心地向你以及兄弟姐妹们问好。

你忠诚的兄弟　罗伯特

# 骆博凯写给二姐安娜的信

## 1899年4月18日于南京

亲爱的安娜：

这是我第四次也许是最后一次从中国向你祝贺生日快乐。北德邮轮“海因里希王子”号将于本月22日离开上海返回欧洲，我想将我这封祝贺信由它运回。该艘邮轮此次有特别的导航设备，因为它要将来中国访问的贵宾海因里希亲王送回德国去。

你的生日正好是在一年中最好的季节，绿色的原野上鲜花盛开，色彩鲜艳，赋予大自然一派美丽景色。下过一场雨后天空又晴朗了，艳阳高照，现在可以看到遍地长出了青草，叶蕾在长大，在绽放。大自然生机勃勃的气息激起人们心中的创造和工作欲望。空气中充满着各种植物散发出来的香味。只可惜中国的农夫这时正在田地上施肥，难以形容的臭气败坏了大自然的芬芳。

3周来我都享受着法国牧师送来的卷心莴苣生菜。两周后这里的新鲜豌豆和蚕豆就上市了，可惜我无法享受到这些美食，因为中国厨子只懂得令人讨厌的英国烹调。我自己不会烹调，由于语言的原因，对他解释也无济于事。

亲爱的安娜，再次衷心祝你生日快乐，并请代向兄弟姐妹们问好。

你忠诚的兄弟　罗伯特

# 骆博凯写给二姐安娜的信

## 1899 年 6 月 13 日于南京

亲爱的安娜：

衷心感谢你 4 月 26 日的来信，特别令我高兴的是，你说我预定 1900 年 5 月回国的消息对你和兄弟姐妹们是一个大喜讯。你预言我回来一定会受到大家的热烈欢迎，使我深为感动。和中国人生活在一起，不仅是不懂他们的语言，还有他们的粗俗举止使我受不了。在公务以外用英语或法语和其他欧洲人交谈的机会并不多，与我的两位同胞也甚少在一起。这一切使我过着一种孤独的和封闭的生活。

现在家里的一切由你和赫尔曼掌管着，我在此给家里寄去一小箱中国的上等茶叶。今年收获的茶叶质量特别好，南京还没有经营中国茶叶的德国公司，为此我将向汉口的德国怡和洋行提出建议。我不知道你们在 9 月或 10 月会否收到我寄出的茶叶。

我给你发去的祝贺生日电报，是给我唯一没有结婚的姐姐的小小礼物，但愿你能准时收到。

这里的麦子已经收割结束，麦子的收成似乎很好。第二季的水稻也已栽插完毕。收割过的麦田也有种玉米和向日葵的。

衷心地向你及赫尔曼、卡尔和伊达问好。

你忠诚的兄弟　罗伯特

# 骆博凯写给二姐安娜的信

## 1899年6月25日于南京

亲爱的安娜：

在中国腐败的政治体制下，通过秘密的或公开的机构对较高级官员进行监视，理所当然地任何时候都少不了对一批官员的抱怨和控告。我们年迈的总督刘坤一已经做了32年总督，是中国最年长的地方长官。尽管如此，也不断有人对他提出控告和揭发，促使北京的总理衙门不时派出一名官员来进行调查。

这次北京的皇帝，准确地说是执掌大权的皇太后慈禧派出了大官奕[①]来南京调查，其目的在于为北京搜括更多的黄金白银，也为自己的口袋装得更满。奕是皇太后慈禧的私人心腹，是极端的保守派，十分仇视外国人。宫廷政变时，慈禧根据他的主意未经审讯就把改革派的领头人砍了脑袋。只是在中国的有识之士紧急奏请下，才制止了奕主张的血腥大屠杀。

奕离开北京时，英国的报纸写道："先生们，注意啦！此人所到之处，无论是担任何种职位的外国人，都会遇到很大的麻烦！"

钦差大臣到达这里时，专门为他安排了一个布置隆重的礼堂，总督刘坤一和与他平级的满族将军就在那里恭候钦差大臣。后者走进礼堂时，年迈的总督和满族将军立刻下跪，连连磕头，低声下气地向趾高气扬的钦差大臣询

① 即庆亲王奕劻（1838—1917）。

问皇帝的龙体可安好？钦差回答说："皇上龙体安好，天子也向你们问好。"刘坤一站了起来，那个地位比总督低的钦差也下跪向总督叩头。接待仪式就此结束。你要知道，中国人对皇帝在一定程度上是当作上帝敬重膜拜的。

钦差到达后，奕立即从某个领导机关找来两名秘书，吩咐给他作出一项计划。工作两天后，他宣布这两人因没有办事能力，把他们辞退了。江南水师学堂的两名学员也遭到了同样的命运。最后是我们陆师学堂两名最优秀的学员才使钦差大人完全满意。

我们的教育道台也来向奕报到请安。后者对他说："你不要给我讲什么外国人办的学校的事，你要知道，我恨所有的外国人，不想听你讲他们的事。虽然我们中国需要改革，但我对我们的古老制度看不出有什么不好，任何外国人的革新我都反对。所以对我来说，重要的是要为北京多搞到钱。"根据这个原则，他以地道的中国方式，开始从总督那里弄走了一大笔钱。这些钱原本是提供给外国人主办的机构做经费的。他提出：

1. 关闭合营的火炮和枪械工厂；

2. 关闭所建立的铸币厂；

3. 关闭位于陆师学堂附近的江南高等学堂。

现在他还在考虑关闭江南水师学堂和江南陆师学堂是否合适。如果这个傻瓜也熄灭我们年轻机构的生命之火，我可真是求之不得。这样，中国人又要为这个半拉子事业花去一大笔钱，就是说，白白地浪费一大笔钱。这种情况在这里已是司空见惯了。没有谁会真正关心这种事，大家只注重眼前能获取金钱的买卖。

一周前，我们相邻的水师学堂的学员们闹了一次事。他们对学堂的伙食不满，要求改善生活，最后还把厨房也砸了，然后他们走进学堂外面的一家酒店吃了一顿丰盛的正餐，让学堂付钱。为了不让事情闹大，学堂同意了一切要求。

如果我们陆师学堂的学员们由于对伙食不满也想这么做，我一定会建议道台对此予以严加惩处。在我们的陆师学堂，德国军官除去在教室授课外，还掌握着实际的军事训练权，发生这样的事会使我们加倍难堪。

陆师学堂至今由于纪律严明和出色的教学成绩，赢得了很好的名声。要一直保持这个好名声非常困难，何况现在学堂的中国教员都在消极怠工。我必须不断地加以鼓励，但在这个时候又不适合请总督大人前来视察，这对我们的军事威望很不利。

我打算 8 月去日本休假。不过，也有可能这期间那个大傻瓜奕会大笔一挥，使我的计划破产。

衷心地向你和赫尔曼问好。

你忠诚的兄弟　罗伯特

# 骆博凯写给二姐安娜的信

## 1899年7月4日于南京

亲爱的安娜：

这里天气炎热得令人难受，使我提不起精神来写信。因此我只得请你代我向全体兄弟姐妹们祝贺我7月5日过生日表示感谢。你和卡尔祝贺我在这里度过第三个生日，实际上到明天为止我是在中国过第四个生日了。

好长时间以来，我们白天气温是28列氏度，在阴凉处和夜里为23列氏度。这时没有一丝微风，太阳烧得火辣辣的。我最怕这样的太阳，对它怀有莫名的恐惧。在从家里走到教室的路上，我都要撑一把大伞保护自己。夜里我已无法躺在床上，只得睡在一张中国的竹榻上，求得一丝的安静或是打盹。胃口当然也大大减退。总之一句话：垂头丧气！我之所以还能坚持上课，是因为有希望从本月15日起放假5周。

我的骑马出行也暂停了，因为天气太热打不起精神，加之我的马受着青蝇和大马蝇的疯狂骚扰，狂躁不已。将近太阳落山时，我出去散步1—2个小时，回来后洗第三次澡，更换了衣服，在露台上享受晚上的乐趣。我吸着烟斗，用于驱赶嗡嗡唱歌的成群的蚊子离我远远的，直到我钻进蚊帐去，寻找夜间的安宁。如果不很快下一场雷阵雨，给我们送来安静的睡眠，简直再也无法在这里待下去了。令人遗憾的是直到现在气温还在继续上升，夜里更是如此，它要持续到所谓的三伏天，白天和夜里都是同样的温度，炎热无比！尽管过着懒汉般的生活，我还是汗流如注！

为了庆祝我自己的生日，在经过了糟糕的一夜后，我起床先洗了一个澡，然后让人给我按摩。用早餐时，在这个季节我吃了鲜红的桃子，有助于血液流通。6 时，我让学员们自己找乐子。然后点燃一支烟，专注地再次翻阅了一遍收到的全部祝贺生日信件，直到响起 8 时上课的军号声，我才从美妙的梦境中惊醒过来。

因为天气炎热吃不下东西，我没有用早餐，而是在早餐休息时间（10 时至 10 时半）邀请同事喝了一杯香槟，我还吃了一个涂了松露的斯特拉斯堡鹅肝酱馅饼。我们觉得放在井里冰镇的香槟很难上口，便在酒里加了 2/3 矿泉水。休息时间喝过这种酒后，我在上课时流汗的情况你是无法想象的。

下午 3 时，急骤的雷暴雨终于挽救了我们，这场雨到此刻傍晚 6 时半还没有停止，气温降到 20 列氏度。这种舒适和畅快我们已经期盼了 4 个星期了。

我美滋滋地想着今天夜里终于可以安安稳稳地睡觉了。尽管我的那些房间有多处在漏雨，但对我干扰甚少。下第一阵雨时，我站在露台上，任凭风吹着雨水劈劈啪啪地砸向我赤裸的上身。真是一种神仙般的享受！你一定会觉得我的描述太夸张了。诚然，只有受尽长达几个星期酷热煎熬的人才能体会到个中的滋味。

再次向你致以衷心的问候。

你现在重又快乐起来的忠诚的兄弟　罗伯特

# 骆博凯写给兄弟费迪南德的信

## 1899 年 7 月 12 日于南京

亲爱的费迪南德：

在我外出度长假之前——估计在此期间我会懒得写信，我想先对你 5 月 23 日热情祝贺我生日的来信表示感谢。

由于气候的原因，我觉得现在该到一个有欧洲文化的国家去呼吸新鲜空气了。从健康的角度看，我也十分需要到日本去度假。我担心南京长时间的炎热气候对我的健康已经造成了明显的后果：食欲不振；疟疾发烧的现象间隔期越来越短，发高烧时全身寒战不已；风湿性关节炎十分痛苦。还有酷暑的伴随症：痱子和皮疹。总之，目前我是处境艰难，情绪很是糟糕。走吧！快走吧！到日本去！我身体虚弱，但愿不用进上海医院去检查。希望轮船能使我的精神振作起来。

现在到处又在谣传要关闭我们的陆师学堂。那个北京来的钦差大臣，那个傻瓜由于仇恨和无知，想要将所有的外国人办的机构都控制在自己手里。哇，我真求之不得！我对这种情况已是厌烦透了。

但愿下次写信能讲些比较好的事情。衷心地向你问好。

你忠诚的兄弟　罗伯特

# 骆博凯写给二姐安娜的信

## 1899 年 8 月 23 日于南京

亲爱的安娜：

很久以前，我内心就为着能向妈妈报告今天实现的事实而高兴。但情况发生了变化，妈妈已经不在了，我只能通过你向兄弟姐妹们报告这个喜讯了。

今天对我是个光荣的日子。这天，中国的皇帝陛下授予我一枚二级三等双龙勋章。上午 8 时，在我们陆师学堂乐队的伴随下——两个鼓手和两个号手，他们使劲地擂鼓和吹号，教育道台和陆师学堂的官员们穿着正规的官服，前来给我挂上皇帝陛下授予的勋章。

这枚勋章本身是别在一条 3 厘米宽的红色绶带上……[1]

① 此处失落，无信件全文。

# 骆博凯写给二姐安娜的信

## 1899 年 11 月 16 日于南京

亲爱的安娜：

预祝你和兄弟姐妹们有一个愉快的圣诞节，我在此举杯祝你们新年快乐！

目前这里的天气很好，我们正在进行军事演习。这种演习对中国人来说是陌生的，为使这次演习取得成功，我们 3 位德国军官做了全面的准备。

夜里下了第一次霜。由于我对感冒异常敏感，为此我每天出去参加演习，晚上就回到我已习惯的住处。每天要骑马 4 小时，步行 6 小时，相当劳累，但到今天我都非常好。只是我的两匹老马——“马克斯”和“斯特凡”，虽然给它们喂双倍的饲料，仍显得难以承受，但愿能尽快结束。我暂时不打算再添购马匹，因为手头有 3 匹马已足够了。

陆师学堂参加军演的有全体教员、马匹、全体学员和两个炮队，全都安置在一座非常大而漂亮的菩萨庙里。这座庙是个建筑群，还有一个花园。令人难以想象的是，如此巨大的庙宇建筑，去那里的道路却十分艰难。只能骑马走两小时，然后步行两小时，涉水过河，沿着陡坡一会儿向上，一会儿向下。作战地形对实弹射击十分理想。今天是步兵作战射击，进攻作战的命中率 25%，距离 150—700 米；撤退作战的命中率 45%，距离 350 米。这肯定已是我们学员的最好成绩了。明天是炮兵实弹射击。

我非常希望听到兄弟姐妹们的建议，到 12 月我是否应该签订一个新的合同？在这里苦干了4年半后，明年终于能够返回家乡我是高兴的，而且非常高兴。对于我在这里购置的东西：床，橱柜，桌子，椅子，被子，桌布，还有玻璃器具，厨房用具，窗帘，图书等等，这些破东西看来我是无法带走的。

衷心地向你和兄弟姐妹们问好。

你忠诚的兄弟　罗伯特

# 骆博凯写给二姐安娜的信

## 1899 年 12 月 20 日于南京

亲爱的安娜：

赫尔曼来信对我提出了热情的建议，我在此表示衷心的感谢。

这里有决定权的中国人，以其典型的中国风格对我提出的期限完全不做表态。好吧！我现在也学会了以冷静的态度来对待，延续我合同的条件是：6 个月的带薪休假，有我自己的房子。如果未经长时间谈判就拒绝我提出的条件，那我就不能理解，为什么要将几年来辛勤工作的成果拱手让给他人。

本月 14 日，即这个星期日，总督大人在结束了第一个 3 年培训期后前来陆师学堂作结业视察。我和学员们用 4 根旗杆搭了一个很高的观察台，在 23 米高旗杆顶上飘扬的中国国旗快活地飒飒作声。然后由我们的学员在场地上给总督大人作了战斗表演。学员们放弃跳跃式的做法，改用新方法悄悄地接近敌人。目前正在进行结业考试，总督派了藩台——地方的财务主管，仅次于总督的最高级官员，作为他的代表来监考。

今天中午，我们的教育道台举行盛宴招待这位高官。我也被邀请作陪。这时我早已用过早餐，于是在赴宴前在口袋里带好了雪茄烟。除了我喜欢的燕窝、鱼翅、皮蛋等美味佳肴外，对其他菜肴并不动筷，只是大口吸着雪茄，并像中国人那样对着我周围人的脸喷吐烟雾。

几天后就是圣诞节了，在非基督教的国家里我是孤零零的一个人，这个节日也会像平日的每一天那样度过，但我一定会取出我的手风琴，奏出家乡的乐音。

衷心地向你和赫尔曼问好。

你忠诚的兄弟　罗伯特

# 骆博凯写给二姐安娜的信

1900 年 1 月 11 日于南京

亲爱的安娜：

中方已就签订合同一事与我进行了谈判。我的条件是“休假和有自己的住房”，在第二点上遇到了困难，因为在南京建造一所欧式住房要花一大笔款额。我很有礼貌地但也十分明白地向中国人表明，我决不会放弃我的条件。现在我对两位德国同事越来越不满，他们对待中国人的态度很苛刻，很粗暴，使我与他们很难相处，对此极为生气。我厌烦了与他们住在同一个屋檐下，承担同样的责任，又常在一些小事上意见相左。最后我中断了与中方的谈判，可能最终会在 5 月份离开中国。

过圣诞节时，中国人和朋友们送来了许多贵重的礼物，有银质杯子、丝绸刺绣品、雪茄烟、苏打水器具、木质画等等。为此我打算去上海过新年时购买回赠的礼物。

衷心地向你和兄弟姐妹们问好。

你忠诚的兄弟　罗伯特

# 骆博凯写给大哥赫尔曼的信

## 1900 年 1 月 13 日于南京

亲爱的赫尔曼：

虽然我前天才给安娜写了信，但我今天还想与你谈谈有关我在中国合同的事。

我正面临一项重要的决定，是我生活的一个转折点。我之所以很难作出决定，是因为我没有可以与之商量的人，完全要取决于我自己。兄弟姐妹们十分关心我的命运，请允许我向你讲讲我所处的状况和自己的想法。

由于几年来的艰辛工作，我已在这里成功地巩固了我的地位，在中国人这里赢得了很高的威望。能够在这里完全独立自主地工作，这一直是我的理想。我可以毫不夸张地说，在这种情况下，我还可以做出比过去更大的成绩。诚然，我在自己的国家绝不会有类似的自由度和这样的地位。你由此就会理解，放弃我在这里的工作也意味着退出任何取得官方薪水的职位。我在这里除了有免费的住房，受尊敬的职位、仆人、花园等等，还有 19200 马克的年薪。如果总督现在派人来告诉我，他高度评价和认同我为中国所作的贡献，那我决不会自愿离开。还有，离开中国也就意味着斩断了一个很大的经济来源。

这里的气候也很合我的意，我也很喜欢这里的自然风光。只要我跨上马背，马夫跟随着我，走遍周围的河流和山川，或是带着我的狗，漫步走过美丽而寂静的小径，穿行在山谷、草地、田野和森林之间，就能使我将受到某些挫折后令人生气的事抛得远远的，重又鼓起生活和工作的勇气。我们德国肯定是很美的，但永远欢笑的、蔚蓝色的晴朗天空和辽阔的富饶土地只在南京这里的天空下才会找到。

这枚奖章的负面后果是：远离兄弟姐妹及朋友们的孤独生活，完全放弃欧洲的生活享受：饮酒，聊天，音乐，戏剧等等。此外，生活在中国人中间，不懂他们的语言，不了解他们的思想观点，以及习惯了通常被我们视为低下的文化。

我还未中断与中国人的谈判，总督大人就再次派教育道台来询问我的最终意向。我熟悉的德国领事以及这里的一些同胞和朋友都试图劝说我，为了

骆博凯想要的西式别墅

德国和中国的利益，以及我个人的利益，希望我能延长合同。为此我对中方说，在坚持我条件的情况下：（1）休假半年；（2）有自己的新住房。我准备延长合同。但总督大人由于中国的财政困难不能同意我的第二个条件。

在南京建造一幢欧式房屋要花去一大笔钱，因为材料和工人都要请求上海协助，于是我的聘用合同也就“实实在在地”解除了。

我打算下周到上海去，利用中国新年有 20 天假期，在最迟 5 月返回德国之前，到德国的殖民地[①] 胶州去看一次。

衷心地向你问好。

你忠诚的兄弟　罗伯特

① 原文如此。

# 骆博凯写给二姐安娜的信

## 1900年2月13日于南京

亲爱的安娜：

我在上海愉快地度过了中国新年的3周假期，得到了充分的休息。在那里能够同朋友们交往，与同龄人交谈，使我感到无比快乐。在观光游览时，我突然会像孩子似的停下来，目不转睛地看着马车、马匹、骑手和赛马的女士们。我相信，没有哪个地方能看到上海赛马场那样丰富多彩的景象，欧洲也不会有。因为除去世界各国色彩各异的服饰外，还有各不相同的人：俄国人、美国人、英国人、德国人、荷兰人、布尔人、中国人、印度人、日本人……以及各式各样的马车，目不暇接，使我这个来自南京的隐士大开眼界，真是令人神往的景象。

在这个繁华的世界大都市里，我不久便感到，在只是享受寻欢作乐生活的我，与无比忙碌的商人之间有着明显的差别。3周时间对我来说完全足够了。然后我为能重又投入工作而高兴。

谁要是生活在中国人中间，一旦从较长时间的休假归来，他就得准备回到中国人惯有的懒散作风里去。

我们那些准许在假期里返乡的大龄学员，凡是还没有结过婚的，在中国的新年期间，很快就找到女人结了婚。我们年迈的正派的教育道台根据“职务升迁法”让位离开了学校，换了一个年轻的道台，是个刻板的中国人。在中国，这样的一种更换也意味着人员大换班，全部过去的教职人员离去，新当权者任用了新的人员。

根据惯例，新道台以西餐宴请我们，十分明智地把一切备料和烹调事宜都交由我的厨子和借来的仆人办理。这个年轻人不会使用我们的刀、叉和匙子，为了避免出丑，他在进餐时机灵地注意我们学着使用。他会使用餐巾，但也是够惨的，他把它当手帕用了。不过这类事并不影响我有滋有味地享用我的厨子烹调出来的美味佳肴。

现在我对陆师学堂的事已是兴味索然，我不再想延长合同了。在我们年迈的总督刘坤一暂时辞去他的职务后，中国人也表现出像孩子那样的难过不已。我呢，要与我亲手创建的并曾为它倾全力工作的陆师学堂告别，心情更为沉重。不过，为了不使你为我的事担心，现随信附上我最近的照片，也请你将附寄的照片分送给：（1）费迪南德；（2）埃玛；（3）鲁道夫·米尔希萨克；（4）舍纳韦斯；（5）申克勒尔少校（卡尔有他的地址）。

我已决定5月离开这里，6月到家。只是还不知道走哪一条路线和乘哪一艘轮船。如果你及时回信我还能在南京收到。

衷心地向你，向赫曼尔、卡尔和伊达问好。

你忠诚的兄弟　罗伯特

# 骆博凯写给大哥赫尔曼的信

## 1900年2月23日于南京

亲爱的赫尔曼：

中国人真的是单纯的孩子，目前还无法帮助他们。自从年迈的总督刘坤一根据北京的命令将他的公务交给一位接班人后——可能也是过渡性的，自从我们的陆师学堂有了一位新的年轻道台以后，要是在新的接班人主持下陆师学堂陷于停顿的话，两位——年迈的总督和年迈的道台，似乎都会很高兴。为着陆师学堂的利益，我竭尽最大努力支持新的不知所措的年轻道台的工作，这时我已没有兴趣再继续与中方的无知和漠视态度进行斗争。

我在这里经历的事，别人认为一定是不可能的。我对道台说，在有一半学员报到之后，我想继续上课，我得到的却是一大堆漂亮的套话和保证。可是当有人向我报告说，今天可以开始上德语课时，我却发现什么也没有安排好。

我对中国人暗中施诡计的做法，现在已不再生气。相反，谢天谢地，我暗地里感到好笑，也注意不失去我在这里赢得的威信。事业心消失了！在这种情况下，我现在已下定决心不再延长我的合同。

我高兴的是中国的天子赞许我的工作，在另一方面对我也很慷慨大方，使我在节约和费用并不浩大的情况下，能够独立自由地采取行动。

今天我已采取相应措施，到各个轮船公司打听最佳的回国路线。下次写信给你时，我想一定可以告知我回国的计划了。

衷心地向你问好。

你忠诚的兄弟　罗伯特

# 骆博凯写给大哥赫尔曼的信

## 1900年3月14日于南京

亲爱的赫尔曼：

今天我给学员们上课，讲授“优势部队瞄准火力控制战场，这种火力的优越性迫使其敌人在有效射程的范围内活动”。我在准备这个题目时，不由自主地想起我目前的地位。2月23日我写信告诉你，我已决定回家。直到今天我坚持这个决定，我已经拿到了北德劳埃德轮船公司“普鲁士”号的轮船票，它将在5月12日起航离开上海。

可是，中国人使我很难实施我的想法。此刻的形势对我非常有利，我正在等待中国人作出最后的判断。因为有非常多的中国人要价比我还高，我则相对地少。我在考虑我的状况，如果永远放弃这个深受敬重、完全独立和薪水丰厚的职位是否头脑不正常？我在德国永远不会找到像在这里符合我心愿的正式工作。再看看我的兄长和弟弟们吧，他们还一直在为生存而奋斗，卡尔还建议负责管理我的财产。是呀，我如果有妻子和孩子的话，那一切都不成问题。但我自己还很想再继续拉几年车，通过诚实的工作和逐渐适应，以减轻生活之车的重担。

现在这里的情况看上去对我也并不乐观。我那位年迈的总督刘坤一不得不把他的公务交给了一位继任者。众所周知，此人仇视外国人，到今天还没有接见过我，明显地不想批准接受我延长合同的两个要求：回乡探亲半年，有我自己独住的新房子。我和新任总督的分歧对在我们之间进行斡旋的中国人是一大难题，现在却成了一个特别有趣的宝库。

这里有人强烈地希望，我的年迈恩人刘坤一于明日上北京朝见慈禧皇太后及其亲信们后，通过进贡黄金白银，表示自己的忠心，能回来再次执掌政权。根据这种估计，有人请我推迟两年回国休假，他定会给我更高的薪水；或者至少等到总督再在南京最终坐稳位子后再去休假。如此等等。

我对中国人解释说，我不会对提出的两个条件让步，无论如何我要在5月12日起程回国。假如到那个时候事情还没有敲定的话，那我也声明，如果以后往德国发邀请，要求我再接管陆师学堂的工作，我准备予以认真考虑。但要我接受一笔超越权限的预支休假薪水，它与我的良心是不相协调的。尽管如此，还是有人向我提出过这个解决方案。

上述的解决方案其实什么也没有决定，但双方的门还敞开着。如同在平时生活中会发生的情况那样，我觉得这是使双方最能满意的。不过我也从中看得清楚，可能那仍然是中国人的漂亮话。他们对我的工作成绩大加吹捧，是否说的是真心话？我准备等着瞧。按照计划，我将处理我的全部家产，卖掉我的马匹和所有家具。其实我对它们是十分留恋的。如果一切顺利的话，我将在6月15至20日到家。

衷心地向你和兄弟姐妹们问好。

你忠诚的兄弟　罗伯特

# 骆博凯写给二姐安娜的信

## 1900年4月4日于南京

亲爱的安娜：

估计你收到这封信时，我已经登上回国的轮船。我认为，你一定很想知道我正式的旅程计划。

根据英国朋友提供给我1900年的邮轮计划如下：

| | |
|---|---|
| 5月12日 | 从上海起航 |
| 5月16日 | 从香港起航 |
| 5月21日 | 从新加坡起航 |
| 5月28日 | 从科伦坡起航 |
| | 经过雅典 |
| | 经过苏伊士运河 |
| 6月9日 | 从塞得港起航 |
| 6月12日 | 从那不勒斯起航 |
| | 从热那亚起航 |
| 6月16日 | 到达伊塞隆 |

由于轮船航行的路程长，因此经常会推迟或提前一二天到，我到达的时间有可能是在6月14日和18日之间。

你庆祝6月14日的生日时，我也许正航行在红海上，那是最炎热的季节。

我对此已经有足够的经验，备好了在热带的天空下应该穿戴的衣物。

我还打算本周请南京的朋友们共进告别晚餐或午餐，然后就开始处理家产。1895年9月你帮助过我整理箱子和打包行李，现在我有这么多箱子和行李，要是有一双你这样灵巧的手帮我该有多好！

衷心地向你问好，期待快乐的重逢！

你忠诚的兄弟　罗伯特

# 骆博凯写给二姐安娜的信

## 1900 年 4 月 18 日于南京

亲爱的安娜：

首先，我预祝你生日快乐！这是我从中国第 5 次在信上祝贺家乡兄弟姐妹的生日了。

虽然这里的每个中国人对我表现出十分热情和友好，但我只看重他们对我工作的认可。我之所以没有与他们有亲密的交往，不仅是由于语言交流的困难和完全不同的思想观点，还由于为了保持一个欧洲人的尊严。我已习惯了这种奇特的关系，因此与中国人相处甚好，因为我对他们要求不高。

但是，与我同住一个屋檐下的所谓同事和同胞关系却很糟糕。显然是嫉妒和猜忌发展成了仇视我。我不得不在公务往来时特别小心，尽量避免公务以外的交往。第一个复活节时发生过一次极不友好的争吵，至今我还记忆犹新。不过这些事还是与你当面谈为好。

两周来这里每天都下雨，气温降到我又给火炉生火了。在这种恶劣的天气下也许与我包扎行李时的情绪有关，我再也高兴不起来。因此，本月 30 日离开了南京后我就会轻松地喘口气了。但愿在“普鲁士”号轮船上能找到一个友好的旅伴。

为了“清仓”，我打算下周将还剩余的香槟喝完。虽然是独饮，但我会想着南京和中国人对我表示出的一切友好和善意，以及我在此承受的所有痛苦。6月4日，我可能正在从雅典到苏伊士运河之间的红海上航行，如果有一个友好的旅伴，我会和他一同为你的健康干杯。

衷心地向你和兄弟姐妹们问好。

你忠诚的兄弟　罗伯特

# 附录一　罗伯特·骆博凯简介

罗伯特·骆博凯（Robert Löbbecke），1852年7月5日生于德国伊塞隆市父母家中，在全家12个孩子中排行第八。父亲弗里德里希·赫尔曼·骆博凯开设有委托代销店，拥有一家黄铜轧机厂和黄铜拉丝厂。

罗伯特小学毕业后进入实科中学（今默尔克高级中学）学习。1872年3月高中毕业。高中毕业后，他打算献身军旅。他在自己的履历上写道："我特别想进工程兵军团"。他加入了普鲁士军队，分配到威斯特法伦第七工兵营。1872年11月9日军校毕业。1872年12月12日被授予缨带候补军官衔。1873年2月1日至8月8日在安克拉姆波莫瑞军校学习。1873年10月16日被任命为二等少尉。1874年至1876年和1884年两次被派往柏林炮兵工程兵联合军校进修。1887年5月14日正式晋升为少尉。同年11月15日获工程兵军团上尉委任状。1890年从独伊茨派往基尔的弗里德里希奥尔特要塞任第一工程监理。由于健康原因，他于1893年4月申请退役，退役时被授予四级红鹰勋章。

关于罗伯特·骆博凯应聘到中国南京工作的背景，他只是在信件中隐约提到过。根据他的说法，他是受马格德堡的克虏伯公司格鲁松工厂委派，到中国为南京的两江总督张之洞巡视扬子江的江防要塞，并提出改进建议。据德国《莱茵—威斯特法伦报》1895年9月18日报道称："9月17日，根据柏林总参谋部推荐，退役工程兵上尉罗伯特·骆博凯应中国政府的邀请，将去中国从事改进要塞工程工作，暂定为期3年，同时被任命为中国将军。罗伯特将于本周起程去中国。”1895年9月24日德国《藻厄兰地区报》也刊登信息称：“伊塞隆讯：这里的退役工程兵上尉罗伯特·骆博凯经德国国防部和总参谋部的推荐，接受中国政府邀请去帮助改进要塞工事，暂定为期3年，同时被任命为中国将军。”

罗伯特·骆博凯于1895年9月21日乘轮船起程来中国，10月27日到达上海，11月24日到达南京，前后行程达两月有余。1895年12月，他和德国军官冯·赖岑斯坦因以及上海的陪同人员巡视扬子江的江防要塞工程。1896年1月2日，刘坤一复任两江总督，张之洞卸任，骆博凯因此中断了改革江防要塞的工作。刘坤一不想继续支持花费巨大的要塞工程，但他打算继续实施张之洞的计划，按照德国模式建立一所陆师学堂。骆博凯通过在总督府的一个耳线获悉了这个消息。他没有等待正式委托——抢在英国和日本军事顾问之前——草拟了一份教学计划。经过长时间的艰难谈判，终于争取到总督刘坤一同意他的设想，但迟迟没有任命他为陆师学堂的领导人。因为根据德皇威廉二世的提议，预定由德国法尔肯海恩总参谋部的一个上尉——后任普鲁士国防部长——担任陆师学堂的校长。骆博凯终于在1896年12月6日在写给他三哥卡尔的信中自豪地报告说：“昨天，我从钱道台手中接过了委托他授予我的委任状，委任我为新建的陆师学堂首席教习或校长。”

由于中国的政治形势发展不确定——他担心西方列强继续瓜分中国，长江三角洲会落入英国的势力范围，他延长了1898年到期的合同，继续留在南京工作两年，直至1900年。他主持江南陆师学堂的工作，直到原计划回国休假的1900年4月。中方曾与他商谈再次延长合同事宜，他提了延长合同的两个前提条件：（1）回国休假半年；（2）给他新建独居的房子。中方未同意。

他在伊塞隆家乡收到了教育道台钱德培的信，告知他总督不能接受他的条件。自此断绝了重返南京的可能性。

为表彰骆博凯在中国的服务，中国皇帝授予他一枚二级三等“双龙勋章”。德皇威廉二世也授予他“中国纪念奖章”。普鲁士总参谋部也给他写了感谢信。

骆博凯返回后，曾应邀从1900年12月13日至1903年3月27日分别在伊塞隆、卡塞尔、门登、霍恩立姆堡等地做过7次关于《中国和中国人》的报告。

骆博凯回到家乡伊塞隆后，与同是未婚的二姐安娜和兄弟费迪南德生活在一起，后因长期生病于1910年12月31日在施伦登霍夫农场去世。他在家乡是伊塞隆“和谐协会”“啤酒馆聚餐团”以及“伊塞隆军人战友会”和“伊塞隆军官协会”成员。他作为前在役军官还是“哈根战备区军官团”的成员。

据统计，骆博凯从1895年9月离家来南京直至1900年5月回国将近4年半期间，总共写给他母亲及兄弟姐妹的往返信件588封，但只留存下来235封，估计骆博凯在南京整理时销毁了一部分家乡来信以减轻行李重量，在亲友中间传阅时可能有些信件没有归还而丢失了。

骆博凯回家后，将自己写回家的信和母亲及兄弟姐妹写给他的信进行了整理，按时间顺序排列，成了一本《书信日记》，反映他生活中这段重要的经历。这样做原是他的本意。他在信中曾说过，由于公务繁忙无暇写日记，只能以写信的形式，报告他在旅途和在南京的所见所闻，以及他个人生活情况，与他的母亲和兄弟姐妹分享他的欢乐和痛苦。骆博凯是个有心人，为防止遗失，他对后来写回家的信件作了编号，并嘱咐将他的信件集中保管在母亲那里，“也许以后对我还有用处”。他后来所作的报告，这些信件成了他重要的参考资料。

骆博凯书信的内容主要为：

——在南京的个人日常生活情况，包括饮食、居住、气候及遇到的困难，特别是南京夏天的酷热给他日常生活所造成的极大影响。

——视察扬子江要塞工程及与总督张之洞和刘坤一的交往及接见宴请等情况。

——在南京郊游时的所见所闻和民族风情。

——对中国某些政治事件的态度，包括对李鸿章的看法，反对德国强占中国胶州湾态度等。

——在江南陆师学堂工作点滴，包括军事演习等。

骆博凯由于不了解中国的文化和宗教等情况，故在书信中甚少涉及，即使谈到也很肤浅。原因在于他是士兵，普鲁士皇家军队的一名军官，与那些到中国进行考察和旅游的欧洲人根本不同，他只知道忠于自己的职守，完成任务，并视为这是他来中国的主要意义和目的，例如他对陆师学堂的情况甚少谈及，反映他对公务与个人生活截然分开的态度。

# 附录二　骆博凯的家庭成员

母亲　埃莉·米尔希萨克（1817—1898）

父亲　弗里德里希·赫尔曼·骆博凯（1817—1882）

大哥　赫尔曼·骆博凯（1840—1900），预备役军官

——妻子，劳拉·韦贝尔（1856—1884）

——大儿子，赫尔曼·骆博凯（1879—1951）

——二儿子，亚历山大·骆博凯（1883—1914）

大姐　卡萝莉娜·骆博凯（1842—1898）

二姐　安娜·骆博凯（1845—1927）

二哥　爱德华·骆博凯（1847—1919），地方法院推事

——妻子，玛丽·卢多尔夫（1853—1945）

三哥　卡尔·骆博凯（1848—1914），五金公司老板

——妻子，伊达·范格曼（1866—1936）

——女儿，玛尔塔·骆博凯（1898—1938）

——女儿，特亚（1899—？）

——儿子，卡尔·骆博凯（1901—1972）

本人　罗伯特·骆博凯（1852—1910），普鲁士工程兵上尉

兄弟　费迪南德·骆博凯（1853—1927），州政府参议，土木工程监理

骆博凯全家的照片

妹妹　　埃玛·骆博凯（1863—1923）

——丈夫，威廉·武佩尔曼（1853—1921），砖窑厂主

——儿子，阿杜拉·武佩尔曼（1886—？）

——女儿，埃米莉·武佩尔曼（1888—？）

——女儿，贝尔塔·武佩尔曼（1899—？）

# 附录三　两江总督刘坤一给骆博凯的表彰命令

1900 年 5 月 30 日于南京

致

江南陆师学堂原德国总教习

骆博凯上尉

德国伊塞隆

事由：**表彰证明书**

江南陆师学堂开办时，曾聘请德国军官骆博凯上尉先生为总教习，聘请托普弗尔中尉先生为教习。

在江南陆师学堂 3 年合同期满后，根据合同约定，在我的提议下，他们均获得了中国政府的勋章表彰。

骆博凯先生的合同延长 1 年半到期后，申请辞职返回家乡。托普弗尔先生两年续签合同期满后，已离开江南陆师学堂去了武昌就职。

上述两名德国军官在江南陆师学堂任职期间，工作踏实能干，表现突出，在授课方面特别勤奋。我对此完全满意。特颁布本命令予以表彰。

两江总督

签名：刘坤一

# 附录四　江南陆师学堂给骆博凯的公函

1900 年 6 月 21 日于南京

尊敬的总教习先生：

您 5 月 2 日致江南陆师学堂的信已经收到，无误。

如果陆师学堂校长能将您的事情提早告知，我会早就给您写信了。钱先生[1] 随同总督大人从北京返回后就生病了，吩咐在这期间任何人都不接见。他今天才到陆师学堂来，请我给您写信。他表示十分遗憾地通知您，总督刘坤一不能同意您的条件。钱先生还说，总督大人已电告驻柏林中国公使馆，在德国另行聘请两位德国军官任陆师学堂的教习。随函……[2]

---

① 即教育道台钱德培（1843—1904）。

② 以下书信失落。又据骆博凯注，此信 1900 年 8 月 3 日收到，已回复。

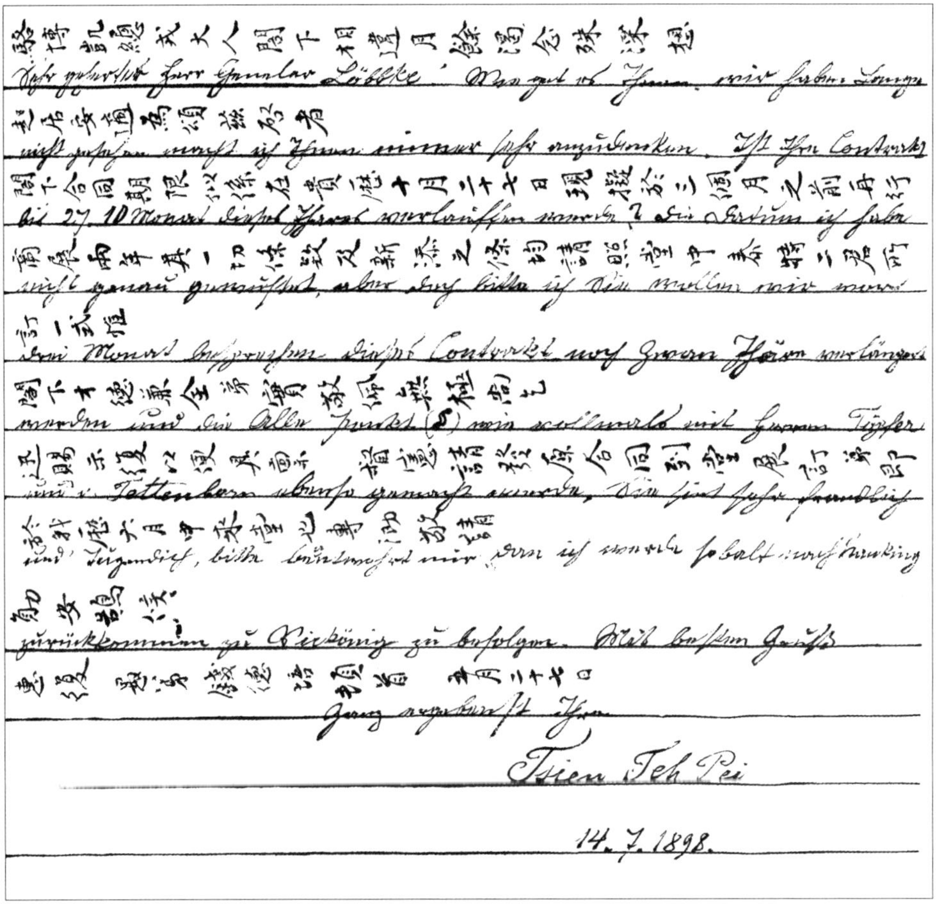
駱博凱總教習大人閣下 相違月餘 遙念殊深 想
Hochgeehrter Herr Premierleutnant Löbbecke! Wie geht es Ihnen, wir haben lange
起居安適為頌無既 啓者
nicht gesehen, macht ich Ihnen immer sehr angedenken. Ist Ihr Contrakt
閣下合同期限 [illegible]係在貴曆十月二十七日 現擬於三個月之前再行
bis 27. 10 Monat dieses Jahres verlaufen worden? Die Datum ich habe
[illegible]兩年 其一切條款及新添之條 均請照[illegible]
nicht genau gewusst, aber doch bitte ich Sie wollen wir neue
[illegible]
drei Monat [illegible] dieses Contrakt noch zwei Jahre verlängert
閣下才德兼全 [illegible]
werden und die allen Punkte (?) wie vollmals mit Herren Tüpfer
[illegible]
und v. Tattenborn ebenso gemacht werden. Sie sind sehr freundlich
[illegible]
und tugendlich, bitte beantwortet mir, denn ich werde sobald nach Nanking
[illegible]
zurückkommen zu Vicekönig zu befolgen. Mit besten Grüßen
[illegible] 六月二十七日
Ganz ergebenst Ihr
Tsien Teh Pei
14. 7. 1898.

江南陆师学堂给骆博凯的公函（1898 年 7 月 14 日）

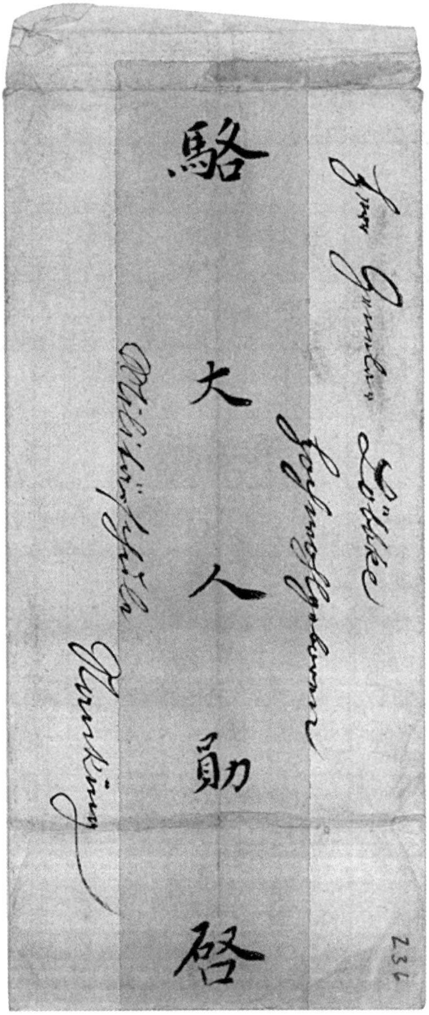


江南陆师学堂公函的信封

# 附录五　骆博凯的报告：《中国和中国人》

## 1900 年 11 月 29 日于德国伊塞隆文学协会基金会上

尊敬的女士们、先生们！

我们文学协会基金会的庆祝会交给我一个光荣任务，要我在今天的晚会上做报告。我的报告题目是《中国和中国人》，我想根据在中国将近 5 年的工作经历，谈谈这个远东的国家和人民。

我个人熟识的作家 B・纳瓦拉曾是德国《远东—东亚劳埃德报》的出版人和主编，他在中国生活过 20 多年，最近出版了一部名为《中国和中国人》的著作，在书市上引起极大的兴趣。我想引用他中肯的序言作为我报告的开场白：

> 世界上没有哪个国家比中国更令人感兴趣却又更被人所误解。因为，西方国家的人对这个国家及其人民从来就有一种偏见和歪曲的印象。一方面他们对中国人根深蒂固的习性、与世隔绝的生活以及独特的衣着、语言和风俗一无所知；另一方面又以他们对陌生民族固有的傲慢态度和自负心理看待他们，鄙视他们。于是在欧洲产生了那些对黄种人强烈的偏见，认为与他们有关的一切都是愚蠢的和滑稽可笑的。

尽管如此，历朝历代的中国都是这个不朽民族的象征。如同地球上的一切国家和人民那样，经历过许多政治动荡，使那些强大的朝代皇冠落地。但他们依然是我们的同时代人，在今天所有的国家中占有他永远不变的地位——我几乎可以说——是无法撼动的地位。

在这个如此巨大的国家里，生活着几乎占整个地球1/4的人口。他们是一个种族，今天的风俗习惯起源于最早的某个历史时期，经历了漫长的发展过程。就在这个民族已经达到很高文明水平的阶段时，欧洲的民族还远未开化。可以说，这样的一个民族及其人民值得我们予以极大的关注和研究。

总的说来，我们的同胞对中国的认识——当然也有少数例外情况——大多还停留在学校里书本上的那些东西：眯缝眼，拖着长辫子，说一种我们一辈子也学不会的滑稽可笑的语言；女人都缠小脚，成了畸形；人们要是不听话，就要挨打；他们喝茶，抽鸦片，大多是一些怪人。他们对中国出色的国家机构和高度发达的文化却知之甚少。至今出现在书市上有关中国的书籍尽管有时篇幅也很大，但只有极少数能引起更多读者长期地对之感兴趣和关注，绝大多数很快就被遗忘了。这些书籍的内容大多是肤浅的游记，其中有对民众生活的简单叙述，而且大多是从书本上抄来的。这些作者都是有名的浮光掠影派，他们从一个地方匆匆地赶往另一个地方，了解到的当然都是道听途说的二手材料，写作风格肤浅，似乎只有图片才是这些书籍最宝贵的部分。我在南京多次接待过这些作家，给他们讲述过我多年和中国人接触与经历过的事情，以后承蒙他们好意给我寄来了出版的游记，其中有关我讲述的内容，成了作者自己重温亲身经历的事情。

你们——我尊敬的听众们——如果想听听我对中国人友好的评价，那我的任务就是要在今天的报告中对中国的状况作一个实事求是的、客观的评价。请各位允许我根据在中国5年的个人生活经历，主要谈一谈“中国和中国人”的情况。

1895 年，当时在南京的两江总督张之洞受中国皇帝委托，聘请我作为工程军官去帮助扩建中国的军事要塞。那时我还在克虏伯公司工作。毫无疑问，张之洞是所有中国人中办事最认真和最具有进步思想的一位总督，当然我们不可能期望一个中国人生来就是亲外国人的。但在这期间他已完全认识到只有依靠外国人的帮助才能有效地提高他祖国的军事水平。

我在 1895 年 11 月到达南京后，去拜见了总督，当时就被委派去巡视扬子江从南京直到入海口的军事要塞，然后提出一份不偏不倚的评估报告以及新建要塞工程的改进建议。张之洞派了一艘中国军舰供我们使用，并签发了一份致所有中国将军、军营和军事要塞指挥官们授予我的全权证书。我的军舰高高的旗杆上挂着清朝政府的国旗，表示船上有一位高官。在经过的所有军事要塞，我都受到了隆重的礼遇，要塞工事上插满了彩旗，也就是说，要塞工事的墙垛上每隔 15 米就有一面丝绸旗帜，颜色十分鲜艳。中国人都是制作彩旗的高手。人们一定要亲眼见到这类装饰的彩旗，才会对它的效果作出正确的评价。我上岸时，轿子、架好鞍具的驴子、骡子、矮脚马都已等在那里，接我到有关要塞司令的衙门——政府大楼去。在到衙门去的途中礼炮声不断，驻防士兵列队欢迎，到处装点得五彩缤纷，场面显得异常壮观。欢迎队伍都跪下去朝我磕头——这是中国最隆重的欢迎仪式，士兵们手拍地面，一边磕头一边大声欢呼，还朝天鸣枪。在和司令员喝过不可避免的欢迎茶后，我很快就动身开始艰巨的巡视工作了。傍晚时分，被有关的将军邀请去参加隆重的晚宴。

宴会主人及其命令前来陪宴的高级军官和随从们都身穿丝绸官袍，辫子整齐光滑，脑袋的前部刮得又光又亮。这些高级官员给人以良好而整洁的印象，但这里的环境却令人寒心：裂开的墙壁上有许多污渍，椅子已修理过好多次，四周的墙壁上挂着各种各样的衣服，墙角处都是蜘蛛网，旁边的桌子上放着一盏煤油灯，围着成群的飞蛾。室内弥漫着一种难闻的刺鼻气味。桌子上在每个客人面前放着一只碗，两只筷子，两只小瓷碟，一只碟子里装的是麻油，另一只是调料——我相信那是茴香。桌子中间是众多盘子，装满了各种蔬菜、肉汁、切成小方块的火腿肉、鸡肉和鲜辣汤。刚开始时，我小心翼翼地朝桌子看去，想知道类似刀叉和酒杯的餐具在哪里？竟然什么也没有！连桌布和餐巾都没有。桌子底下躺着几只癞皮狗，等着享用吃饭的人随手扔到桌子底下的肉骨头和残余食物。

中国隆重的盛大宴请通常有50道菜肴，我觉得部分菜肴的味道甚是鲜美。欧洲人经常会这样认为：中国的主要菜肴是狗肉和猫肉。但这完全是错误的。沿江沿海地区的动物性肉食非常便宜，根本就不吃狗肉和猫肉。但内地的情况就不同，这种动物肉在那里就是一种正常的商品。同样的情况是只有那些一无所有的穷人才吃老鼠肉。在猫肉当中，他们更喜欢吃黑猫的肉，白猫和花猫不受欢迎，更多的地区根本就不吃它们。老鼠肉没有区别，无论是家鼠、田鼠或是水鼠都吃。就我而言，主人从来没有请我吃过狗肉、臭鸡蛋或者老鼠肉。

我觉得在中国吃过的最美味的菜肴有：鱼翅、燕窝和皮蛋。偶尔有人也会给我介绍味道确实鲜美的皮蛋制作法，也许可以让我们的家庭妇女和厨师们学习制作。制作皮蛋的方法：材料有草木灰、石灰、盐、水和许多芳香的植物配料，将它们搅拌成很稠的糊状，再涂在鲜蛋上面，然后密封在一个容器里，埋在地里至少70天（更正：40天）。按照中国人的观点，埋在地里的时间越长，如同我们的葡萄酒那样，味道就越鲜美。经过4周或6周时间，一只鲜蛋就成了上等美食的皮蛋。

我享用过的美食佳肴不胜枚举。在饮酒不多头脑清醒时，在众多蘑菇和以各种方法烹调的鱼类菜肴中，我会很容易区分出哪些是好的。因为，每当美食端上桌，我的邻座立刻就会众口一词地赞美起来，这时不懂汉语的人也能大体理解它的含义。因为那都是从肠胃深处发出来的真实有力的声音。

美中不足的是喝的酒不合我的胃口。因为在享用油腻的菜肴时给我喝的都是温热的黄酒。那是一种米酒，灌进一只小铁皮壶里放在煤油灯上加热，然后倒在一只顶针般大的酒盅里，必须趁热一饮而尽。站在一旁身上脏兮兮的仆人，每当客人端起酒杯喝了一口后，他就走来将杯子里剩下的酒倒回煤油灯上的小铁皮壶里，然后不加区别地再倒给其他人喝。如此喝酒也就变得索然无味了。

这时，另一个仆人会端来一只脸盆，里面是热气腾腾的水和毛巾。他给每个客人递去一条从滚烫的水里取出的毛巾，只是轻轻地绞一下，还是湿漉漉的，稍稍摸了一下热度就递给客人们擦脸和双手，用后使人有一种凉爽和舒适的感觉。第一次使用时感觉确实挺好。但这样每隔 5 分钟就来一次，毛巾搞得乱了，要用别人使用过的毛巾擦自己的脸就受不了啦！我很快就学会了使用中国的筷子。

在这些年间，我对中国无法推辞的吃喝已能应付自如了。只要在桌子旁一坐下去，我就给自己点燃一支雪茄烟，对着左右两边的邻座喷烟吐雾。这并没有使人产生不愉快的印象，因为用餐时间长，中国人自己也会抽起水烟来。这样我就能避开别人一再以使用过的筷子夹着油腻腻的菜肴放到我的麻油碟子里去。

为了制造宴会的热闹气氛，还请来许多歌女，坐在每位客人的身后。我身后经常围坐着 4—6 个这样的少女为我唱歌。这些漂亮的年轻女子虽然唱得很卖力，为我展示她们最好的绝活，但我无法不将她们的歌声比作绝望的嘶叫，如同猫被人踩着尾巴时发出的那种尖叫声。由于无法用语言和她们进行交流，我只得取一些蜜饯水果塞进歌女们涂着口红的小嘴里，对她们出色的音乐表演表示感谢。据我后来获悉，这种做法是违反中国礼节的，但在宴会主人颔首点头准许的情况下，少女们也乐意接受我的美意。作为回敬还礼，这些漂亮的少女也把她们亲自点燃的四只烟斗塞到我的嘴里。多么令人激动的场面啊！后来，我也邀请要塞司令官们到我的船上做客吃西餐，在这里我也有机会欣赏他们在使用西方餐具刀叉和食匙时的狼狈相，特别是他们对作为桌布和抹布使用的餐巾很不适应，通常将餐巾扔到地上。

我的工作事务相当艰巨。滔滔扬子江大约要比莱茵河宽 6 倍，而且位于入海口上游 250 英里处的南京段水深达 100 英尺。从南京溯江而上直到汉口可以通行一切海轮和大多数的军舰。为此，入海口要塞设施的主要任务是控制约 10 英里的水道。这是一项在我们国家绝对不会有的海防工程任务，其工程的浩大，在世界可能也是少有的。

1896 年初，我带着大量的笔记资料和草图回到了南京，忙着写我的巡视报告。这份报告我先是用德语写成，然后必须再译成英语，因为我那位动作迟钝的翻译官只能说很蹩脚的英语和汉语，最后再由张之洞总督的秘书们将英语译成汉语。我的报告经过这几道转译，经过那些毫无这类军事知识的人加工之后，变成了什么样子，只有天知道。总之，我做过一个试验，我请其他外国人将报告部分段落的汉语译文再转译成英语，变成了连我自己也看不懂的东西了。

中国人在巡视扬子江要塞工程途中给予我的隆重礼遇，使我这个初到中国的新人内心产生了这样的感觉：突然之间仿佛我成了一位东方的诸侯。不过，似乎到处都有这样的情况，中国也是如此，不会让树长得比天高。就在回到南京后不久，我受到了中国人的一次突然袭击，激动的人群朝我投石子，用竹竿追打我，幸而我骑的马跑得快，才摆脱了追打，没有受伤。过去了很长时间，激动的人群发出的吼叫声“打死洋鬼子”“打死他这个外国佬”还一直在我的耳边回响。

后来我才获悉，以往性情温和的中国人是由于下面的事实受到煽动才对外国“红毛鬼”进行袭击的。

根据中国总理衙门的命令，要征收某一地区农民的土地和房产，用于新建一个大军营，对征收的土地约定给予一定补偿。总督府的财政按时支付了这笔补偿款，经过一层一层官员的手后，这笔款额就没有了踪影，失去土地的贫苦农民除了空头的许诺外，一分钱也没有拿到。当运来了建筑材料，开始实施建筑工程时，农民们坚决要求兑现补偿款，那些当官的卑鄙地欺骗他们说，是洋鬼子把钱装到自己的口袋里去了。于是，这些性情温和的中国人当然无法忍受了。赖岑斯坦因是一位按照德国模式组建起来的部队的指挥员，他要求我同他一起到正在建造中的军营去。由于赖岑斯坦因的马性子暴烈，我让他走在前面，大约距离50步，使我能够安心地熟悉新派给我的这匹官员坐骑。我们正以这样的距离毫无准备地朝建筑工地走去时，突然看到成百上千个情绪激动的男男女女高声吼叫着，举起竹竿朝赖岑斯坦因打去。我立刻用靴刺踢了一下我的马，想赶去帮助赖岑斯坦因。哪知道这时袭击的群众分出了一部分也朝我奔来。我看不见赖岑斯坦因的情况了，我身下的马也吓得颤抖起来，它突然腾空一跳，跃过了堆在地上的建筑用木材，避开了袭击者，大步飞奔起来，很快就摆脱了我的追踪者。赖岑斯坦因也猛力挥舞他的马鞭，飞快地摆脱了他的袭击者。但他多处被打伤，一位美国的教会大大给他缝了好多针。

从那时起，我随身都带着一支6发左轮枪，特别是由于一些德国士官们的无礼行为在当地民众中间形成了敌对情绪。上海德国总领事曾建议我，在不得已的危急情况下，6发子弹我只可以朝中国人打5发，必须将第6发子弹留给我自己。幸而从来也没有发生过这种情况。

在发生了中国民众一再对德国士官们进行袭击后，这个部队连同他们的教官转移到了上海郊区吴淞口去了，南京的民众才重又恢复了平静。我后来工作的陆师学堂就在发生袭击的那个地方。这个地方的民众那时曾对我扔过石子，并用竹竿追打过我，后来成了对我相当友好的邻居。我走到哪里，他们都叫我“洋大人”，朝我深深地鞠躬，以示尊敬和问候。

我还没把改进要塞工程的计划连同图纸递交给张之洞总督，他就被调往武昌去了，换了刘坤一到南京来任两江总督。刘总督对我解释说，目前他不打算将大笔的钱用到要塞工程上去，而是要为训练部队备好必要的资金。我的工作也因此搁置下来。一名普鲁士的军官领着高额薪水却不用工作，这是没有先例的事。因此，我每个月都给总督递交一份关于筑路和造林等建议的报告。开始时他接过报告后，对我的工作还大加称赞，热情感谢，后来这种感谢的热情逐渐减弱了，我也感觉到我的那些报告只会给中国人增加麻烦。于是我只准时去领取薪水，不再写什么报告了，还是用这个时间去研究中国的风土人情吧。

不容否认，南京是世界上最古老的城市之一。人们说，南京是同属人类摇篮的地方。因此，南京城内及周围地区的地下自古以来就有人类和动物的遗骸。如果很长时间持续干旱，土地的表面就会开裂，一旦下了透雨，泥土里就会散发出危险的瘴气。在修筑道路时我一再发现，在修补的人行道表层下面有 2 至 3 层铺有路面的道路，使人看得出这肯定是出色的筑路工程。整个土地被彻底翻掘过，土建工作做得很好，避开了活动的地方。土壤里还有无数的蛆虫和昆虫。虽然有许多保护措施，人和动物还是会受到蚊虫和蝎子的叮咬。凡在有水塘或是有机质成分的地方，立即就会聚集成千上万只会飞的和会爬的小动物。

众所周知，中国的流浪狗担当着“清扫街道”的任务，它们日日夜夜都

大报恩寺塔顶覆莲盆（摄于 1890 年）

神策门（摄于 1890 年）

在街道上到处游荡，以散落在路上的垃圾为食物，一切垃圾也随之被清除。外国人对中国的丧葬习俗起初感到特别受不了。人们将死者放进一口很大的木头棺材里，棺材被埋在道路边上或是房屋附近的田地里，只在它的表面盖上少些泥土。这些泥土经常会被雨水冲刷掉。于是在这样一个人口众多的国家里，到处都可以见到许多隆起的小坟堆或是半露出地面的棺材。只有住房的附近或是中国人散发出的大蒜或变质肥肉的气味，夹杂着马路上露天煎烤的油饼味，才能盖过那种人体腐烂的臭味。许多中国家庭里，经常会将装有父亲或母亲尸体的棺材摆放在家里几年之久，作为全家特别孝顺和尊敬的象征。由于在尸体周围加进了石灰，放置在厚厚的密封的木制棺材里，所以放置很长时间都完全不会有气味外泄。

19 世纪 60 年代，南京的建筑物在太平天国运动中被毁坏殆尽，直到现在我们还能在老城的巨大建筑群中见到被摧毁的建筑物和纪念碑等瓦砾废墟。南京著名的大报恩寺琉璃塔——无法再现旧貌的世界奇迹——也成了太平军的牺牲品。今天的南京据说有 80 万居民，但只居住了这个大城市 1/10 的面积，四周是重建的宏伟城墙，共有 76 公里长。城墙以内有漂亮的竹林，它与异常富饶的土地和无数的水塘与沟渠构成了一幅妩媚幽雅的风景画。勤劳的农民们善于在他们的土地上每年收获两季或三季庄稼。尽管如此，我对农业生产的耕作有一个奇怪的印象：今天他们还在使用也许 1000 年前就已使用的同样笨重的农具，根本无法指导农民进行任何改革，即使它会立刻带来好处也不行。我在散步经过稻田和玉米地时常会遇到这样的情况。

在和中国人交往时，由于我只会说很少的汉语，无法与他们深谈，使我感到非常困难。但在我的翻译官帮助下，我经常能和官员们进行十分有兴趣的交谈。一旦接触到政治问题，他们就会表现出中国人的傲慢和夜郎自大情绪。每当我指出欧洲的文化比中国陈旧的情况具有更大的优越性时，那些对答如

正阳门（摄于1889年）

流的辫子官员立刻就会画出一个大圆给我解释说："这个圆就是伟大的中国，我们中国人就生活在其中，住在这个圆外面四周的都是野蛮人，我们中国人拥有完全是自己创造的美丽的古老文化，我们为此感到十分自豪，不会接受野蛮人的东西。我们的文化具有几千年的悠久历史，我们是地球上最伟大的民族，有4亿5000万人口，生活很幸福。你们的西方文化又创造了什么呢？欧洲那么多小国通过激烈斗争相互结仇，到处都是不满情绪。诸侯们始终都有被杀害的危险。你们的弱小民族不断地改朝换代，一会儿是王国，一会儿又成了共和国或是帝国。不行！你们的西方文化真的不会给中国带来幸福。"

当我指出我们有机器、铁路和电讯时，他们就回答我说："我们不会喜欢你们这些劳什子的，它们完全不适合中国，我们的情况只适合人力劳动，我们不想学习你们那样匆匆忙忙的交通往来和生产情况。”

我有幸亲眼观察到数百名中国苦力在合作劳动中了不起的灵活技巧。那是我在巡视扬子江要塞工事时，当时要将一尊巨大的海防炮搬到陡峭的山顶上去。通向山顶的是一条蜿蜒曲折的盘山道，约有600—700名苦力同时拉着沉重的大炮向山上走去。我看到这数百名苦力不用说话，只凭发出的一个手势就能理解是什么含义。他们缓慢地但却是坚定地稳稳地拉着大炮向前移动。这使我情不自禁地对中国人的灵活技巧感到无比钦佩和惊讶。此外，我还提出了这个问题：你们怎么可以如此残酷地将妇女的双脚紧紧包裹得成了畸形？他们回答我说：这可能有些痛，但很实用。由此可以迫使女人们留在家里，避免她们和邻居饶舌，搬弄是非，制造不和。再说，你们要女人裹紧腰身的做法也很残酷，它对内部器官特别有害，使之不能正常发育生长。

对于吸鸦片恶习的问题，他们很巧妙地以欧洲人酗酒的恶习来回击。坦诚是中国人的优秀品质之一。中国人说得对：人只是由于有理智才胜过动物。一个人如果因为酗酒而失去理智，那他就成了动物，我也就会将他作为动物来对待。

中国人讲究实际的性格也表现在他们处理两个吵架女人的做法上：先是将她们两人关在木笼子里，这个木笼子有一块1米宽2米长的木板，木板上有两个洞孔，两个吵架女人的脑袋刚好套在其中。这样她们各自就要指望对方的帮助了。因为她们的两只手够不到自己的脸，无法赶走爬在脸上的那些可恶的小虫子，除非用嘴吹气把它们赶走。还必须由对方给自己喂食。在这种情况下，她们怎么不会迅速和解并结下深厚的友谊呢？

中国人穿衣也有其值得称赞的地方，它们特别适应各个季节的气候变化。因为他们身上经常穿好多件衣服，每件衣服的式样都是相同的，这就可以按照季节的变化换下或任意加上几件衣服。冬天里，由于中国人没有火炉，他们就穿上双倍的衣服，使他们显得臃肿和肥胖。举例说，孩子们看上去就很滑稽，高度和宽度相等，就像是啤酒桶。

中国人的衣服首先引起我们注意的是它们的长度。它们一直长及脚踝，长长的袖管就像我们这里给疯子穿得紧束衫袖子。人体没有一处是暴露在外的，只有人脸除外。中国人对赤裸的人体无论是绘画，还是雕塑，都认为是非常不正经的，甚至是野蛮的。我们女士们的舞会服装双臂和颈脖都裸露在外，对中国人简直是一种恐怖。

因为绝大部分中国人的房子是没有木地板的，所以鞋底都是用压缩纸或是毛毡制成。鞋底很厚，它保护双脚抗潮湿，不会着凉。诚然，衣服过长和鞋底太厚会妨碍人们快步行走，但中国人对这个小小的不利之处并不在意，因为他们认为快走的动作是不雅观的，凡是有钱的人宁愿以坐轿子或骑马代步。

他们的脑袋由于经常剃头以及承受气候不断变化的缘故，毫无疑问具有抗炽热阳光照射的能力。不过，中国人如果要想保护头脑或脸面不受太阳暴晒，他们就会用扇子遮挡，每个人甚至连乞丐都总是随身带着这种扇子。

中国人腰间束有一根腰带。腰带的作用是把衣服束牢在身体上并形成一只口袋，以便存放各种小东西，因为长袍本身是没有口袋的。扇子以及存放烟斗、烟丝、钟表和钱包的小口袋也都绑在腰带上。

世界上没有哪个民族会像中国人那样经常使用扇子。它不仅是每个女人，也是男子们始终随身携带的物品。夏天用餐时，仆人站在老爷们身后，用很大的羽毛扇给他们打扇；工人们的背上驮着沉重的货物，一边走一边给自己扇风；列队的士兵检阅时摇着扇子；就连衣衫褴褛的乞丐向路人乞讨时也摇着扇子。

对全国的官员们来说，夏天和冬天制服的更换有法令规定的时间。根据皇帝的命令，每位朝廷高官必须在皇帝指定的特别日子里更换官服，它与温度计上指示的冷热气候无关。谁要是有机会见到过大批穿着冬季官服的高官出现在特别的庆典场合——这些官服都是用五颜六色的丝绸料子做的，不仅镶有最贵重的毛皮，还用特别漂亮的金银丝线绣出各种花纹图案——一定也不得不承认，在欧洲宫廷的庆典场合，官员们展示的华丽服饰远远比不上中国的豪华和壮丽。

还值得一提的是，修长指甲在中国被视为美丽的标志。那种指甲通常有两三寸长，甚至有好多寸长的。为了防止这种指甲脱落，人们使用一种有美丽花纹的银指甲罩加以保护。有文化的人特别注意保护长指甲的生长，他们以此表明自己不需要用双手劳动而谋生。

现在我想再简单讲讲中国的语言。学会说汉语，我认为并不特别困难。不过，要想掌握口头的和书面的汉语，就要刻苦学习好多年。我在中国将近五年学会的汉语，足够我向众多仆人发出各种最重要的指示和要求。但为了防止误解，东方人常会发生这种情况，我在和我的马夫讲话时，常要伴有表情和手势，例如讲到猫或狗时，就学猫叫或狗吠。年轻的仆人对我重复这种动物的叫声，我就可以肯定他听懂了我说的话。

在肯定我不会再从事要塞工程后，我就尝试学习汉语。我聘请了地道的中国人做我的老师。他给我朗读课文，纠正我的发音，听我的诵读。迫使一个德国人的嘴学会极为难懂的汉语发音，对我确实不是一项轻松的任务，但我认真学习背诵每一篇课文，规定自己每天学习 3—4 个小时。每次朗读时，这位老师都要批评我的发音，从来没有称赞过我勤奋学习的精神。开头的 3 个星期我都忍着，后来再也压不住自己的怒火了，我把他赶出了我的房子，灰心丧气地放弃了学习汉语。

这时，我开始了在中国的第二阶段工作。通过我安插在总督身边的一个线人获悉，皇帝给总督刘坤一发来一道圣旨，要他建立一所军校培训中国的军官。这时在中国的德国军官和士官们虽然培训中国部队取得了很大成绩，但由于和中国的主管当局意见不一致，发生了争执，不再受到欢迎，在3年合同到期之前他们就被解雇了。为此总督刘坤一很想将建立新军校的任务交给日本人、俄罗斯人或英国人，就是不想交给德国人。

我自己私下里拟订了一个建校计划，请求拜见总督。令我十分满意的是他竟然委托我办理这所军校的事务。现在我有了一个新的工作领域，不仅我还有我的两位德国同事很快就喜欢上了这项任务。虽然我们经常也要与中国教育官员的无知进行斗争，但由于学员们干劲十足，学习勤奋，我们的努力工作多次受到表彰。

南京的陆师学堂不久就在中国国内赢得了极好的名声，许多国家都派出他们的军舰到扬子江来参观。

我为我的教学工作聘用了一名译员，他曾在柏林学习了好多年，说一口漂亮的德语。不过，开始时每次讲课，我都需要花3—4倍的时间给不懂军事知识的译员做准备。学校工作也让我经历了许多十分有趣的事情，可惜由于时间不够，我无法作详细介绍。看着我那些拖着辫子的学员们第一次从我们手里拿到欧洲的铅笔、纸和橡皮时的情形，真是有些好笑。他们花了好长时间用一把凿子削尖铅笔，当然铅笔芯多次被折断。他们对用橡皮能够把写的字擦掉感到特别高兴。后来学员们用毛笔蘸着墨水在欧洲的纸上书写字母时，表现出了他们对外文的一无所知。用毛笔墨水在宣纸上写字墨水会很快被吸干。众所周知，在我们的纸上就不是这个情况。那些年轻人每次写字时弄得手上、脸上、桌子和椅子上都是墨水，肮脏不堪。

中国人认为写过字的纸是神圣的。在中国的大街上可以看到有人提着篮子，捡拾丢在地上写过字的纸片，然后集中起来烧掉，由有文化的人付钱给他们，因为前者担心别人会模仿他们写的字。在这方面，我们的讲堂整齐清洁，堪称范例，只是不用手帕，显得很不相称。

在参观我们陆师学堂的所有来访者中，德国来的军官当然最令我们感到高兴，我们的学员给德国皇帝的兄弟普鲁士亲王海因里希海军上将作了表演。亲王离舰登陆时，我们的学员作为仪仗队在岸上列队欢迎，他们身体笔直地表演了普鲁士的阅兵式分列行进。当时陆师学堂的中方校长钱德培道台显得很害怕，牢牢地拽住我的衣角，行进队伍经过时还踩了我的脚后跟，使我在亲王殿下面前几乎无法保持严肃态度。亲王还仔细参观了我们的讲堂，我演示了毕达哥拉斯的定理，然后观看器械体操、步兵操练、骑马练习和炮兵操练。结束时参观者对学员们讲了话，对训练取得的成绩大加赞扬，我们的学员表示希望能够参观德国的大军舰。海因里希亲王当场答应了学员们的要求，命令德国水兵对舰上的每尊大炮作了示范演习，参观舰上房间时所有私人舱房都敞开。此外，亲王在谈话中还询问我，由于中国的生活比较艰苦，是否也在经济方面得到足够的补偿？我告诉他我的薪水数字时，海因里希亲王有些惊讶地说："啊！这么说你的薪水几乎比我还多。"我回答说："亲王殿下还要考虑到，我在中国这里还不得不完全放弃我在德国一个经营成功的研究机构。"亲王随即开玩笑地说："是呀！我也是心满意足的。"

海因里希亲王两天后离开南京时，我们的学员也在码头上列队欢送，鸣放了告别礼炮。

中国人不只是对外国"野蛮人"表现出傲慢情绪，对他们自己的女人也是如此。他们十分自大，从不谈对一个女人的爱。他们无法理解西方人接吻的美好习俗。一个年轻男子到了 18 岁或 20 岁，就由家里决定给他娶回一个素未谋面的女人做妻子。丈夫和妻子不在一起吃饭。丈夫进房间时妻子必须起身离开房间。妻子年纪大了，有钱的男子就可以娶好多个年轻的小妾，很多时候娶的是她们第一位妻子的年轻侍女。按照我们的观点，中国人的婚姻缺少前期甜蜜的求爱经历。不过，过去的包办婚姻作为一种明智的国家制度也有它好的一面：保证了人口大量增加。西方国家的弊病——妇女独身，这在中国是很少见的。

在中国，你是住在港口城市还是内陆地区有很大区别。例如上海是东方的巴黎，在那里可以与同胞们交往，有俱乐部，各种消遣娱乐；有学校和教堂，整齐的道路，交通警察等等。上海的中国人与外国人交往甚多，他们或多或少熟悉西方的文化。这一切在内地都是没有的。

在南京时，有好几个月时间我是唯一的德国人，从来无法用母语与他人交谈。为了能和住得最近的一个英国人用英语交谈，我得骑两个小时的马到他那里去。如果由于某个原因，我在一个地方停下来，不知不觉就会有无数好奇的中国人围到我的身边，仔细地观看我这个满头红发的“红毛鬼子”，摸摸我的衣服和靴子，呆呆地看着我的脸。到比较偏僻的地方去散步时，经常会有孩子们一见到我洁白的脸就哭喊着奔到他们的母亲那里，恐慌地躲到母亲宽大的长裤后面。我试图用汉语说些好话或是给些小钱，让孩子们的情绪平静下来，这通常对中国人是很有效的，但在孩子们那里大多是徒劳的。

我第一次抵达南京时，几乎无法区别男人和女人，前者穿衬裙，后者穿长裤，和我们这里完全相反。两者都是长头发，还有黄种人不同的脸部表情，圆圆的脸，突出的颧骨，杏仁似的眼睛，嘴唇上没有胡须，因为男子要到40岁才可以留稀疏的胡须。

生活在非基督教徒中，我无法理解他们的语言和风俗习惯，他们的观点与我们欧洲人的生活方式和习惯完全相反，使我时常进行比较，仿佛我一直都处在科隆狂欢节的漩涡之中，最大的区别是中国周围环境对我来说极为艰苦。幸好忙碌的军校日常工作占据了我绝大部分时间，不久我也失去了对可笑事件的好奇心。

作为在中国工作的一名官员，我告诫自己，任何讥笑或是嘲弄陌生的中国习俗的行为都是愚蠢的。相反，我必须努力尽可能地去适应陌生的观点。由此我也逐渐成功地达到了我的预定目标：中国皇家政府对我完全满意，而赢得刘坤一总督的信任在中国更是意义重大。

为了表彰我的工作成绩，天子——光绪皇帝陛下授予我一枚二级双龙勋章。我非常乐意佩带它，因为我清楚这枚勋章象征着我的辛劳付出。

总督刘坤一在南京正式接见我的过程是这样的：衙门——总督府的办公处有数百间平房，中国人喜欢在周围砌一堵高墙，总督府的围墙里是一个巨大的建筑群，它的面积可能相当于我们伊塞隆城的五倍。这里住着总督刘坤一，

骆博凯身佩双龙勋章照

总督府花园

他的卫队、数量众多的仆人、秘书和官员们。每位官员都有他自己及其家属的住房。总督众多妻子的闺房在一个管理得非常好的大公园里，有许多假山、回廊和很大的喷泉。衙门巨大的围墙里还有总督卫队的靶场，卫兵们经常在这里给高官们展示射箭技能，最好的射手会得到金钱的赏赐。如果有人来拜见总督，就要在第一个很大的前院下马或下轿，让人递上拜见高官时规定的折子（在西方称个人名片）。然后就坐在一个通常是陈设简单但很大的候客室里，边喝茶边恭敬地等待召见。待做好了接见的准备后，传令官走来请我们跟他走，他把我的名片演戏似的高举在手上。

我们进入第一进的前厅，那里左右两边站立着40名身穿鲜红华丽丝绸制服的卫兵——大多是些老年军人，脸上已有许多老人斑，手里拿着闪闪发亮的旧式武器：剑、长矛、三叉戟、带刺的棍棒等等，全都目不转睛地，甚至是咬牙切齿地，注视着从他们中间昂首走过的红毛外国鬼子。然后一道巨大的两扇门打开了，我们走进了第二进的前厅，那里也有两排同样的列队卫兵，但他们穿着蓝色的阅兵制服，手里拿着和前面的卫兵相同的武器。继而第三进前厅的两扇门也打开了，那里分两排列队的是仆人们，他们拿的是更危险的短武器：匕首、直刀、宝剑等。那些家伙几乎是愤怒地直视着从他们面前走过去的人。

我们走进最后一个大厅，这里列队的人数比较少，主要接待身份高贵的官员和客人。总督就在这时出来了，前后三个大厅的卫兵、仆人和官员齐声高呼，跪在地上磕头，只有总督和我——欧洲人身子站得笔直，相互审视着对方的眼睛。总督优雅地微微躬身请我随他走进接待室去。我坐在他的旁边，恭敬地等待他开口说话。我发现在这个十分重要的谈话场合，门窗都敞开着，衣服油迹斑斑的仆人、马夫、厨房人员和士兵们都聚集在门口，全神贯注地倾听谈话，对此我感到十分奇怪。

1900 年 4 月 27 日，我离开南京，于 6 月 16 日回到了伊塞隆。正当我从远东返回期间中国发生了混乱，这使我更加仔细地关注中国发生的事情，表明我是在正确的时间离开了中国。人们都说，每个在中国的外国公使馆都有自己的武官，他们的整个工作任务就是掌握中国的军事动态，向本国政府报告。但这种猜测是没有根据的，因为谁也没有获悉中国正在进行大规模的军事准备。

中国的皇帝被称为天子，他是天帝在地球上的代表，是神的旨意的传达者和阐释者。对民众来说，他是天帝的儿子，几乎享有对神仙般的崇敬。尽管宫廷里有几千名太监、宫女，但皇宫里面发生的一切事情民众是绝对不会知道的。如此说来，连中国人都从来不了解的宫廷情况，一个外国人怎么会知道呢？

如同在中国的外国公使们那样，外国人不会了解中国政府在做什么。我离开南京的时候，一切似乎都很平静。

我从中国回来后，人们对我提出了多方面的问题，例如：您对中国的未来是怎么想的？我们与中国的战争会怎样结束？我想详细地谈谈这些问题。今天已可以毫无疑问地说，义和团杀害外国人的行为和支持他们的政府军队只是已经积蓄很久的过激情绪火山般地爆发出来，是一个运动的征兆，这样的火山一旦爆发，就不可避免地会对受到很好保护的文化财富造成严重损害。谁要是习惯于在发生群众暴力行动导致许多无辜者丧生之后探索其原因，就不应该只是滔滔不绝地哀叹或是咒骂劣等民族，而是必须考虑如何能找到有效地避免再度发生那些可怕事件的办法和途径。我们曾经是那些可怕事件的见证人，泪水不能唤回那些已被杀害的人，起初坚持要复仇的想法是合情合理的，也是人之常情。但它除了导致重复狂热群众的行动外，不会有任何其他的结果。而狂热行为一旦爆发，是谁也无法控制的。

如果向中国人提出要求，只准许他们喜欢德国人或是俄国人，英国人或是法国人，那也就太过分了。没有人会喜欢这样的人：在这个或那个借口下，披着这种或那种外衣，或者作为商人，作为传教士，或是其他什么样的人，追求他的利益，无论是金钱和财产，或是信念与习俗。每个人天性拥有维护自己财产不受侵犯的权利。从纯粹的人性立场出发，我们必须对此能够理解和有同感。谁要危害或侵犯他的神圣财产，不管他是失去克制的穆斯林人、婆罗门人或是佛教徒，对他使用暴力，试图抢走他的财产，他只会对之不顾一切地疯狂反抗。如果这种反抗还是关系到保卫一种古老的民族和文化遗产，那么这个情绪激动的民族就会把仇恨外国人看作是合情合理的，就会不由自主地发生过激的暴力行为，就像我们不久以前在中国见到的那样。

除了中国人以外，地球上有哪个民族可以为自己的古老文化感到自豪呢？中国有多少发明是走在我们前面的？有瓷器、丝绸、造纸、印刷和使用指南针，还有众多对自然现象的观察。意大利的旅行家马可·波罗于13世纪从中国的皇宫返回他出生的城市威尼斯后，才从西方某些基督徒的口中获悉中国的伟大文化成就远远超过当时欧洲最文明的国家意大利。即使现在，中国的丝绸、织锦缎对于我们来说也是望尘莫及的。

一个拥有上亿人口的民族，对自己的长处有清醒的认识，还有胜过任何民族的人口数字——或者用中国的话来说，有这么多张“嘴”，欧洲是不可能转眼之间对付得了的。这样一个民族的特性迫切要求西方国家对之进行研究。因为，谁要想和一个陌生的民族交往，就要深刻了解其心理的和经济领域方面的特性才有希望取得成功。我们必须看到中国人的本质，搞明白他们内心的愿望和感受，正确认识他们的伟大优点和缺点。这样才会理解这个以前高度发达的民族如今正摇摆不定，找不到立足点。适应和从属的意志和顺应一个领导的意愿赋予中国人以很高的公民才能，每个中国人，哪怕他是出身于社会的最低阶层，都能通过完成规定的考试跃升为国家的最高官员。中国几千年来精神贵族就是这样治理国家的。显然，这些身居要职的精神贵族都是试图动摇其无限权力行为——也即一切来自西方文明国家试图强制其改革的措施——的顽强敌人。中国宗教的基本特点是效忠和尊敬。无论是普通公民对待领导人员，还是所有人共同对待“天子”即皇帝，或是整个民族和皇帝对待他们的祖先，全都遵守这种信条。尊敬祖先，尊敬已故的亲人，是中国人美好的品德，如同我们这里常去祭扫去世的亲人或朋友及英雄人物坟墓所做的那样。

总而言之，尽管它对我们西方的思想来说是陌生的，但却令人十分感动。一个杰出的儿子的父亲，即便已经去世，但还是会提高他的地位；相反，一个位居要职的官员，他无能的儿子只能是一个草民，并且一直如此。父母亲对子女，家长对家庭全体成员的责任也是建立在相信个人精神力量的基础上。最后，良好的民众教育首先是保证了中国商人的诚信可靠，与日本商人形成了强烈的对比。诚然，中国商人在成交一笔买卖时也力图获得利润，否则他就不是商人了，但中国人严格遵守先前商议好的责任和义务。

中国的官吏阶层几乎与此完全相反，也与日本的官吏阶层形成鲜明对照。一位中国的政府官员如何实现对他属下臣民的绝对统治，可以从每个道台给他的属下下命令时说的话语中看出：跪下！听好我要对你说的话！

中国的官员指望充分利用老百姓。他们也许清楚地知道，只有民众的无知和顺从，他们的剥削制度才能生存。由此也表明中国的官吏阶层要竭尽全力地清除反对派，因为他们知道民众启蒙以后会是什么情况，或者说会导致产生反对派。但是，由于中国人接触到了欧洲的文化，例如火车，电报，电话，还有其他发明，民众不可避免地会受到启发。官吏们看到通过实行欧洲的制度会危及他们剥削民众，因此就煽动高喊："杀死一切外国人！"中国的官员们不惜一切手段要把他们极端仇恨的"红毛野蛮人"或"红毛鬼子"——也即西方文化的代表——统统赶出中国的土地，不管他们是商人、工程师、军官或是传教士。

在证实了义和团运动的行动是受中央政权的同意和支持后，（西方）联军就必须负责在中国建立这样一个中央政府：它要充分认识到——类似日本做过的那样——必须加入大国的"音乐会"。中国的官吏阶层必须学会理解，像中国这样一个国家今天不再能以民族圣人孔夫子有缺陷的学说治理了。中国管理政府的权威圈子一定要在中国传统的治理国家的原则和欧洲的国家学说之间找到一种必不可少的调和的形式。毫无疑问，这会使他们获得成功。尽管它比脚步快的日本要慢一些，中国这个世界上最古老的国家一定也会进入文明国家的“轮舞圈”，为人类的进一步发展作出贡献。

未来的中国是否会成为一个基督教国家，或是像日本那样拥有本土宗教，也许是佛教，对此根本无法作出揣测。不过，三种国教在这个国家获得平等的相互共存的情况表明，中国人从来都是宽容大度的。诚然，我们也不可忽视这三种国教——佛教、道教和儒教——全都承认崇拜祖先的原则。

尽管中国民众由于受统治阶级——因为他们的无限权力受到了威胁——的煽动犯下了暴行，但也不可否认，中国人本身是宽容大度的，西方的基督教国家切不可以偏执的不宽容做法报复中国的宽容大度。如果西方国家不尊重黄种人的信仰和风俗习惯，甚至还加以嘲笑，那他们的宽容大度就是一句空话。人们一定在期待西方国家以爱护和尊重的态度对待虔诚崇敬祖先的习俗，即崇拜祖先的习俗。凡是在建铁路和竖立电线杆时，必须顾及受他们敬重的祖坟，切不可予以无情地摧毁。因为崇敬祖先也关系到真诚地尊重和敬爱我们自己的家庭成员。如果被误导的中国人向西方文明发泄他们的怒火，这也说明我们这些给予指导的西方国家，没有尊重中国文化中许多好的固有的优秀的和值得仿效的东西。